시   로
읽   는
경   제
이 야 기

시로
읽는
경제
이야기

임병걸 지음

북레시피

시 속의 경제, 경제 속의 시

"시는 시인의 감정이고 직관이며 방향성 없는 사유이기도 하
지만, 그래도 시인만큼 사물과 현상을 광폭으로 미세하게 들
여다보는 사람도 없을 터, 우리는 그런 시인의 겹눈과 시의 통
로를 통해 세상과 폭넓게 사귈 수 있는 것이다."

시와 경제, 얼핏 생각하면 전혀 무관하거나 경우에 따라서는 거의 대
척점에 있는 분야가 아닌가 생각이 들기도 합니다. 시에 대해 우리가 가
지는 이미지는 위에 인용한 권순진 시인의 말처럼 삶에 대한 감성적이
고 직관적이고 주관적인 읊조림 정도입니다. 시인 하면 수염을 덥수룩
하게 기르고 남루한 옷을 아무렇게나 걸친 채, 여기저기를 배회하는 사
회부적응자를 떠올리기 일쑤입니다. 그들은 세상 물정을 모르거나 애써

외면하고 인간의 삶이 행복과 기쁨으로 점철된 유토피아라고 생각하는 몽상가로 취급되기 일쑵니다. 하긴 독일의 소설가이자 시인인 헤르만 헤세조차 시인을 "사람들이 미래의 세계축제를 벌이는 것을 외떨어져 바라보는 사람, 창백한 모습으로 서 있는 사람"으로 정의했을 정도니까요.

반면 경제는 이런 낭만과는 거리가 먼 냉정하고 이성적인 영역이라는 생각이 일반적입니다. 수치와 통계 확률로 분석되고 논증되고 또 인과관계가 분명한 현상이어야 하니까요. 그래서 경제에서 쓰이는 용어는 매우 엄밀하고 객관적이며, 낭만이나 상상력과는 거리가 먼 과학적, 수학적 용어가 대부분입니다. 사유 방식 역시 검증과 비판을 기본으로 논리적 추론을 하는 식이어서 시와는 전혀 거리가 멀 것이라고 생각됩니다.

그러나 시인은 결코 공중부양을 하는 사람이 아닙니다. 그들도 밥을 먹어야 살 수 있고, 무언가 안정된 소득과 일자리를 갈망하며 때로 무엇보다 큰 위력을 지닌 돈을 갈망하는 소시민이기도 합니다. 시인들의 머릿속에도 늘 경제 문제가 가장 큰 고통과 부담으로 자리한다는 말입니다.

경제 역시 인간 사회에서 일어나는 일이고 보면, 얼핏 이성적이고 계산적으로 보이는 행동과 현상의 이면에 충동적이고 낭만적인 상상력들이 녹아 있기도 합니다. 그래서 시인들의 시를 자세히 들여다보면, 자연의 아름다움을 읊거나 삶의 희로애락을 노래하는 가운데 경제와 관련된

시, 좀 더 구체적으로 말하면 먹고 입고 자는 문제를 포함해 생활 속에서 느끼는 애환과 고통, 갈망을 노래한 시가 아주 많이 섞여 있습니다. 꼭 참여시의 장르가 아니더라도 경제 제도와 현상의 모순이나 부조리에 대해 분노하고 비판하는 시도 많이 있습니다.

시는 결코 현실과 동떨어진 것이 아닙니다. 아니, 시는 어쩌면 가장 날카로운 감수성을 지닌 시인들이 누구보다도, 어떤 사회과학적 분석보다도 현실 경제를 예리하게 해부하는 면도날일 수 있습니다.

물론 시는 경제 현상을 있는 그대로 담아내지는 않습니다. 아무리 비루한 경제 현상도 시의 그릇에 담기면 거기에서 눈물이 발효하고 유머가 싹트고 희망이 분출하기도 합니다. 반면, 겉보기에 번드르르한 경제 현상도 시의 웅숭깊은 그물에 걸려들면 그 이면의 추악함과 악마적 속성이 여지없이 폭로되고 맙니다.

"삶은 실제로 비열한 것이지만, 다행히 그것이 시에서 나타날 경우에는 카네이션만큼이나 아름다운 것이다." 20대에 요절한 프랑스 시인 라포르그의 이 말은 경제 현상을 보는 시인의 눈에도 적용될 수 있습니다. 물론 시에 투영된 아름다움은 단순히 즐겁고 기쁘고 보기 좋다는 의미의 아름다움이 아니라, 삶의 애환과 본질을 꿰뚫어보는 데서 오는 고통스러운 아름다움일 테지요.

이제 이 고단한 삶 속에서 우리를 공기처럼 감싸고 있는 돈의 세계를 차분히 응시해보도록 하겠습니다. 즉 여러 가지 경제 현상에 스며 있는 철학적, 미학적 의미를 때로는 명쾌하게, 때로는 통렬하게, 때로는 분노와 슬픔으로 노래한 시들을 함께 읽어보려 합니다. 그 시들은 돈을 앞세운 시장경제라는 괴물에 정신적, 육체적으로 치이고 차이는 우리에게 따스한 위안이 되어줄 것입니다.

흔쾌히 시의 인용과 게재를 허락해주신 시인들과 책 만드는 일이 갈수록 힘겨운 요즘 변변치 않은 원고를 귀한 책으로 만들어주신 북레시피의 김요안 대표, 여간 까다롭지 않은 편집과 교정, 디자인 작업을 하느라 더운 여름 꼬박 원고와 씨름했을 강희진 편집장과 김해연 디자이너께도 감사드립니다.

임병걸

2장

당신의 감정도 팔 수 있나요?

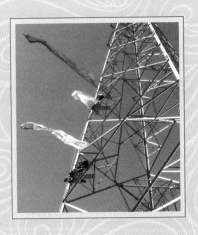

3장

커피가 아니면 죽음을 달라!

4장

시네마 천국으로 달려가는 사람들

이 나이토록 배운 것이라곤 원고지 메꿔 밥 비는 재주뿐

쫓기듯 붙잡는 원고지 칸이

마침내 못 건널 운명의 강처럼 넓기만 한데

닳아오른 불덩어리

초라한 몸 가릴 방 한 칸이

망망천지에 없단 말이냐

웅크리고 잠든 아내의 등에 얼굴을 대 본다

밖에는 바람소리 사정없고

며칠 후면 남이 누울 방바닥

잠이 오지 않는다

1장

—

지상의
방 한 칸을 찾아서

01

돈,
최악의 군주? 최상의 하인?

나는 어느덧 세상을 믿지 않는 나이가 되었고

이익 없이는 아무도 오지 않는 사람이 되었고
이익 없이는 아무도 가지 않는 사람이 되었다

부모형제도 계산 따라 움직이고
마누라도 친구도 계산 따라 움직이는 사람이 되었다

나는 그게 싫었지만 내색할 수 없는 사람이 되었고

너 없이는 하루가 움직이지 않았고
개미 새끼 한 마리 얼씬거리지 않는 사람이 되었다

— 박용하, 「돈」

돈, 무소불위의 절대자

어떠신가요? 돈 없이는 숨도 제대로 쉬기 어려운 세상을 살아가는 사람으로서 동병상련을 느끼시나요? 아니면 자학이 좀 심하다는 생각이 드시나요? 마지막 구절은 더욱 서글픕니다. 하루도 돈 없이는 움직일 수 없고, 개미 한 마리 얼씬거리지 않는다니, 배알이 뒤틀려 불현듯 지갑에 있는 돈을 모두 꺼내 팽개쳐버리고도 싶습니다.

이 거부할 수 없는 지상의 맘몬은 분명 인간을 웃기고 울리고, 들었다 놓았다, 안겼다 달아났다, 그야말로 인간을 쥐락펴락하는 무소불위의 존재가 되었습니다. 어떤 학자는 돈은 인간이 '살아 있음'을 증명하는 것이라고까지 말합니다.

> "그 무소불위의 절대자인 돈을 붙들고 있음으로써 우리는 불멸의 환상을 누릴 수 있다. 나의 존재를 지워버리려 하는 온갖 힘들에 맞서 자아를 지켜내고 '살아 있음'을 확인하고 선언할 수 있도록 해주는 것이 바로 돈이다." - 김찬호, 『돈의 인문학』

그러고 보니 지갑에 돈이 두둑한 날은 괜히 어깨에 힘이 들어가고, 호주머니에 달랑 동전 몇 잎 남게 되면 멀쩡하던 배도 더 고파지고 사람들을 슬금슬금 피하게 되는 것도 같습니다. 정말 우리는 시인의 말대로 돈 계산에 따라 부모형제이건 친구이건 가까이하거나 멀리하는 속물들이 된 걸까요? 정말 이익 없이는 오지도 가지도 않는 돈의 노예가 된 걸까요? 아마도 나이가 들면서 돈의 위력을 더욱 실감하는 시인은 믿었던 세상마저 믿지 못하게 되었나 봅니다.

고달픈 시인의 삶, 돈이 절실한 문인들

흔히 시인들은 세속의 냄새가 진동하는 돈과 가장 초연한 사람으로 생각하기 쉽지만 현실은 결코 그렇지 않습니다. 시인을 '시를 써서 생계를 이어가는 사람'이라고 정의한다면 누구보다 돈에 시달리고 쪼들리는 사람들이 아닐까 합니다. 정부가 해마다 발표하는 직업별 소득을 보면 시인들은 최하위에 속해 있습니다. 더 이상 시를 돈 주고 사지도 않고 살 필요도 없는 세상, 인터넷에 들어가면 시가 눈송이처럼 흩날리는 시대에 시인의 삶도 눈송이처럼 흔들립니다. 한 줄 시를 쓰기 위해 머리를 쥐어짜는 시인들의 노고는 불행히도 돈으로 환원되지 않습니다.

2017년 문화체육관광부가 발표한 우리나라 예술인들의 평균 수입은 연간 1,255만 원, 그러니까 한 달에 백만 원에 불과합니다. 시인은 여기에도 훨씬 못 미쳐 30만 원 정도에 지나지 않습니다. 그러니까 시를 전업으로 해서는 도저히 살아갈 수 없다는 말이지요.

지난 1980년대 『서른, 잔치는 끝났다』라는 베스트셀러 시집을 내면서 일약 스타가 되었던 최영미 시인은 최근 자신이 살고 있는 마포 세무서로부터 근로장려금을 신청하라는 통보를 받았다고 고백했습니다. 연간 소득이 1,300만 원이 안 되고 집도 없으니 빈곤층에게 주는 생활보조금을 주겠다는 것이라지요. 베스트셀러 시인이 이 정도니 다른 시인은 말할 것도 없습니다.

어디 시인뿐일까요? 금수저를 물고 나온 소수의 부자를 제외한 대부분의 사람들은 앉으나 서나 자나 깨나 그야말로 돈 걱정을 온몸에 달고 삽니다. 가난하지만 시만을 써서 생계를 꾸려가고 있는 한 시인은 만 원짜리 지폐를 들여다보며 온갖 상념에 잠깁니다.

만 원짜리 지폐 한 장을 꺼내어 바라본다

곳곳이 위조할 수 없는 비밀이 숨겨져 있다

해와 달이 하나뿐이라는 일월오봉도,

반으로 접어보니 해와 달이 한곳에 겹쳐진다

음과 양의 기가 한 곳에 만나 통하는 세상

얼마나 많은 문양을 완성해야 이루어진다는 말인가

또한 보는 각과 빛에 따라 나타나는 홀로그램은

그 이치가 사람의 마음처럼 보이다

이 만 원의 돈이면 한 달 치 소식을 전하는 월간 잡지를 사 볼

수가 있고

어리광 부리는 조카딸의 입을 봉할 수도 있고

시인의 고단한 눈빛이 묻어 있는 시집 한 권을 사 볼 수 있는데

이 만 원이 내 삶의 표현을 갉아먹고 있다

얼마나 많은 이 세상의 말을 압축해 놓았으면

돈 앞에서는 할 말을 잃게 할까?

— 임영석, 「만 원을 바라보며」

　지갑이 헐렁한 시인은 만 원짜리를 골똘히 바라보면서 위조를 떠올려보기도 하고, 사람의 마음을 떠올려보기도 합니다. 만 원짜리 한 장이면 조카딸에게 과자도 사줄 수 있고 잡지도 맘껏 사 볼 수 있는데, 세상의 모든 욕망을 압축해놓은 돈 앞에서 시인은 그저 할 말을 잃습니다.

동양에서도 시를 쓰면 가난해지는지, 가난해져야 시를 쓰는지를 놓고 문인들 간의 이런저런 논쟁이 있었지만, 너무 궁핍하면 시인의 탄식대로 삶의 표현을 갉아먹을지도 모를 일입니다. 당장 산 입에 거미줄 치지 않으려면 닥치는 대로 돈을 벌어야 하는데, 어떻게 샘물 같은 생각 한 토막, 글 한 줄이 떠오르겠습니까?

「봄봄」이나 「동백꽃」 같은 향토색 짙으면서도 해학이 넘치는 단편소설로 널리 알려진 소설가 김유정은 폐결핵을 앓다 29세에 요절하고 맙니다. 어떻게든 살아보려는 그는 폐결핵에 좋다는 닭을 고아 먹고 싶어 고교 동창생 안회남에게 이런 편지를 보냅니다.

"나는 참말로 일어나고 싶다. 지금 나는 병마와 최후의 담판이다. 흥패가 이 고비에 달려 있음을 내가 잘 안다. 나에게는 돈이 시급히 필요하다. 그 돈이 없는 것이다."

이 편지의 답장을 받기도 전에 그는 눈을 감았습니다. 병마와의 최후 담판을 나 몰라라 한 겨우 몇 푼의 야속한 돈 때문에 비운의 삶을 마감한 김유정을 떠올리면 할 말을 잃습니다. 우리 문학사에 몇 안 되는 천재였던 그가 만일 그때 닭 몇 마리를 고아 먹고 좀 더 장수했더라면 얼마나 빛나는 작품들이 탄생했을까요?

돈, 최악의 종이면서 최상의 군주

돈의 본질은 무엇일까요? 경제학적으로는 상품의 가치를 매기고, 교환과 거래를 매개하며 자산의 축적 수단이 되는 물건을 말합니다. 그러니까 그 자체로는 악마도 천사도 아닌 가치중립적인 물건이라는 말이지요. 자본주의 출현과 돈의 역할, 돈과 영혼의 문제를 깊이 탐구한 게오르그 짐멜은 그의 명저 『돈의 철학』에서 이렇게 말합니다.

"돈은 어떻게든 무차별화되고 외화外化되는 모든 것에 대한 상징이자 원인이다. 그러나 돈은 또한 오로지 개인의 가장 고유한 영역 내에서만 성취될 수 있는 가장 내면적인 것을 지키는 수문장이 되기도 한다."

다시 말해서, 돈은 모든 것을 그 속성에 관계없이 수치와 형식으로 만들어버리는 상징이라는 것입니다. 그 물건이 지니고 있는 내재적 가치, 주관적 의미 등도 밖으로 드러나지 않으면 고려의 대상이 아닙니다. 그런데 돈은 인간의 영혼을 포함해 모든 것을 객관화, 수치화시키는 동시에 다시 인간들이 자기만의 개성과 인격을 추구하는 길을 열어주고 지켜주는 수문장이기도 하다는 것입니다.

이게 무슨 어리둥절한 얘기인지요? "병 주고 약 준다"는 말인가요? 사랑도 우정도 예술도 상상력도 주관적 인격적 특성도 무시하고 단순히 수량적 관계로 환원해 평준화시킨 돈이 다시 탈 개성화, 탈 인격화로부터 벗어나 개인이 영혼을 회복할 수 있는 수단이기도 하다는 것입니다.

예를 들어볼까요? 어떤 음악 마니아가 평생을 애지중지 모은 수천만 원어치의 LP나 CD가 있다고 가정해봅시다. 사업이 부도나거나 집안에 아픈 사람이 있어 급히 목돈이 필요할 때, 그는 눈물을 머금고 이 물건들을 팔 수밖에 없습니다. 이때 그 안에 들어 있는 수집가의 눈물겨운 수집 노력이나 애착 등은 전혀 음반 값을 매기는 데 고려의 대상이 되지 못합니다. 돈이 있었다면 그는 그런 자기만의 개성과 고유한 영역을 지킬 수 있었겠지요.

정확하게 돈의 본질을 꿰뚫고 있는 게오르그 짐멜의 주장을 간단명료하게 정리한 사람은 프란시스 베이컨입니다. "돈은 최상의 종이며 최악의 주인이다." 그러니까 돈을 잘 쓰면 이 몰개성적이고 물질 위주인 자본주의 사회에서 인격과 영혼을 지킬 수 있고, 잘못 쓰면 돈에 휘둘리는 몰개성적인 인간으로 살아가야 한다는 것이지요.

평생을 빚에 시달려 누구보다 돈이 절실했던 러시아의 문호 도스토예프스키도 돈의 본질을 짐멜과 유사하게 파악하여 "돈은 절대적인 힘이다. 동시에 평등의 극치다. 돈은 모든 불평등을 평등하게 한다."라고 말했습니다. 사회학자 임석민 씨도 돈은 그 자체로 좋고 나쁘기보다는 활용에 따라 백 가지로 얼굴을 바꾸는 존재라고 말합니다.

> "돈이라는 단어에는 어떠한 단어나 개념을 갖다 붙여도 말이 된다. 돈은 악마, 천사, 사랑, 저주, 슬픔, 행복, 원한, 지옥, 천국…… 돈은 영광이며 치욕이다. 돈은 천사이자 악마이고, 폭군이며 성군이다. 돈은 유용한 심부름꾼이며 무자비한 주인이다." – 임석민, 『경영자가 쓴 돈의 철학』

돈, 돌고 돌아야 천사가 되는 것

돈이 폭군이 아닌 성군이 되고, 악마가 아닌 천사가 되는 방법은 '도는 것'입니다. 돈은 '돌고 돌아서 돈'이라는 우스개 아닌 우스개가 있습니다. 부자의 지갑에 들어가 좀처럼 나올 줄 모른다면 그 돈은 썩는 냄새가 진동하고 마침내 가난한 이에게도 주인인 부자에게도 재앙을 가져다줄 뿐입니다. 부자의 곳간을 빠져나와 가난한 집 장롱에도 들어가고, 유럽의 성채에서 빠져나와 칼라하리 사막의 원주민 흙집으로도 들어가야 합니다.

프란치스코 교황은 돈이 왕 행세를 하는 정의롭지 못한 자본주의 시스템을 '야만적 자본주의'라고 비판합니다. 인류가 이 야만을 벗어나는 길은 더불어 잘 사는 길이고 그 길은 돈이 돌고 도는 길이어야 합니다. 그런데 개인 차원에서 돈의 속박, 돈의 주술에서 벗어나는 길은 정말 없는 걸까요? 이용하기에 따라서 좋기도 하고 나쁘기도 하다는 것은 알겠는데, 정작 이용하고 말고 할 돈 자체가 적은 경우는 어떻게 해야 할까요?

대개의 사람들은 한 푼도 없는 절대 빈곤의 빈털터리라기보다는 자신이 욕망하는 것을 이루기에는 부족한 돈을 가지고 있기 마련입니다. 일본에서 고등학교 선생님으로 있다가 출판업을 하는 다카키 유코 씨는 아주 평범하지만 퍽 일리 있는 대안을 제시합니다.

"사람들 머리에 늘 붙어 다니는 걱정거리 가운데 가장 밀도가 높고 쉽게 풀리지 않는 것이 돈 문제이다. 나는 지금 돈에 대해 거의 걱정하지 않는다. 돈 문제는 간단하다. 자기가 가진 돈의 범위 내에서 생활하는 것이다. 사고 싶은 물건이 있는데 돈이 없다면 깨끗이 포기하고 가진 것만으로 사는 것이다. 그리고 미래에 대해 걱정하지 않는 것이다. 우리의 선조들은 그러한 물건이 없어도 잘만 살았다." - 다카키 유코, 『즐거운 돈』

그러니까 없으면 없는 대로 만족하며 살아가자는 것입니다. 우리 조상들이 늘 강조했던 '안분지족'과 통하는 것입니다. 하지만 이게 어디 말처럼 쉽습니까? 눈만 돌리면 사방팔방에서 우리의 욕망을 자극하고 지갑을 열게 만드는 먹거리, 입을 거리, 탈 거리와 볼거리가 있고, 보석과 멋진 집, 죽기 전에 꼭 가보고 싶은 해외여행지가 눈앞에 아른거리는데……

세속을 등지고 절해고도絶海孤島에 사는 수행자가 아닌 이상 참으로 어려운 일이 아닐 수 없습니다. 평생 청빈과 수행을 실천하다 돌아가신 법정 큰스님도 무소유의 삶을 강조하며 "무소유는 아무것도 가지지 않는 것이 아니라 불필요한 것을 가지지 않는 것이다."라고 말씀하셨지만, 필요와 불필요가 그렇게 두부 자르듯이 구분되는 것이 아니고 보면 역시 어려운 일입니다.

우주의 화폐, 나뭇잎

돈은 종류에 따라 동전과 지폐로 나뉘기도 하지만 요즘은 눈에 보이는 화폐를 쓰는 일보다 눈에 보이지 않는 화폐를 쓰는 비중이 급격히 늘고 있습니다. 신용카드나 직불카드, 심지어 전자화폐라는 비트코인까지 등장하면서 화폐는 더욱 눈에 보이지 않는 요술쟁이가 되어가고 있습니다.

흔히 시중에는 돈이 넘친다, 돈줄이 막혔다, 돈이 몰린다고도 하는데 정말 시중에는 얼마나 돈이 풀려 있는 것일까요? 경제학에서는 통화currency라는 용어를 쓰는데요, 이 통화가 그렇게 간단하지는 않습니다.

우선 시중에 도는 현금과 은행이 언제라도 내줄 수 있는 예금을 말하는 것으로, M1협의통화이라고 하는 가장 적은 규모의 돈이 있습니다. 여기에 일정 기간 은행에 묶어둘 수 있는 정기적금이나 정기예금, 회사채, 국공채 같은 돈을 더한 것을 M2광의통화, 총통화라고 합니다. 또 여기에 보험이나 증권사 등 비은행 금융기관의 예탁금 등을 합하면M3 돈의 규모는 더욱 늘어납니다. 한국은행의 통계를 보면 지난 1986년 광의통화M2는 불과 47조 원이었는데 1995년에는 300조 원 정도, 2006년에는 1,000조 원을 넘었고 2016년에는 무려 2,300조 원을 넘어섰습니다. 그러니까 30년 만에 무려 50배나 넘게 불어난 것이지요.

돈은 이렇게 엄청나게 불어났는데 내 호주머니의 돈은 왜 줄어들기만 하는 걸까요? 그래서 시인은 발상의 전환을 시도합니다. 있는 것을 아껴 쓴다거나, 없는 것에 만족하는 소극적 차원이 아니라, 시중에 떠도는 종이로 된 화폐 말고 더 소중한 우주의 화폐를 찾아보자는 것이지요.

한 장의 지폐보다
한 장의 낙엽이 아까울 때가 있다

그때가 좋은 때다
그때가 때묻지 않은 때다

낙엽은 울고 싶어 하는 것을
울고 있기 때문이다

낙엽은 기억하고 싶어 하는 것을
기억하고 있기 때문이다

낙엽은 편지에 쓰고 싶은 것을
쓰고 있기 때문이다

그래서 낙엽을 간직하는 사람은
사랑을 간직하는 사람

새로운 낙엽을 집을 줄 아는 사람은
기억을 새롭게 갖고 싶은 사람이다

— 이생진, 「낙엽」

가을 하늘을 노랗게 물들이는 은행잎을 보면서 이것이야말로 화폐보다 소중하다는 생각을 한 적이 있습니다. 기름내 나는 현장에서 노동자들의 땀을 닦아주고 그들의 입과 발이 되어주는 송경동 시인의 생각은 더욱 웅숭깊습니다. 아무런 보상을 받지 못할 수도 있는 인간의 삶은 거리에 뒹구는 나뭇잎 같은 것이지만, 그 나뭇잎이 역설적으로 화폐의 속성을 가지고 있다고 시인은 말합니다.

사회생활에 필요한 재화와 서비스를 대체해주는 도구로 살면서 정작 자신은 구멍 뚫려 파쇄되는 생을 살아가야 하는 화폐의 운명을, 평생 광합성 노동으로 나무를 살찌우다 속절없이 대지로 떨어지는 나뭇잎으로 환치하고, 그러한 운명을 다시 시인 자신의 삶에 대비시킵니다. 평생 눌려 사는 노동자들을 대변하다 대신 구속되기도 하고 다치기도 하면서 정작 자신을 위해서는 아무것도 하지 않으니 서글플 법도 하지만 그 화폐, 그 나뭇잎들처럼 누군가에게 힘이 된다는 생각을 보상으로 알고 사는 시인입니다.

돈이라면 주눅이 드는 세상, 돈이라면 할 말을 잃게 되는 세상, 메피스토펠레스에게 영혼을 파는 파우스트처럼 돈이라면 영혼이라도 파는 세상, 돈이라면 자다가도 벌떡 일어나는 세상에 살고 있지만 우리도 시인을 따라 저 나뭇잎 한 장을 돈보다 소중하게 바라보는 마음을 가졌으면 좋겠습니다.

오늘부터 내 돈은 저 나뭇잎새들

노란 은행나뭇잎은 만 원짜리라 하고

빨간 단풍잎들은 5천원권

아직 여름의 퍼런 멍이 남아 있는 것들은

천원권이라고 하자

생각하니 사람들이 나무를 베어 종이를 만들고

가장 윤이 나는 종이에 '돈'을 찍는 마음을 알 것도 같고

세상의 모든 화폐가 정작 스스로는 아무런 쓸모도 없이

온갖 진귀한 것들을 사고파는 일에 쓰이는 일을 알 것도 같고

모든 빛나는 것들을 온몸에 치렁치렁

매달고 싶어 하는 사람들 마음을 알 것도 같고

떨어져 가을 포도 위를 뒹구는 단풍잎들처럼

잠깐의 생을 스스로 한껏 누려보지도 못하고

다 나누어줘 버렸다고 슬퍼하지도 말자

오도 가도 못하고 제자리에 서서

지나가는 사람들 향해 그리움의 손 흔들며

함께했던 사람들 다 져 버렸다고 눈물짓지도 말자

저 무성한 나뭇잎들이 내가 이 세상에 나고 일하며

아낌없이 받은 돈들이라고 생각하니

지금까지 세상이 내게 준 그 수많은

햇빛이라든가 달빛이라든가 빗방울이라든가 눈송이라든가

이슬을 박은 새벽거미줄 같은 풍성한 화폐들이 떠오르고

가진 것 없는 마음도 까닭 없이 넓어져

내가 가도 이 세상엔

저 수많은 생명의 화폐들이 있어

가진 것 없는 이들의 마음을 달래줄 거라 생각하니

안도의 한숨이 나고

내가 가고 난 뒤 어느 날에도

또 어떤 아이가 이 단풍나뭇잎 아래에서

나처럼 위안 받을 생각을 하니

나 이제 가도 되겠다

　　　　　　　　　　　－송경동, 「화폐」

02

자본의 제국,
끝없는 소비로 쌓아올리는 바벨탑

미국기업들이 버는 이익의 절반이 금융시장의 조작에서 나오네

국제자본시장에서 돌아다니는 돈은 전 세계 GDP의 4배

이 돈은 시장에서 수혈 피처럼 돌아다니며 인간의 심장을 압
박하네

입생로랑으로 갈아입고

바피아노에서 식사를 하고

뱅앤올룹슨의 오디오를 청취하라고 광고하네

고액연봉자가 되어 21세기의 소비자유를 업그레이드하라
고 속삭이네

자동차의 키를 업그레이드하고

주상복합의 펜트하우스의 키를 업그레이드하고

인물과 교양이 떨어지는 배우자를 업그레이드하면

백만장자들이 골프를 치는 사교클럽의 회원이 되는 꿈이 이루
어진다고 말하네

사백만 달러인 파텍필립 시계와

백만 파운드인 엔초페라리 스포츠카는 예술품의 지위를 획득했네

팔천만 불에 팔린 뭉크의 「절규」

일억 사천만 불에 팔린 자코메티의 「걸어가는 사람」에 곧 필적
하겠네

사람들의 심장은 상품미학을 향한 동경과 질투와 경쟁으로 멍

이 드네

　돈이 필요한 메가시티의 시민들은 백 미터 달리기의 인생을 죽어라고 질주하지만

　「붉은 여왕」인 자본이 돌리는 무대는 언제나 회전목마

　제자리를 달리는 「이상한 나라의 엘리스」처럼 메가시티의 시민들은 경주의 피로에 지치네

　이 거품들이 언제 꺼질까

　국가와 개인들이 부채를 내서 향유한 소비의 애드벌룬이 언제 터질까

　그 때는 상품의 가치가 인간의 노동비율을 낮추고

　그 때는 상품의 가치가 자본의 기여비율을 낮추고

　그 때는 상품의 가치가 지식정보의 기여비율로 결정되는 때

　누구나 검색 가능하고 제안 가능한 공동자산의 지식이 인터넷에서 기하급수적으로 늘어갈 때

　3D프린터로 자체 제작한 필수품들이 거대기업의 산업을 폐기할 때

　세계의 데이터집적이 매 이 년마다 배증하니 언제인가 자본의 지배를 끝내겠네

　엘리스가 「붉은 여왕」의 이상한 나라를 곧 탈출하겠네

　　　　　　　　　　　　　　　　　　　　　－ 김백겸, 「붉은 여왕」

끊임없이 부푸는 소비의 애드벌룬, 언제 터질까

시라기보다는 밀도 있는 에세이 같은 느낌입니다. 혹은 세상을 관조하는 선지자가 나지막이 읊조리는 예지적인 독백과도 같이 들립니다. 시인은 신자유주의 이후 지구 전체를 무대로 종횡무진하며 아메바처럼 증식하는 자본의 위세를 소비라는 측면에서 시니컬하게 들여다보고 있습니다.

이미 IMF 관리체제를 경험하면서 세계 금융시장을 휘젓고 다니는 투기자본의 폐해를 경험한 한국으로서는 이 시인의 주장이 결코 과장이 아님을 알고 있습니다. 환율, 주식, 채권 등 이른바 돈놀이나 투기에 의한 시장은 갈수록 커지고 있습니다. 실물경제보다 훨씬 더 커진 금융시장은 그야말로 꼬리가 몸통을 흔드는 격입니다. 그 이면에는 힘없고 작은 나라의 멀쩡하던 외환시장이나 주식시장, 채권시장을 무차별 강타해 투기적 이익을 갈취하고 한 나라를 파탄으로 몰고 가는 헤지펀드hedge fund, 금융파생상품 · 주식 · 채권 · 외환 등의 국제시장에 공격적으로 투자해 높은 운용 이익을 노리는 민간 투자기금의 횡포가 있고, 약소국들의 피눈물이 있습니다.

부자는 더욱 부유해지고 가난한 이는 더욱 가난해지는 양극화가 갈수록 심각해지고 있습니다. 유엔기구에서 빈국 식량 원조 등을 담당했던 장 지글러는 이렇게 신자유주의의 본질을 비판합니다.

"오늘날의 세계의 주된 갈등은 더 이상 개발도상국과 선진국
사이의 갈등이 아니다. 만성적인 실업난과 빈곤, 사회의 계층

화, 영양실조가 이제는 북반구도 위협하고 있다. 북반구와 남반구 사람들은 같은 적을 마주하고 있다. 민족을 초월하고 활동하는, 글로벌화한 금융자본의 과두지배가 바로 그것이다. 세계 225명 대재산가의 총 자산은 1조 달러가 넘는다. 이것은 전 세계 가난한 자들의 47%, 약 25억 명의 연간 수입과 맞먹는다. 빌 게이츠의 자산은 가난한 미국인 1억600만 명의 총자산과 맞먹는다. 세계 100대 글로벌 기업들의 매출은 각 기업의 매출이 가난한 나라 120개국의 수출 총액보다 많다."

　　　　　　　　　　　　　　　 - 장 지글러, 『왜 세계의 절반은 굶주리는가?』

　시인은 글로벌 금융자본이 횡포를 부리는 세상을 영국의 소설가 루이스 캐럴이 지은 판타지 소설 『이상한 나라의 앨리스』에 비유하기도 합니다. 빅토리아 시대를 배경으로 토끼 굴로 떨어진 앨리스가 겪는 환타지를 빗대어, 도무지 건전한 상식으로는 이해할 수 없는 이 투기적 세상에서 사람들은 누구나 우아하게 입고 먹고 마시고 쓰도록 강요받고 있다는 것입니다.

　시인의 표현에 의하면 우리 몸의 피에 해당하는 돈이 혈관을 돌아 심장을 압박합니다. 그러나 소득을 넘는 과도한 소비는 필연적으로 부푼 풍선이 터지듯 파멸로 이어집니다. 자본주의는 생산과 소비 유통이라는 세 축으로 굴러갑니다. 적정한 수준의 소비는 생산으로 이어져 경제를 발전시킵니다. 문제는 과잉소비입니다.

과잉소비의 덫에 걸린 현대인

현대인은 누구나 '소비'라는 매혹적인 거미줄에 걸린 곤충들 같습니다. 하루 24시간 우리는 끊임없이 더 좋은 것, 더 멋진 것, 더 유명한 것들을 사라고 유혹받고 있습니다. 모바일과 텔레비전, 신문과 잡지, 전철과 버스 정류장, 거리 빌딩의 전광판, 심지어는 달리는 전철 바깥벽에 투사되는 홀로그램 광고에 이르기까지, 우리는 구매의 집요한 유혹에 시달립니다.

후기 자본주의 사회의 이런 소비 현상을 날카롭게 파헤친 프랑스의 철학자 장 보드리야르는 더 이상 소비를 결핍의 충족, 그러니까 무언가 부족한 것이나 필요한 것을 사는 행위로 파악하지 않습니다. 그것은 욕망의 소비, 기호의 소비로 변질됐다고 말합니다. 다시 말하자면 어떤 제품의 소비를 통해 사람들은 명품을 걸치고 명품 오디오를 듣고 명품 매장을 드나드는 것으로 자신이 명품이 된 것 같은 기분에 사로잡히는 것이지요. 실제로 그 제품의 품질이나 효용이 값에 상응하는지는 전혀 고려의 대상이 아닙니다.

우리도 수시로 이런 현상을 경험합니다. 길거리에 요란하게 출몰하는 폭주족도 할리 데이비슨이나 혼다 같은 오토바이를 모는 그룹끼리 대열을 짓습니다. 나이키를 신지 않으면 또래 친구들에게 따돌림을 받는 학생들, 명품 핸드백 하나라도 걸치지 않으면 모임에 나가기 꺼려하는 주부들을 보기도 합니다.

"광고가 전하는 메시지대로 쉬고, 놀고, 행동하고, 소비하려는 대부분의 일반적 욕구들은 거짓된 욕구의 범주에 해당한다." 일찍이 자본주의의 이런 악마적 속성을 예리하게 파헤쳤던 학자는 독일의 마르크스주의 철학자 마르쿠제였습니다.

사람들은 힘들게 노동을 해서 하나에 수백만 원, 혹은 천만 원이 넘는 명품을 사고, 마치 광고에 나오는 모델처럼 고결한 존재가 되었다는 착각 속에 살지만 그것도 잠시, 공허함이 밀려오면 또 다른 명품을 향해 달려가고, 그 명품을 손에 넣기 위해 죽어라고 일하는 악순환의 고리에서 헤어나지 못합니다. 늘 호주머니가 가벼운 시인들은 특히 끊임없이 쏟아져 나오는 신상품과 상점들의 화려한 조명에 당혹스럽습니다.

너무 많은 상점들과 상점들
상점들 안의 너무 많은 상품들
상품들을 고르며 웃고 우는 너무 많은 손들
손들 하나하나가 안간힘으로 움켜쥔 너무 많은 욕망들
욕망들 속에 도사린 너무 많은 함정들
함정들에 빠져 허우적대는 너무 많은 우울들
우울들을 화려하게 장식하며 부드럽게 감싸 안는 너무 많은
조명등들
조명등들 아래로 순간순간 눈멀어가는 너무 많은 발들
발들과 발들 사이 조금씩 죽어가는 너무 많은 평범한 삶들
삶들과 죽음들을 딛고 나날이 울울창창 성장하는 자본주의

자본주의라는 거대한 상자에 갇혀 겨우 턱걸이하며 한숨 쉬는
너와 나의 빈약한 하루

하루하루를 저당 잡히고도 그것만이 전부이고 힘인 너무 많은
가여운 하루살이들

하루살이들 위로 끝없이 이어지는 너무 많은 상품과 상점들

상점들의 계단을 오르고 오르며 짓밟히는 너무 많은 꿈들

꿈들도 죄가 되는 세상에서 총알처럼 가슴에 날아와 박히는
너무 많은 절망들

절망들의 표본인 일그러진 性 사이로 능숙하게 가라앉는 너무
많은 식은 심장들

식은 심장들을 하나하나 모아 만든 최신식 폭격기들

폭격기들 너머 끝없이 포효하며 위협받는 너무 많은 정신들

정신들을 파먹으며 나날이 거부가 되어 가는 자본주의 동반자들

동반자들이 모여 만든 너무 많은 규격과 규정들

규격과 규정대로 한다면 시인 또한 그들의 너무 많은 노예들

노예들의 걸작을 하나하나 잡아먹으며 반짝반짝 광내는 너무
많은 모조품들

모조품들의 행렬 따라 끝없이 이어지는 너무 많은 상점들과
상품들

상품들 중에서도 최상품이 되고 싶어 하는 너무 많은 사람들

사람들이 분명한데도 켄베이어벨트에 실려 반품처리 되거나

폐품처리 당해 서서히

서서히 재가 되어가는 너무 많은 너와 나

― 김상미, 「너무 많은―끝말잇기」

시인은 결국 많은 사람들이 파산과 중노동이라는 함정이 도사린 상점과 상품 그리고 욕망들에서 헤어나지 못해 허우적댄다고 말합니다. 이런 사람들은 마치 팔리지 못하고 반품 처리되거나 쓰레기통으로 들어가는 상품과 다름없는 폐기물로 전락한다고 개탄합니다. 그러나 이런 사람들의 욕망과 소비를 자양분으로 자본주의는 울창한 숲으로 번창해 가고, 자본주의가 번창할수록 개인의 삶은 쪼그라듭니다.

과소비와 충동구매를 부추기는 것은 편리한 결제수단입니다. 손안의 작은 신용카드는 당장 돈이 없어도 구매를 가능하게 합니다. 요즘은 카드도 번거롭다고 휴대폰으로 결제가 됩니다. 호기 있게 카드 영수증에 사인을 할 때는 정말이지 '고객은 왕'이라는 광고 문구처럼 왕이 된 듯합니다. 그러나 몇 주일이 지나고 날아든 카드 명세서에는 할 말을 잃습니다. 이번 달도 영락없는 적자인생입니다. 하여 함민복 시인은 그의 시 「자본주의 사연」에서 전기료 고지서, 전화요금 통지서, 의료보험비, 카드사용료 등 집으로 날아드는 온갖 종류의 납부통지서를 보며 새삼 자본주의의 본질을 절감하기도 합니다.

그렇다면 이런 소비의 유혹을 끊어내는 방법은 없을까요? 결코 쉽지 않은 일입니다. 우리 모두가 자본의 포충망에 걸려든 소비 곤충이지만 정작 이 그물망을 잘 의식하지 못하기 때문입니다. 스스로는 매우 합리적인 소비자라는 착각 속에 살기 일쑤인데, 좀처럼 이 합리로 보이는 불합리를 깨우치기가 쉽지 않습니다.

그런 경험이 다 있지 않나요? 장롱을 열어보면 입지 않은 옷들, 언제 샀는지 모를 옷들이 즐비한데, 정작 입고 나갈 옷이 없다고 또 백화점이나 마트를 기웃거리는 자신을 발견하는 일 말입니다. 그런데 정말 과소비를 했나요? 아끼고 아껴서 아주 조금씩 산 것 같은데…… 텔레비전에서 연신 쏟아내는 현란한 광고를 보며 자신도 모르게 구매 버튼을 누르는 현상, 소위 '지름신'이 강림하는 경험도 흔히 하게 됩니다.

보드리야르의 지적처럼 소비는 구체적인 결핍과 충족의 문제가 아니라, 욕망과 이미지의 문제이다 보니, 스스로의 욕망을 절제하지 않는다면 소비를 줄이기란 불가능한 일입니다. 담배를 끊기 어렵다고들 말합니다. 마약도 도박도 끊기 어렵습니다. 어쩌면 무분별한 소비를 끊고 적절한 소비, 건전한 소비를 하는 것은 더욱 어려운 일일지 모르겠습니다. 그렇다면 도박을 끊기 위해 극단적으로 손가락을 자르듯이 소비를 줄이기 위해서도 매우 단호한 결심이 필요합니다.

한때 명품 브랜드가 곧 존재의 증명이었던, 그래서 끊임없이 새로운 명품을 사는 데 돈을 다 써버렸다는 프랑스의 닐 부어맨이라는 청년은

어느 날 파리 한복판에서 루이비통과 같은 명품을 불태우는 파격적인 퍼포먼스를 벌입니다.

신발을 예로 들자면 그는 어려서부터 아디다스만을 신었는데, 신발 하나로 상대방을 규정하는 삶을 살았다고 말합니다. 또 상대방이 어떤 청바지를 입고 어떤 티셔츠를 입었는지, 어떤 휴대전화를 쓰는지 등으로 상대방을 판단했다고 고백합니다. 말하자면 제품이 곧 소속감과 존재감을 주는 전형적인 천민 자본주의적 삶을 산 것이지요. 그런데 언제 부턴가 끊임없이 밀려오는 공허감과 상실감, 또다시 반복되는 명품의 탐닉, 비어가는 통장, 노동의 압박, 황폐해지는 영혼으로 괴로워하기 시작했다고 합니다. 그리고 마침내, 내가 명품 브랜드를 소비하는 것이 아니라, 명품이 내 소비심리를 이용해 배를 불리고 있구나 하는 결론에 이르렀습니다. 그는 브랜드와 소비라는 마약을 벗어던지기 위해 불태워 없애는 가장 극단적인 방식을 택했던 것입니다.

"사람들은 종종 내게 브랜드 제품을 소비하는 생활로 복귀할 생각이 없느냐고 묻는다. 당분간, 그에 대한 나의 대답은 '아니오'이다. 나는 이제 브랜드 제품에 의지하지 않고도 나의 두 발로 꿋꿋이 설 수 있으며, 무언가를 소유함으로써 나 자신의 가치를 입증하려 들지도 않게 되었다. 비로소 나는 소비주의와 물질주의가 판치는 세상으로부터 구원받은 것이다."

- 닐 부어맨, 『나는 왜 루이비통을 불태웠는가?』

밥보다 꽃이 좋은 세상, 모두 서정시를 쓸 수 있는 시대

이제 자본과 시장과 광고와 소비의 관계를 냉정하게 돌이켜보고, 차분하고 합리적인 소비를 해야 할 때입니다. 어렵지만 그 길만이 돈과 소비가 모든 가치를 집어삼킨 현대판 야만의 시대를 극복하는 길입니다.

좀 비싼 옷이 아니더라도, 명품 핸드백이 아니더라도, 에어가 든 고급 신발이 아니더라도, 번쩍거리는 시계를 차지 않아도, 으리으리한 호텔에서 스테이크를 썰지 않아도 우리에게는 얼마든지 삶의 가치와 감동을 느낄 수 있는 것들이 많습니다. 인류 5천 년의 지혜가 오롯이 담긴 고전들이 나란히 서서 우리가 손 내밀어주기를 기다리는 도서관이 있고, 사계절 옷을 갈아입으면서 언제 찾아가도 우리를 반기는 아름다운 산이 있습니다.

시인들도 끝없는 욕망과 소비로 인간의 영혼이 결박당한 시대에는 시를 쓰기 어렵다고 토로합니다. 정끝별 시인은 베르톨트 브레히트의 「서정시를 쓰기 힘든 시대」에 대하여 이렇게 말했습니다.

"야만적인 자본의 논리가 세계를 점령하고 있는 우리 시대. 서정시를 쓰기 힘든 시대다. 1퍼센트의 부자는 돈을 쓰는 재미에 빠져 서정시 따위에 무관심하고, 99퍼센트의 빈자들은 밥에 매달려 서정시를 외면하고 있다. 서정보다 자본이, 꽃보다 밥이, 노래보다는 목숨이 먼저인 시대, 서정시를 쓰기 힘든 시대다."

탐욕에서 벗어나, 맹목적인 소비와 끝 모를 욕망에서 벗어나, 자본보다는 서정이, 밥보다는 꽃이, 목숨보다는 노래가 먼저인 세상이 되기를 바랍니다. 시인뿐만이 아니라 집짓는 목수도, 거리의 노점상 아저씨도, 우유를 배달하는 아주머니도, 자동차 정비를 하는 청년도 한 줄 서정시를 쓰는 세상을 꿈꿔봅니다.

03

전월세 오디세이아,
지상의 방 한 칸을 찾아서

세상은 또 한 고비 넘고

잠이 오지 않는다

꿈결에도 식은땀이 등을 적신다

몸부림치다 와 닿는

둘째놈 애린 손끝이 천 근으로 아프다

세상 그만 내리고만 싶은 나를 애비라 믿어

이렇게 잠이 평화로운가

바로 뉘고 이불을 다독여 준다

이 나이토록 배운 것이라곤 원고지 메꿔 밥 비는 재주뿐

쫓기듯 붙잡는 원고지 칸이

마침내 못 건널 운명의 강처럼 넓기만 한데

달아오른 불덩어리

초라한 몸 가릴 방 한 칸이

망망천지에 없단 말이냐

웅크리고 잠든 아내의 등에 얼굴을 대 본다

밖에는 바람소리 사정없고

며칠 후면 남이 누울 방바닥

잠이 오지 않는다

　　　　　　– 김사인, 「지상의 방 한 칸」(『밤에 쓰는 편지』, 문학동네)

망망천지에 없는 지상의 방 단 한 칸, 잠 못 드는 가장

더 바라는 것도 아닙니다. 드라마에 나오는 으리으리한 저택도 아니고, 서민용이라고는 하지만 방 두세 개 있고 아담한 거실 딸린 아파트도 아닙니다. 그저 아내와 자식 함께 몸을 누이고 한데 엉켜서라도 단잠을 청할 수 있는 지상의 방 단 한 칸입니다. 그 한 칸이 없어 시인인 가장은 잠 못 듭니다. 며칠 후면 방을 비워주어야 하는데, 벌어놓은 돈이 없으니 옮겨갈 방 단 한 칸을 구하지 못했습니다. 아비를 믿고 천진하게 잠든 아이들, 남편의 근심을 알지만 힘을 보탤 길이 없는 아내는 괜히 몸이 오그라들어 쪽잠을 잡니다.

가뜩이나 잠 못 이루고 뒤척이는데 창밖에는 타들어가는 가장의 가슴에 불을 지피려 하는지 찬바람이 씽씽 불어댑니다. 시인은 이제 나이 지긋하신 분이니 이 시는 아마도 1970년대나 그 이전의 풍경이겠지만, 지금도 이삿짐을 꾸리고 식솔들을 데리고 전세와 월세를 전전해야 하는 가장이라면 사정은 크게 다르지 않습니다. 어서 빨리 원고지 한 칸이라도 더 메워 돈을 벌어야 이 지긋지긋한 셋방살이를 벗어날 텐데, 원고지 한 칸만 한 작은 방 한 칸 얻는 일은 힘겹기만 하고, 원고지 한 칸이 건너지 못할 운명의 강으로 다가옵니다.

흔히 인간의 생존 조건을 말할 때 '의식주'라는 말을 씁니다. 그런데 요즘은 이 순서가 '주의식'이어야 하지 않나 합니다. 농업의 발달로 생산량이 늘면서 먹고사는 문제도 많이 나아지고 입을 옷도 넘쳐나는 요즘이고 보면, 이제 현대인들을 가장 괴롭히는 문제는 두 발 뻗고 잠잘 수 있는 집 마련입니다. 수입이 변변치 않은 문인이나 예술인들은 더욱 뼈저리게 이 집 없는 설움, 정처 없이 떠돌아야 하는 유목민의 애환을 절절하게 느끼나 봅니다.

> 부동산을 통해 몇 개의 관을 보고 왔습니다. 수년간의 슬픔까지 빌릴 각오로 길을 누볐습니다만 허탕이었습니다. 밤중에 불 켜지고 꺼지는 순간을 점자로 읽습니다. 지문을 뗍니다. 올가미처럼 파도처럼 죽음이 바깥에서 중심으로 죄어옵니다. 피하며 중심까지 걷습니다. 거기에 젊은 몸뚱이를 묻고 복비를 전합니다. 푹 쓰러져 자고 싶었는데, 이틀 뒤에나 일어나고 싶었는데. 자고 일어났더니, 늙은이 되어 앞니 없이 웃고 있습니다. 저는 그게 꿈일지라도 행복했는데…… 관에 못을 박기도 전이었습니다. ─백상웅, 「전세」

이 시는 슬프다 못해 섬뜩하기까지 합니다. 이 시의 화자는 전세방을 얻으려 여러 군데를 전전했지만 허탕을 친 모양입니다. 빚을 내서라도 변변한 창문 하나 없는 지하 방 한 칸일망정 얻어보려 했지만 허사였던 모양입니다. 시인은 아마도 이런 방을 들여다보면서 관 속에 들어가는 듯한 비애를 느꼈나 봅니다. 세상은 불이 켜지고 또 꺼지는데 지하의 방은 점자처럼 스위치를 더듬어 밤이 오고 가는 것을 느껴야 하니 그곳은 관 속과 다름없는 쓸쓸한 곳일 수밖에요.

그나마 전세는 좀 나은 편일 수도 있습니다. 한국사회도 초저금리 시대로 들어가면서 전세라는 제도가 급격히 사라지고 있습니다. 2017년 한 신문사의 조사 결과에 따르면 서울의 경우 월세 비율이 38%나 됐습니다. 2012년까지만 해도 15.7% 수준이었으니 불과 5년 만에 전세의 상당부분이 월세로 전환한 것입니다.

이유는 간단합니다. 예전에는 집주인들이 목돈을 받아서 돈놀이를 하거나, 은행에 넣어놓아도 제법 짭짤한 이자를 받으니 전세는 매력이 있었습니다. 그러나 요즘처럼 금리가 1%대까지 내려온 상황에서는 더 이상 전세를 받아봐야 돈 굴리기도 마땅찮고 이자 소득은 쥐꼬리만 해졌습니다. 전세금을 1억 받았다고 할 때, 10년 전만 해도 월 50~60만 원 정도 이자 수입을 얻었지만 요즘은 월 15만 원 정도밖에 받을 수 없습니다.

전국적으로도 월세 비중이 2012년 22.5%에서 2016년에는 39.1%로 급증했습니다. 전세 가구는 350만여 가구, 월세 가구는 무려 450여만 가구나 됩니다. 전월세 비율이 역전된 것입니다. 특히 젊은 세대일수록 전월세 비중이 더 높아 이삿짐을 싸는 횟수가 많아집니다. 2016년 여름 서울시의 조사 결과를 보면, 서울에서 전월세를 사는 비율은 무려 59%, 자기 집에 사는 비율은 41%에 그쳤습니다.

그런데 30대의 경우 무려 88%가 전세를 살거나 월세를 살고 있습니다. 자기 집을 가진 사람이 열 명 중 한 명꼴에 불과하다는 얘깁니다. 집값은 너무 올라 살 엄두를 낼 수 없고, 전세도 줄어들고 월세 비중은 자꾸 높아지니 돈 벌어 집세 내기 바쁩니다. 자연히 내 집 마련의 꿈은 점점 더 멀어집니다. 불황이 깊어지면서 부동산 거래가 없다고 아우성이지만 집값은 좀처럼 떨어지지 않습니다. 노무현 정부 때도 아파트 값은 평균 15.2% 올랐고, 이명박 정부 때는 6.8%, 박근혜 정부 들어서도 지난해까지 8.2%나 올랐습니다.

2016년 5월 흥미로운 기사가 실렸습니다. 서울시 인구가 천만 명 밑으로 떨어졌다는 내용이었습니다. 얼핏 보면 과잉 인구로 몸살을 앓는 서울에서 지역으로 인구가 분산되는 바람직한 현상처럼 보이지만, 속내는 역시 집 문제였습니다. 젊은 세대들이 높아져만 가는 서울의 임대료를 견디지 못하고 상대적으로 싼 수도권으로 이사한 것이었습니다.

실제로 한 인터넷 언론사가 성인들을 대상으로 조사한 결과에 따르면, 응답자의 50.7%가 전월세가 올라 이사한 적이 있었습니다. 응답자의 67%는 집값과 전월세가 올라 경제적으로 빈곤해지고 삶의 질이 떨어졌다고 답했습니다. 58.6%는 집 때문에 심한 스트레스를 받고 있었습니다. 집 문제로 인한 고통은 요즘 젊은이들이 연애나 결혼 혹은 자녀 갖기를 꺼려하는 결정적 원인이 되고 있습니다.

사랑에서도 나 설움밖에 챙긴 게 없어
월세 같은 세월에 밀려
달방에서 마저 달만 들고 나왔다네
월영동 반월동 완월동 신월동 두월동

달방들이 모여 있는 골목을 지나

나 바다에 다다르면,

천막 포차 꺼진 백열구에 내 달을 넣어

밤바다 물결을 타고 넘고 싶었다네

배달 오토바이를 타고 헤드셋을 건 채

바다로 질주한 생도 있었다지 아마

나 어두워진 채, 떠나온 달방을 보고 있다네

밤바다 물결 밤바다 물결

물이 결을 세워 솟아오를 때

— 성윤석, 「달방」

　흔히 가난한 사람들이 몰려 사는 곳을 달동네라고 합니다. 달이 제일 먼저 떠오르기 때문이라나요. 시인은 달동네라는 달동네는 다 전전했는데 결국 이 달동네에서도 밀려나고 맙니다. 그가 견뎌온 세월은 월세 독촉에 떠밀려온 세월에 다름 아니었습니다. 그러다 보니 사랑도 잃고 돈 없는 설움만 사랑의 부산물로 남았습니다. 차라리 캄캄한 바다에라도 뛰어들고 싶은 심정이었겠지요. 바다는 더 이상 월세도 전세 보증금도 내놓으라고 압박하는 곳이 아닐 테니까요.

집은 사는buy 물건이 아니라 사는live 곳이어야

아직도 전월세를 사는 사람이 이렇게 많은 걸 보면 우리나라는 집이 절대적으로 모자랄까요? 그렇지 않습니다. 국토교통부의 2014년 통계를 보면 전국의 주택 수는 1,943만 채, 가구 수는 1,877만 호입니다. 그러니까 집이 오히려 63만 채 더 많습니다. 이른바 주택보급률은 2014년 기준으로 103.5%에 달합니다.

그런데 왜 이런 현상이 벌어진 걸까요? 이유는 간단합니다. 집을 두세 채 혹은 수십, 수백 채 가지고 있는 다주택 소유자가 많기 때문입니다. 우리나라 주택 소유자 가운데 13.6%는 두 채 이상을 가지고 있습니다. 숫자로는 무려 172만 명이나 됩니다. 세 채 이상 보유한 사람도 30만 명이 넘습니다.

2016년 거액의 도박을 하다 구속된 기업인을 변호하면서 상상을 초월하는 돈을 받았던 전직 검사장 출신 변호사가 온 국민을 분노와 허탈감에 빠지게 했습니다. 재테크에도 귀재였던지 막대하게 불린 재산으로 오피스텔 수백 채를 샀다고 하니, 방 한 칸이 없어 변두리를 전전하는 전월세입자의 염장을 제대로 지른 셈입니다.

그렇다면 해결책은 없는 걸까요? 지금도 '주택임대차보호법'이라든가, 전세를 월세로 돌릴 경우 월세를 적정 수준에서 제한하는 이른바 '전월세전환율제도'를 두고 있기는 합니다. 그러나 현재의 제도만으로는 부족하다는 게 대체적인 인식입니다. 예를 들어 현재 주택임대업의 82%가 미등록인 만큼 등록제를 통해 철저하게 세금을 물린다거나, 계약 기간에라도 금리인하와 같은 변동요인이 생기면 세입자가 계약갱신을 청구할 수 있는 권리 등을 주어야 한다는 주장도 있습니다.

조금 더 근본적으로는 집에 대한 생각을 바꿔야 한다는 주장이 있습니다. 집은 더 이상 차익을 보고 사고파는 사유재가 아니라, 인간으로서 최소한의 존엄을 지킬 수 있는 삶, 안정적인 삶을 유지하는 데 필요한 공공재여야 한다는 것입니다. 그런 관점을 유지한다면, 집은 생활 목적의 소유만 인정하고 자산 증식 목적의 소유는 엄격하게 제한되어야 합니다.

이를테면 국가가 주택을 대부분 사들여서 실생활자에게 임대를 해주는 것이지요. 국토가 워낙 좁아 부동산에 시장원리를 도입할 경우 투기 망국이 될 것이 뻔했던 싱가포르는 '환매조건부분양제도'를 통해 집에 대한 사적 소유를 거의 차단했습니다. 살다가 집을 옮길 경우 그 집은 싱가포르 정부가 다시 사들여 다른 사람에게 분양하는 시스템입니다.

지금도 싱가포르는 80%가 공공임대주택입니다. 그러나 이 경우 국가가 막대한 재정 부담을 져야 하고, 이런 제도가 자본주의의 근간인 사유재산권 침해라는 반발도 있습니다. 그러니 우선 우리나라도 정부가 의지를 갖고 장기 임대주택이나 영구 임대주택을 가능한 한 많이 지어야 합니다. 우리가 지향해야 할 선진국과 비교할 때 공공임대주택은 턱없이 부족합니다. 장기 공공임대주택은 전체 주택의 4.7%에 불과합니다.

점점 심각해지는 부의 양극화, 노동소득과 불로소득의 괴리, 매년 사상 최대로 늘어가는 천문학적인 가계 빚, 봉급은 분명 늘어나는데 쓸 돈

싱가포르 전경

은 없는 서민들, 사랑하는 이와 결혼해 아들딸 낳고 오순도순 살고 싶은 젊은이들의 소박한 꿈을 앗아가는 '헬조선'…… 이 모든 사회적 난제의 근저에 망국적 부동산 투기가 도사리고 있습니다.

현재 우리나라의 금리수준은 1.25%로 매우 낮은 수준을 유지하고 있는 가운데 갈 곳 없는 돈들이 강남 재건축과 재개발 등에 몰리면서 잠시 주춤하던 부동산발 광풍이 다시 불 조짐을 보이고 있습니다. 토지 공개념 못지않게 주택 공개념에 대한 보다 진지한 논의와 구체적인 법적, 제도적 실현을 논의해야 할 때입니다.

무한히 주기만 하는 자연 앞에 우리는 모두 전월세자

국가가 아무리 공개념 등을 앞세워 주택 문제를 해결하려 해도 모두 똑같이 좋은 집에서 살 수는 없습니다. 상대적 박탈을 최대한 해소할 수 있을 뿐, 주거 조건의 절대적 평등을 이뤄내기란 불가능합니다. 그렇다면 우리는 어떤 마음으로 살아가야 하나요? 제도적으로 주거 문제를 개선하려는 노력은 노력대로 하되, 좀 더 시야를 넓혀 하늘과 숲과 강과 바다를 바라보며 새로운 시각으로 전월세를 생각해봐야 하지 않을까요?

어떤 다른 직업을 가진 사람보다도 더 전월세를 많이 살고, 옥탑방이나 지하실 방을 전전해야 하는 시인들도 적지 않은 만큼 그들은 이렇게도 발상을 전환해봅니다. 눈물겹지만 그 눈물에서 아름다움과 선함이 묻어납니다.

도시의 옥상은 매력적이다

평수에 없는 땅을 배로 늘려 덤으로 준다

14평에 살아도 사실은 28평인 셈

하늘에 등기를 마친 건물의 꼭대기는

별도로 세금이 부과되지 않는다

많은 옥상을 거느린 하늘은

비와 햇빛과 바람으로 옥상이 자신의 소유임을 증명한다

집들의 정수리에서 상추와 고추가 자라는 것은

지붕을 싫어하는 옥상의 버릇 때문

오래된 이 습관 탓에

스티로폼 상자에 고추가 달리고 항아리에 담긴 간장이 익는다

가끔은 쓰레기더미나 폐품을 방치하고 물탱크에

시신을 감추기도 했지만 그것은 옥상의 잘못이 아니었다

다닥다닥 달린 창문을 빠져나와

넥타이를 풀고 잠시 숨을 돌리는 곳, 도시의 숨구멍은

결국 이 옥상이다

사내들은 이곳에 와서 생사를 결정하고

하루를 충전한다 자판기에서 뽑은 커피 한잔을 들고

머리 위를 날아가는 새들이나 흘러가는 구름 따위를

생각의 갈피에 눌러두어도 좋을 것이다

드물게 추락사도 있었지만

그들은 깔끔한 옥상의 성격을 몰랐기 때문

제 평수만 고집하는 옥상은 한 뼘의 허공도 탐내지 않는다

한 발이라도 제 품을 벗어나면 결코 손을 잡아주지 않는다

평수에도 없는 땅에 옥탑방을 들이고

꼬박꼬박 월세를 챙기는 주인도 가져갈 수 없는 건

아무도 그 평수를 모르는 탁 트인 하늘이다

— 마경덕, 「옥상」

사실 옥탑방은 겨울엔 춥고 여름엔 숨 막히는 그 살인적인 환경 때문에 웬만큼 마음을 굳게 먹지 않으면 들어갈 엄두를 내기 어렵습니다. 그런데 시인은 이 옥상의 방을 얻으면 그 넓은 옥상이 내가 쓸 수 있는 공간이고, 나아가 뻥 뚫린 시원한 하늘, 쏟아지는 햇볕과 시원한 바람과 비가 모두 자신의 소유라고 합니다. 주인도 가져갈 수 없으니 말이지요.

그런가 하면 우리 삶 자체가 자연이라는 절대적인 주인의 집에서 세 들어 살다 가는 전월세 같은 것이라고 깨달은 시인도 있습니다. 우리가 소유하고 있다고 믿는 집이나 돈, 권력과 명성이 사실은 잠시 빌리는 것이고, 궁극에는 허망한 것이라는 불교적 사유를 연상케 합니다.

바다에 꼬박꼬박 월세를 낸다

외포리 선착장에서 나눠줄 광고지 한 컷

초상권을 사용해도 된다는 계약조건이다

인적 드문 초겨울 바닷가,

바다는 세를 내릴 기미가 없고

민박집 주인은 끝물의 단풍처럼 입이 바짝 마른다

알고 보면 어느 것 하나 내 것인 게 없다

슬쩍 들이마신 공기와

내 몫을 챙겨온 하늘

게다가 무단으로 사용한 바람까지

불평 없이 길을 내주는 백사장 위

스물 몇 해 월세가 밀려 있는 나는

양심불량 세입자인 셈이다

수평선을 끌어다 안테나를 세운 그 민박집

바다가 종일 상영되는

발이 시린 물새 몇 마리 지루한 듯 채널을 바꾼다

연체료 붙은 고지서처럼 퀭한

석모도 민박집에서

내 추억은 몇 번이나 기한을 넘겼을까

바닷가 먼지 자욱한 툇마루엔

수금하러 밀려온 파도만 가끔 걸터앉는다

— 안시아, 「석모도 민박집」

    20대 젊은 시인은 자신이 하늘과 공기와 바람, 백사장 이 모든 것을
돈 한 푼 안 내고 제 것인 양 쓰는 양심불량 세입자라고 유쾌한 고백을
합니다. 물론 어려운 일입니다. 좀 정들만 하면 느닷없이 이삿짐을 싸야
하고, 눈이 빠지도록 애면글면 일해서 번 돈의 대부분을 잠자리 얻는 데

써야 하는 이 고달픈 현실에서 이 시인들처럼 낭만적인 생각을 하기란 쉽지 않습니다.

그래도 우리는 더러 낭만의 사유 속에 빠져야 합니다. 다행히 월세를 올리지도 않고 방 빼라고 호통 치지도 않는 이 아름다운 산과 바다, 강과 호수, 하늘과 바람, 나무와 새들에게 감사하며 살아야 합니다. 그렇지 않고서야 어떻게 눈만 돌리면 펄럭이는 저 광란의 분양광고 플래카드를 보면서, 평당 5천만 원이 넘는 아파트가 수백 대 일의 당첨 경쟁이 붙었다는 뉴스를 들으면서, 우리가 맨 정신으로 살아갈 수 있단 말입니까?

시인들이 이런 현실을 모르는 청맹과니일 리 없습니다. 그렇게라도 해야 모순투성이의 현실 앞에 속절없이 꺾이려는 무릎을 다독여 또 걸어갈 수 있기 때문입니다. 이 시를 써내려가는 시인의 눈에도 분명 눈물이 괴지 않았을까요? 그 감사한 자연의 풍광도 벌게진 눈 속에서 속절없이 흔들렸겠고요.

04

상인,
달빛이라도 베어 팔아야 하는 사람

하늘에 해가 없는 날이라 해도
나의 점포는 문이 열려 있어야 한다
하늘에 별이 없는 날이라 해도
나의 장부엔 매상이 있어야 한다

메뚜기 이마에 앉아서라도
전(廛)은 펴야 한다
강물이라도 잡히고
달빛이라도 베어 팔아야 한다
일이 없으면 별이라도 세고
구구단이라도 외워야 한다

손톱끝에 자라나는 황금의 톱날을
무료히 썰어내고 앉았다면
옷을 벗어야 한다
옷을 벗고 힘이라도 팔아야 한다
힘을 팔지 못하면 혼이라도 팔아야 한다

상인은 오직 팔아야 하는 사람
팔아서 세상을 유익하게 해야 하는 사람
그러지 못하면 가게 문에다

묘지라고 써 붙여야 한다

— 김연대 . 「상인일기」

상인, 팔지 못하면 가게 문 앞에 '묘지'라고 써 붙이는 사람

2016년 가을로 기억됩니다. 전날 먹은 술이 좀 지나쳤던지 빈속에 출근했다가 회사 앞 지하에 있는 해장국 집에 들어갔습니다. 구수한 우거지에 선지를 듬뿍 넣어 끓인 해장국이 놀랍게도 3,000원, 점포 임대료가 비싼 탓에 음식 값이 만만찮은 여의도에서 이 값에 해장국을 파는 것은 의아할 정도입니다.

값이 싸다고 재료가 시답잖거나 맛이 없다고 생각하면 오산입니다. 맛도 좋아 삼시 세끼 문전성시를 이룹니다. 그런데 해장국을 주문하고 두리번거리다가 벽 한쪽, 액자에 적힌 시가 눈에 들어왔습니다. 바로 위의 시였습니다. 나는 읽고 또 읽었습니다. 장사가 무엇인지, 상인이 무엇을 하는 사람인지 모르는 이는 없을 테지만, 나는 이 시처럼 명쾌하면서도 단호하게 장사와 상인에 대해 정의를 내린 글을 찾지 못하겠습니다. 눈물겨우면서도 불끈 주먹을 쥐게 만드는 절절함이 묻어났습니다.

해가 뜨거나 말거나, 메뚜기 이마만 하든 어떻든 아무리 좁은 공간에서라도 물건을 펼쳐놓아야 한다는 결기가 서늘합니다. 팔 물건이 없으면 몸으로라도 때우고, 그것도 안 되면 혼이라도 팔아야 한다니, 좌우지간 상인은 '파는 사람'이라는 뜻이겠지요. 팔 물건이 없다면 강물을 퍼다가라도, 달빛, 별빛을 베어서라도 팔아야 한다니 그 기발한 재치에 웃음이 나옵니다. 그런데 마지막 문장, 팔지 못하면 가게 문에다가 '묘지'라고 써 붙여야 한다니, 다시 엄숙해집니다.

실제로 이 시를 쓰신 김연대 시인은 젊은 시절 무역상을 했다고 합니다. 김 시인도 꼼꼼하면서 민족의식이 투철했던 상인이었나 봅니다. 1995년 타이완에서 지구본 500개를 수입하면서, 우리나라와 일본 사이의 바다를 '일본해Sea of Japan'라고 표기한 것을 발견하고 '동해East Sea'로 바로잡지 않으면 수입하지 않겠다고, 그야말로 결기를 보여 결국 타이완 업체가 수정하도록 했다고 합니다.

세상에 많고 많은 직업이 있지만 따지고 보면 오늘날 세계를 평정한 자본주의 체제를 만든 사람들은 다름 아닌 상인들입니다. 농산물과 공산품은 물론 무형의 서비스와 추상적인 꿈과 비전에 이르기까지 사고파는 상인들과 시장이 있어 세상은 교류해왔고 진보해왔습니다.

시장! 이 단어는 세상의 본질을 한마디로 압축하는 가장 구체적이고도 가장 추상적인 단어가 되었습니다. 프랑스의 구조주의 철학자 자크 데리다식 표현을 빌린다면 "시장 바깥은 없다"입니다.

슈퍼 파워로 부상한 중국은 원래 장사의 나라였습니다. 고대 은殷나라의 이름이 상商나라이기도 하니 아예 장사하는 국가인 셈입니다. 중국의 독특한 상술을 지방별로 예리하게 분석한 강요백 교수는 중국인들이 자주 쓰는 일상용어 가운데 '셩이生意'라는 용어에 주목합니다. 왜 사느냐는 형이상학적 의미가 아니라 장사나 영업을 뜻한다는 것인데, 한

마디로 중국인이 추구하는 삶이란 '장사를 잘해 잘 먹고 잘사는 것'이라는 말입니다. 중국인은 14억 인구 전부가 상인이라고 해도 과언이 아니라고 강 교수는 말합니다.

불후의 역사서 사마천의 『사기』에도 왕과 사상가들의 기록과 더불어, 이른바 '화식열전貨殖列傳'이라고 해서 춘추전국시대부터 한나라까지 돈을 번 부자 상인들의 일대기가 기록돼 있습니다. 우리나라는 말할 것도 없고 다른 아시아 국가나 유럽 국가의 역사책에서도 좀처럼 보기 힘든 대목입니다. 중국에는 이런 말이 있다고 합니다.

"사람들은 다른 사람이 자기보다 열 배 부자이면 그를 헐뜯고, 백 배가 되면 그를 두려워하며, 천 배가 되면 그에게 고용당하고, 만 배가 되면 그의 노예가 된다. 이것이 인간사회의 보편적 도리다. 부자 되는 길은 농업이 공업보다 못하고 공업이 상업보다 못하다. 자수를 놓아 문장을 희롱하는 일은 시장바닥에 앉아 돈을 버는 일보다 못하다."

그러니까 책 속에 파묻혀 인륜과 정치, 도덕을 논하는 일보다 무언가 물건을 만들고 팔아 돈을 벌고 생활을 윤택하게 하는 것이 더 윗길이라는 아주 실용적인 사고를 엿볼 수 있습니다. 동양의 철학과 지혜를 담은 책 『논어』에도 이런 대목이 나옵니다.

자공이 말하였다.

"여기에 아름다운 옥이 있다면 궤 속에 넣어서 보관해 두시겠습니까? 좋은 상인을 구하여 파시겠습니까?"

공자께서 말씀하셨다.

"팔아야지! 팔아야지! 나는 상인을 기다리는 사람이네."

인류의 스승 공자께서도 아무리 좋은 지식과 보물이 있어도 팔지 않으면 아무 소용이 없다고 한 것이지요. 공자 스스로가 천하를 다스리는 지혜와 경륜을 제후들에게 팔기 위해 나라를 주유했던 지식상인이었는지도 모르겠습니다. 비록 피비린내 나는 춘추시대, 모든 나라의 국왕들이 오로지 힘으로 약소국을 정복하려는 야욕에 사로잡혀 이 위대한 사상을 받아들이지 않았을지라도 말입니다.

조선의 참된 상인 임상옥

중국에 비하면 우리나라는 유교 이데올로기를 편협하게 받아들인 탓인지 장사와 상인에 대한 평가나 점수가 아주 야박합니다. 사농공상士農工商이라는 계급적 서열이 상징하듯, 장사하는 사람을 장사치로 천하게 부르기 일쑤고, 사대부들 역시 속으로는 돈과 벼슬을 탐하면서도 외향적으로는 돈을 더러운 것, 부끄러운 것으로 여겼습니다.

그러나 조선시대에도 존경받는 상인이 없었던 것은 아닙니다. 바로

최인호 작가가 쓴 소설 『상도商道』의 주인공 임상옥이 있었습니다. 조선 후기 철종 시대 중국과의 국경무역을 장악했던 임상옥은 참된 상인의 철학을 실천한 인물, 벌어들인 돈의 대부분을 가난한 이들을 위해 베푼 인물로 알려져 있습니다. 돈을 위해서라면 수단과 방법을 가리지 않는 권모술수가 횡행하는 장사의 세계에서 임상옥은 그의 장사철학을 이렇게 들려줍니다. "재상평여수 인중직사형 財上平如水 人中直似衡"

재물은 평등하기가 물과 같고 사람은 바르기가 저울과 같다는 뜻입니다. 즉, 물과 같은 재물을 독점하려 한다면 반드시 그 재물에 의해 망하고, 저울과 같이 바르고 정직하지 못하면 언젠가는 파멸을 맞는다는 것이지요. 그렇겠군요. 물은 아무리 한쪽으로 높이 쌓으려 해도 저절로 수평을 이루니, 돈 역시 얼핏 보기에는 한쪽으로 쏠리는 듯해도 물처럼 골고루 퍼질 수밖에 없다는 뜻일 텐데요, 어쩌면 임상옥은 실재하는 현실이 돈에 관한 한 평등하기보다는 그래야만 한다는 당위를 역설한 것인지도 모르겠습니다. 예나 지금이나 돈이 골고루 물처럼 퍼진 시대는 결코 없으니까요.

그의 이런 철학은 자연 눈앞의 이윤보다는 사람과의 신뢰를 중시하는 스타일로 이어집니다. "이문을 남기는 것은 작은 장사요, 사람을 남기는 것은 큰 장사"라고 그는 말합니다. 그러니까 장사는 단순히 물건을 싸게 사서 비싸게 팔아 이윤을 남기는 행위가 아니라, 인간과 세상에 대한 깊은 통찰을 바탕으로 하는 가치 지향적 행위이고 도덕적 행위라는 것이지요.

시인은 무엇을 파는가?

그렇다면 시인들은 무엇을 팔까요? 인간과 세상에 대해, 역사와 자연에 대해, 현실과 꿈에 대해 끊임없이 사유하고 그 사유의 그물에 걸려든 테마를 은유와 상징, 그리고 운율에 실어 한 편의 시를 완성한 다음에는 당연히 독자들에게 시를 팔아야 합니다. 이상국 시인은 시를 파는 일은 아주 이문이 많이 남는 장사라고 말합니다. 왜냐고요? 재료비가 전혀 안 든다나요.

젊어서는 몸을 팔았으나
나도 쓸데없이 나이를 먹은 데다
근력 또한 보잘것없었으므로
요즘은 시를 내다 판다
그런데 내 시라는 게 또 촌스러워서

일 년에 몇 편쯤 팔면 잘 판다

그것도 더러는 외상이어서

아내는 공공근로나 다니는 게 낫다고 하지만

사람이란 저마다 품격이 있는 법

이 장사에도 때로는 유행이 있어

요즘은 절간 이야기나 물푸레나무 혹은

하늘의 별을 섞어내기도 하는데

어떤 날은 서울에서 주문이 오기도 한다

보통은 시골보다 값을 조금 더 쳐주긴 해도

말이 그렇지 떼이기 일쑤다

그래도 그것으로 나는 자동차의 기름도 사고

아이들에게 용돈을 주기도 하는데

가끔 장부를 펴놓고 수지를 따져보는 날이면

세상이 허술한 게 고마워서 혼자 웃기도 한다

사람들은 내 시의 원가가 만만찮으리라고 생각하는 모양이지만

사실은 우주에서 원료를 그냥 퍼다 쓰기 때문에

팔면 파는 대로 남는다는 걸 모르는 것 같아서다

그래서 나는 죽을 때까지

시 파는 집 간판을 내리지 않을 작정이다

— 이상국, 「시 파는 사람」(『어느 농사꾼의 별에서』, 창비)

절로 웃음이 나오는 시입니다. 그러나 뒤이어 눈물이 나오기도 합니다. 시인은 우주에서 원료를 퍼다 쓰니까 재료가 드는 일이 아니라고 너스레를 떱니다. 그렇지만 왜 재료비가 없겠습니까? 밤을 낮 삼아, 낮을 밤 삼아 단어 하나, 문장 하나 건지겠다고 거대한 언어의 바다 속에서 바늘 하나 찾는 심정으로 애태우는 사람들, 최적의 단어 하나를 찾아내려고 때로는 목숨을 거는 사람들, 남들과 다른 무엇을 써야겠다는 강박관념으로 정상과 비정상의 경계를 오락가락하다가 더러는 실성하거나 몸을 상해 요절하는 사람들…… 직업별 수명의 통계를 보면 언제니 가장 짧은 축에 들어가는 사람들이 시인이나 소설가들입니다. 그러니까 문인들의 재료는 물질이 아니라 더 비싼 영혼입니다.

그렇다면 세상에서 가장 통이 큰 장사, 가장 이문이 많이 남는 장사는 무엇일까요? 조선 중기의 가장 뛰어난 개혁적 사상가이자 관료였던 다산 정약용 선생은 다름 아닌 '청렴'이라고 말합니다.

> "청렴하다는 것은 천하의 큰 장사다. 그런 까닭에 크게 재물을 탐하는 자는 반드시 청렴한 것이다. 사람들이 청렴하지 못한 까닭은 그의 지혜가 모자라기 때문이다. 사람은 재물을 크게 좋아한다. 그러나 그 좋아하는 것이 재물보다도 더 큰 것이 있다. 지혜가 원대하고 생각이 깊은 자는 그 욕심도 또한 큰 것이다." – 정약용, 『목민심서』

절로 무릎을 치게 됩니다. 세속의 재물은 당대로 끝나지만, 정치가가 청렴으로 나라를 다스려 그 명예와 공덕이 천년만세를 간다면 그보다 더 큰 재물이 어디 있을까요? 그러니까 '청렴'을 탐하는(?) 선비들이야말로 가장 통이 크고 가장 큰 이문을 남기려는 장사꾼인 셈입니다. 요즘 세상을 시끄럽게 하는 재벌의 형제간, 부자간 분쟁과 탐욕에 얽힌 추악한 비리들이 속속 드러나면서 다산의 이 말씀이 더욱 절실하게 다가옵니다.

무너지는 상인들, 시급한 안전망

이렇게 경제의 핏줄이 되고 신경망이 되는 상인들이 지금 벼랑으로 몰리고 있습니다. 장사는 잘 안 되는데, 퇴직 후 일자리가 마땅치 않은 월급생활자들 역시 너도나도 장사에 뛰어들면서 전형적인 공급 과잉, 수요 부족 현상이 일어나고 있습니다.

우리나라의 자영업자는 2016년 말 기준으로 570만 명에 이르고 있습니다. 우리나라 산업에서 자영업이 차지하는 비중은 무려 27.4%, 31개 OECD 회원국 평균이 16% 정도이니 매우 높습니다. 특히 자영업의 대부분을 차지하는 음식과 숙박의 경우 과잉은 더욱 심각합니다. 인구 천명당 음식점과 숙박업체는 무려 13.5개나 됩니다. 미국이 2.1개, 일본이 5.6개 정도이니 얼마나 경쟁이 치열할지요?

사정이 이렇다 보니 적자를 견디지 못하고 문을 닫는 가게가 속출하고 있습니다. 국세청의 통계를 보면 2015년 한 해 동안 폐업한 자영업자는 무려 68만 명, 음식점이 가장 많고 편의점, 옷가게, 공인중개업 등이 많이 문을 닫았습니다. 중소기업중앙회의 통계를 봐도 자영업은 위기 그 자체입니다. 가게 문을 연 지 1년 만에 문을 닫는 업체가 무려 40%, 5년 이내에 문을 닫는 업체가 70%에 이릅니다. 그러니까 5년 이상 한 곳에서 장사를 하는 가게가 불과 30%에 그친다는 얘깁니다. 실제로 국세청의 통계를 보면, 지난 2005년에서 2014년까지 10년 동안 약 967만 개의 점포가 새로 생겼는데, 이 가운데 800만 개가 문을 닫은 것으로 나타났습니다. 열 명이 문을 열어 10년을 버틴 업체는 두 개 정도라는 얘깁니다.

내가 사는 동네에서도 일주일이 멀다 하고 문을 닫는 점포가 속출하고 있습니다. 사정이 이렇다 보니 자영업자들은 빚에 내몰리고, 노후 준비는 꿈도 못 꾸고 있습니다. 통계청의 2017년 설문조사를 보면, 자영업자의 27%가 노후 준비를 전혀 하지 못하고 있습니다. 일반 근로자의 응답률이 8.6%였으니 노후 빈곤에 무방비로 노출된 자영업자는 세 배 이상 많은 셈입니다. 빚도 눈덩이처럼 불어나 한국경제를 뒤흔들 수 있는 폭탄이 되고 있습니다.

2016년 9월 말 기준으로 자영업자의 부채액은 무려 464조5천억 원, 2015년 말과 비교할 때 불과 아홉 달 만에 15% 정도가 늘었습니다. 노후 준비할 여력 없이 무방비 상태로 퇴직하는 베이비부머 세대가 너도나도 창업에 뛰어들어 하루에 새로 생기는 업소만도 3천 개나 됩니다. 가뜩이나 경쟁률 치열한데 2016년 발효된 부정청탁금지법의 여파로 사람들이 외식이나 선물 등을 꺼립니다. 박근혜 대통령 탄핵 사태로 촉발된 정치적 사회적 격변도 상인들에게는 일시적으로 큰 악재가 아닐 수 없습니다.

해외를 다니다 보면 정말 우리나라의 상인들처럼 부지런히 일하는 상인을 찾기 어렵습니다. 해뜨기 전부터 문을 열어 캄캄한 밤까지, 그것도 모자라 24시간 문을 여는 가게도 많습니다. 이용하는 사람이야 편리하겠지만, 그 살인적인 노동을 지속해나가야 하는 상인들은 얼마나 고통스러울까요. 일과 휴식의 적절한 조화야말로 한 개인의 건강한 생존을 담보하는 필요조건입니다. 또한 한 가정의 행복과 건전한 사회의 토대인데, 최소한의 생존 기반이 무너지고 있습니다. 그나마 돈벌이라도 잘된다면 미래의 휴식을 기대하며 이를 악물 수 있겠지만, 고생은 고생대로 하고 돈은 돈대로 까먹는 이중고가 계속되니 상인들의 억장은 무너질 수밖에 없습니다.

그래서입니다. 자영업자들이 더 이상 벼랑으로 몰리지 않도록 사회안전망을 확충하는 일이 시급합니다. 외국에 비해 너무 높은 임대료를 제도적으로 억제하는 방안, 불안정한 임대 기간과 불리한 임대 조건을 개선하는 방안, 국민연금의 사각지대에 놓인 상인들의 복지후생 제도를 보완하는 방안……. 우리가 상인들의 헌신적인 서비스 덕분에 편리한 생활을 누린다는 점을 인정한다면 이들의 지속 가능한 생활을 위해서도 함께 고민해야 하지 않나 합니다.

우리 집 앞 횡단보도에는 붕어빵 노점이 있습니다. 작은 수레에 파란 천막을 얼기설기 얹고는 밤늦게까지 노릇노릇한 붕어빵을 구워 파는 노부부가 계십니다. 맛있기도 하거니와 어릴 적 추억이 생각나 나는 퇴근길에 꼭 2천 원어치씩 붕어빵을 사곤 합니다.

판매대 수북이 붕어빵이 쌓여 있을 때는 내 마음에도 안타까움이 수북이 쌓입니다. 천막을 닫기 전까지 저 빵을 다 팔지 못하면 어떻게 하지? 자그마한 가게 앞에 서너 명씩 붕어빵을 기다리는 줄이 늘어서 있으면 괜히 기분이 좋아집니다. 그래서 시도 한 편 썼습니다. 지금 이 시간에도 전국에서 가게 문을 활짝 열고 졸린 눈, 처지는 어깨를 다독이며 장사를 하고 계신 모든 상인 분들을 응원합니다. 만들기가 무섭게 팔려나가는 붕어빵 가게의 주인 할머니 할아버지처럼 대박 나시길 기원합니다.

> 펄럭이는 천막 안에서
> 아기붕어가 태어난다
> 차가운 밀가루 반죽에
> 아주머니는 연신
> 허연 입김 불어넣으시고
> 후끈 달아오른 무쇠틀 속으로
> 붉은 심장을 넣어주신다
> 어느새 윤기 흐르는 피부로
> 세상에 나온 손주들
> 온기도 가시기 전 봉지에 담긴다
> 오늘은 아주머니도
> 월척 붕어 몇 마리 낚아
> 집에 가시겠다
>
> ─ 임병걸, 「붕어빵」

05

서점,
사라져가는 영혼의 주유소

오랜 단골들에 숙성된 동네 서점들 하나씩 문을 닫고 힘 센 대
형문고가 마트처럼 버티고 앉은 도심 밖 뒷골목, 옛날 여인숙
비슷한 헌책방 하나 섬처럼 고집스럽게 떠 있다 돋보기안경
너머로 낡은 기억 닦고 있는 저 늙은 주인은 하루 한 번씩 책
들의 이름을 호명해 보지만 여기 고서들 대부분이 제 나이도
기억하지 못한다 오늘도 주인은 마치 참선하듯 향불 하나 피
워놓고 책들과 무언의 대화를 나누는 게 행복한 하루다

언젠가는 나도 저들처럼 소외를 맞겠지 요즘은 책이 무섭다
이제는 내가 책의 감방이 되었다 금세라도 무너질 것 같은 아
슬아슬한 책 더미, 책이여! 이제 더 이상 나는 너를 감당할 수
없구나 햇살 한 조각 비집고 들 틈도 없는 골방 속에 나를 가
둔 저 엄청난 책무덤을 나는 어쩔 것인가 진작 버려야 했을 허
욕 한 권, 집착 열 권, 언젠가는 부록으로 나앉을 내 시집도 어
느 고물상 저울대 위에서 만나겠지 나도 알아보지 못할 치매
에 걸려 세상의 빈자리를 기웃거리겠지

— 이광석, 「헌책방」

서점, 책들과 묵언의 대화로 행복한 공간

시간이 나면 골목 이곳저곳을 기웃거리는 게 취미인 내게 서점은 제

일 신나는 곳입니다. 새 책을 파는 서점이든, 시에 묘사된 것 같은 중고 책방이든 벽마다 책이 빼곡하게 꽂혀 있고 더러는 복도와 입구에 수북이 쌓여 있는 책방은 우선 보는 것만으로 가슴이 울렁거립니다.

장석주 시인처럼 책을 밥처럼 먹고 물처럼 마시고 옷처럼 입고 이불처럼 덮는 독서광이 아니면서도 그냥 하루 종일 이 책 저 책, 이 갈피 저 갈피 뒤적이고 싶습니다. 그렇게 골라 온 책들 가운데 아직 절반도 읽지 못한 책이 책꽂이에 수두룩하지만, 주말만 되면 또 책과의 은밀한 데이트를 위해 만 원짜리 몇 장 호주머니에 넣고 책방을 두리번거립니다. 그런데 갈수록 서점 간판은 가물에 콩 나듯 하고 시인의 표현처럼 서점은 섬처럼 떠 있는 존재가 되어갑니다.

지갑이 가벼운 시인들 역시 서점이나 도서관을 자신의 두 번째 집으로 삼는 사람들일 겁니다. 이광석 시인도 아마 나처럼 동네 한 바퀴 어슬렁거리다 단골 서점에 들러 이 책 저 책 집어 들고 온갖 세상의 보석을 캐내 더러는 품에 넣기도 하고 더러는 머리에 넣기도 했겠지요. 그러나 점점 낡은 여인숙처럼 서점은 화려한 도시에서 밀려나고, 서점과 비슷한 신세가 돼가는 주인을 보게 됩니다. 제 나이도 잊은 채 먼지만 쌓여가는 책들과 임자를 구하지 못한 책들이 안쓰러워 책 제목을 호명해보는 주인을 번갈아 봅니다.

손님이 오지 않는다고 투덜대기에는 너무 엄혹한 현실을 아는 늙은 주인은 마치 참선에 든 수행자처럼 촛불 하나 켜고 책들과 무언의 대화를 나눕니다. 시인의 눈에 책방 주인은 비록 돈을 벌지는 못해도 인류의 지혜가 차곡차곡 담겨 있는 책들과 평생 함께하니 행복하게 보였나 봅니다. 하긴 같이 늙어가는 사물 가운데 책만큼 든든한 도반道伴이 따로 있을까요?

곰곰 생각해보니 책방처럼 수행하기 좋은 곳은 없지 않나 합니다. 우선 책방에서는 다들 활자와 대화하느라고 입을 뻥긋하지 않으니 무엇보다 조용해서 좋습니다. 책 속에 꽉 들어찬 지혜로운 인물들이나 문장들도 다만 자신을 드러내 보일 뿐 이래라저래라 잔소리하지 않으니 스스로 사유하고 성찰하기에 좋습니다. 또 책 속에는 자신과는 비교도 되지 않는 고통과 슬픔을 딛고 일어선 사람들의 이야기가 수두룩하니, 책방은 삶이 힘들다고 느낄 때 큰 용기와 힘을 얻는 곳이기도 합니다.

그래서 원로 언론인이신 김성우 선생님은 가끔 책방을 가보라고 말씀하십니다. 그러면 자신이 책을 얼마나 안 읽고 있는지를 금방 알 수 있답니다. 어떻게 알 수 있을까요? 자신이 책을 쳐다보는지 책이 자신을 쳐다보는지로 구별한다고 합니다.

> 가끔은 서점에 가보라. 서가에 꽂힌 책들이 벽에 걸린 초상화처럼 당신만을 주시하고 있다. 책들이 일제히 쏟는 시선에 현기증이 날 것이다. 그것은 바로 당신이 책을 안 읽는다는 증거다. 책을 읽는 사람은 사람이 책을 주시한다. 오늘 당장 책 한 권의 첫 장을 읽기 시작하지 않으면 어느 서점에선가 책들이 항상 당신을 빤히 쳐다보고 있을 것이다. - 김성우, 『문화의 시대』

서점, 무언가 삶의 흔적을 남기라고 영혼을 자극하는 곳

책방은 특히 시인들에게 다른 이들이 걸어간 흔적을 보여주는 곳이기도 하지만, 자신도 흔적을 남겨보고 싶은 자극을 받는 곳이기도 합니다. 책을 뒤적이다가 쇠망치로 머리통을 내려치는 듯한 문장이나 시구를 읽다 보면 자신도 이런 글을 쓰고 싶다는 충동을 느끼게 되니까요.

막노동과 노점상, 부랑자와 지게꾼 등 온갖 험한 일을 하면서 시를 써온 김신용 시인에게도 책방은 살아가는 힘이 되는 장소입니다. 고단한 노동이 끝나면 쓴 소주 한잔으로 피곤한 몸을 달랬던 시인은 술만으로는 달래지지 않는 영혼의 허기를 채우기 위해 책방을 들렀나 봅니다. 그는 책방에서 다시 배배 꼬인 삶을 한 올 한 올 문자로 풀어 시를 쓸 용기를 얻습니다.

회현동 굴다리 밑에서 새어나오던 그 불빛

나무판자로 얼기설기 엮은 진열대 위에 책 몇 권 올려놓고

내 늦은 밤의 귀가 길을 멈추게 하던,

흐린 진열창에 비쳐진 그 책들을 보며, 들어갈까? 말까?

호주머니 속의 그날 벌이를 가늠하며, 내 발걸음을 망설이게

하던 그 불빛

그렇게 망설이다가 지고 있던 지게를 벗어 굴다리 벽에 세워

두고

유리문을 들어서면, 졸리운 듯 앉아 뜨개질을 하고 있던 여자

언제나 내가 보고 싶던 그 달의 문예지 같은 얼굴로, 나를 맞아 주곤 했었다

그 문예지를 손에 들고, 사야 하나? 말아야 하나? 또 망설이다가

기어코 책을 사, 그날 지불해야 할 양동의 방세와 밥값 걱정 때문에 더 무거워진

등에, 다시 지게를 얹고 저만큼 걸어가면

그런 내 뒷모습을 무슨 희귀동물처럼 바라보던 그 불빛

언젠가 호기심 어린 눈빛으로 혹시 글을 쓰세요? 작가 지망생 이에요? 하고 물어와

나를 당황하게 했던—, 그리고 그날은 눈이 내렸던가?

거리마다 송년의 불빛들로 반짝이던 그날

청계천 노점에서 막걸리 몇 잔에 얼큰해져 돌아오는 길

꼭 거쳐야 할 경유지인 것처럼 그 불빛을 찾아들어, 글만 쓰면 배가 고파진다고

하루 벌어 하루 먹고 사는 주제에 글을 써야 하느냐고—, 술주정 같은 푸념을 했을 때

그 서점의 여자는 묵은 책의 먼지를 털 듯 말했었다. 쓰고 싶은 사람에게 글을 쓰게 하세요—.라고

그 말을 듣는 순간, 내 머리 속은 하얗게 비어 왔었고 눈앞이 아득히 흐려졌었다

그 불빛,

아무리 배가 고파도 쓰고 싶은 사람에게 글을 쓰게 하라는—,
그 전언.

마치 죽비처럼 내 등짝을 후려쳐, 부끄럼으로 눈 내린 밤길을
더 비틀거리게 했던—,

지금도 글을 쓰다가 문득 눈앞이 아득히 흐려질 때, 꺼내보곤
하는

회현동 굴다리 밑의

그 불빛

— 김신용, 「그 불빛」

정말 글을 쓰면 쓸수록 배가 고파지는 세상입니다. 잘나가는 뮤지컬
이나 대중들이 열광하는 텔레비전 드라마 대본을 쓰는 몇몇 작가를 뺀
다면 요즘처럼 글 써서 먹고사는 일이 힘겨운 세상이 또 있을까요?

막노동판에서 하루 벌어 하루 먹고사는 노동자 시인에게 그야말로
시를 쓰는 일은 사치일지도 모릅니다. 그러나 그 사치는 명품 핸드백을
사려다가 지갑을 도로 닫으며 억제할 수 있는 그런 사치가 아닙니다. 막
걸리를 마셔도, 고래고래 소리를 질러봐도, 방 한구석에 쌓아둔 시집을
다 꺼내 성냥불을 그어도, 좀처럼 없어지지 않는 영혼의 사치입니다. 일
거리가 많아지고 일당이 올라 호주머니가 좀 두둑해졌다고 없어질 사치
도 아닙니다. 쓰지 않고는 배기지 못하는 강렬한 존재 증명의 욕구. 헤
겔식으로 얘기하자면 '인정투쟁'의 욕구입니다.

여러분도 그렇지 않나요? 지금은 일기도 편지도 쓰지 않고 그저 카톡이나 페이스북을 통해 간단하게 몇 자 적는다든지 사진 몇 컷, 이모티콘 등으로 세상 사람들과 접속하지만, 문득 삶을 좀 긴 호흡으로 풀어놓고 싶을 때, 좀 구구절절 기록해놓고 싶을 때가 있지 않을까 합니다. 바로 그런 충동이 일어나는 곳이 책방이고 서점입니다.

서점, 사라져가는 지식의 공간

안타깝게도 지식의 공간, 영혼의 안식처인 책방이 급격하게 사라지고 있습니다. 지난 1907년 예수교서회가 세운 지금의 종로서적이 우리나라 최초로 종로에 문을 연 이후 서점은 지식에 목마른 한국사회에서 가장 사랑받는 장소였습니다. 일제 강점기에는 물밀듯 밀려오는 근대 과학 문물에 대한 갈증을 해소해주는 우물터 같은 곳이었고, 영상매체와 인터넷이 지식의 생산과 유통을 담당하기 시작한 1990년대 이전까지만 해도 동네 이곳저곳에서 눈에 띄는 사랑방 같은 곳이었습니다.

어떤 이들은 책방이 없는 동네는 옹달샘 없는 숲이라고도 했고, 오아시스 없는 사막이라고도 했습니다. 밥을 먹지 않은 육체가 힘을 쓸 수 없듯이 책을 읽지 않는 영혼은 녹슬어갈 수밖에 없으니 책방은 영혼의 주유소였습니다.

책방은 또 사람들을 만나는 장소로도 그만이었습니다. 가진 돈도 없고 들어갈 음식점도 마땅치 않던 대학 시절, 책방은 친구나 연인을 만

나려는 학생들의 단골장소였습니다. 이 책 저 책 마음껏 읽을 수 있으니 좋고, 기다리는 사람이 좀 늦게 와도 책을 실컷 읽었으니 그리 화낼 일도 없습니다. 어떤 때는 재미있는 책에 빠져 만나기로 한 사람이 아예 안 왔으면 더 좋겠다는 생각을 한 적도 있으니까요. 『1984년』과 『동물농장』같이 우리에게 예지가 번득이는 소설로 유명한 영국의 작가 조지 오웰도 "책방이야말로 돈이 없는 사람들이 오래 머물 수 있는 유일한 곳"이라고 자전적 에세이에서 적고 있습니다.

1999년에 개봉됐던 로맨스영화 〈노팅힐〉을 기억하시나요? 런던의 뒷골목에서 여행서를 전문으로 파는 작은 책방을 꾸려가지만 아무런 재미도 비전도 없었던 청년 윌리엄 대커휴 그랜트는 책방의 문을 열고 들어온 세계적인 여배우 안나 스콧줄리아 로버츠과 그야말로 소설 같은 사랑에 빠집니다. 2004년 개봉된 영화 〈비포 선셋〉에서 유명한 소설가가 된 주인공에단 호크이 사랑하던 여인줄리 델피을 우연히 다시 만난 곳도 저 유명한 파리의 고서점 '셰익스피어 앤 컴퍼니'입니다. 그러니까 서점은 사랑을

찾아 헤매는 청춘남녀에게도 어느 장소 못지않은 로맨틱한 장소라는 말입니다.

출판 전문지 《출판문화》에 따르면 해방 이후 1948년 대한민국 정부가 수립된 해 우리나라에는 52개의 서점이 있었다고 합니다. 1960년대 한차례 서점계는 외판제도가 발달하면서 충격을 받기는 했지만, 1970년대 들어 본격적으로 교육 열풍이 불어닥치고 교육 수준이 높아지기 시작하면서 대형서점이 잇달아 들어섰습니다. 1980년대 엄혹했던 군사독재 시절, 대학가 앞의 서점은 민주화를 외치는 대학생들에게 이론적 자양분을 제공해주던 곳이었습니다. 그러나 1990년대 들어 영상매체에 이어 인터넷이 폭발적으로 성장하면서 사람들은 책을 멀리하게 되고 책의 유통방식도 인터넷 주문으로 바뀌며 서점은 급격히 쇠퇴했습니다.

1995년 5,400개였던 전국 서점은 2005년에 2,100개 정도로 줄었고 2015년에는 1,550개까지 줄어들었습니다. 그러니까 20년 만에 서점 세 군데 중 두 군데가 문을 닫았다는 얘깁니다. 미용실과 음식점, 커피숍 등

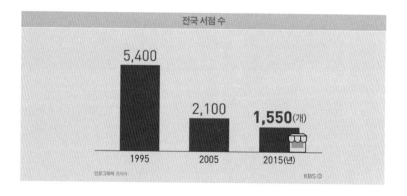

전국 서점 수

5,400

2,100

1,550(개)

1995   2005   2015(년)

인포그래픽 온서타   KBS⊙

이 폭발적으로 늘어난 것과 비교한다면 지난 20년 동안 우리의 가치 중심이 정신에서 육체로 얼마나 많이 옮겨왔는지 짐작하게 됩니다.

서점의 몰락을 상징적으로 보여준 사건은 최초로 문을 연 종로서적의 폐점이었습니다. 2002년 너도나도 월드컵에 열광하던 그해 여름, 1907년 문을 열었던 우리나라 최고의 서점이 95년의 역사를 뒤로하고 문을 닫았습니다. 종로서적을 밥 먹듯 드나들었던 내게도 큰 충격이었습니다. 2008년에는 76년 역사를 자랑하던 광주의 삼복서점도 간판을 내렸고, 2009년에는 52년 버텼던 대전의 대훈서적도 문을 닫았습니다. 2017년 초에는 전국의 크고 작은 서점에 책을 공급해주던 업계 2위의 '송인서적'이 부도를 내고 쓰러져 가뜩이나 영세한 서점들의 연쇄 부도가 우려되기도 합니다.

동네 책방이 문을 닫는 이유는 우선 사람들의 책 구매 패턴이 달라졌기 때문입니다. 발품을 팔아 동네 서점이나 대형서점을 돌아다니는 대신 인터넷 서점을 통해 주문하는 사람들이 급격하게 늘었습니다. 출판산업연합회의 집계를 보면 2015년의 경우 온라인을 통해 판매한 책은 1조6천113억으로 전체 서적 문구류 판매액 5조5천4백억 원의 20%를 넘었습니다. 온라인 판매 비중은 앞으로 더 높아질 것으로 업계는 예상합니다. 그러나 서점이 사라지는 보다 근본적인 이유는 사람들이 갈수록 책을 읽지 않기 때문입니다. 인터넷을 열면 온갖 정보와 지식이 난무하고 영화와 드라마, 만화와 게임 등 말초적 쾌락을 자극하는 오락물이 난무하니 굳이 책을 들춰보려 하지 않는 것입니다. 책을 읽지 않으니 책을 살 이유가 없고, 살 이유가 없으니 서점을 안 갑니다.

우리나라 사람들은 얼마나 책을 볼까요? 지난 2008년 성인 한 사람이 1년에 11.9권, 그러니까 한 달에 한 권 정도 봤지만 2015년에는 9.1권으로 줄었습니다. 통계청의 가계소비동향 조사로도 이런 추세는 뚜렷합니다. 2014년 가구당 월평균 서적 구입비는 18,154원이었는데, 2015년에는 16,623원으로 2천 원이 줄었습니다. 이런 추세가 장기간 지속되고 있다는 데 더 큰 문제가 있습니다.

2010년에 비해 5년 후인 2015년 우리나라의 가구당 소비지출은 12.1% 증가했고, 소비지출 가운데 문화오락비는 18.4%나 증가했습니다. 그런데 2010년에 비해 2015년 가구당 서적 구입비는 되레 24.1%나 감소했습니다. 그러니까 사람들이 영화를 보고 외식을 즐기고 여행을 가는 데는 돈을 갈수록 많이 쓰고 있지만 책 사는 비용은 계속 줄이고 있다는 말입니다. 비교적 책을 많이 읽는 영국이나 프랑스, 스웨덴 같은 유럽 나라들이 월평균 10권 안팎, 미국도 6.6권, 일본도 6권 정도 책을

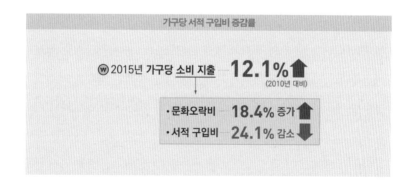

가구당 서적 구입비 증감률

ⓦ 2015년 가구당 소비 지출 **12.1%**⬆ (2010년 대비)

· 문화오락비 **18.4%** 증가 ⬆
· 서적 구입비 **24.1%** 감소 ⬇

읽는 데 비하면 우리나라는 정말 너무 책을 읽지 않는 나라가 되고 말았습니다. 성인 세 명 가운데 한 명은 1년에 한 권도 책을 읽지 않는다는 통계가 있을 정돕니다.

다시 부활하는 동네 서점들

그러나 이런 비관적인 세태를 뚫고 다시 부활하는 동네 서점들도 있습니다. 지금은 관광명소가 돼버린 서울 서촌에는 '길담서원'이라는 작은 책방이 9년째 문을 열고 있습니다. 그리 번화한 곳도 아니고, 서점을 먹여 살린다는 참고서와 수험서, 주간지와 월간지, 그 흔한 처세와 힐링 관련 책도 찾아볼 수 없습니다. 대형서점과 미디어가 선정하는 베스트셀러와 무관하게 만만찮은 깊이와 내용을 담은 인문학과 사회과학, 예술 서적을 팔고 있습니다.

그러나 이 서점이 세상의 주목을 받고 있는 것은 판매하고 있는 책들의 성격 때문만은 아닙니다. 스무 평 남짓의 이 책방은 '서원'이라는 간판이 암시하듯 단순히 책을 파는 곳이 아니라 지식의 향연이 벌어지는 곳입니다. 철학자와 역사가, 소설가와 시인, 미술가와 건축가가 정기적으로 강연을 하면 주부, 학생, 직장인들이 모여 강의를 듣고 밤새 토론을 이어갑니다. 책방 한편 작은 공간은 '화랑'으로 꾸며서 비싼 대관료 때문에 전시할 엄두를 내지 못하는 미술가들의 작품을 걸어주고 독자들과의 만남도 주선합니다. 영어, 독일어, 프랑스어로 헤밍웨이와 니체, 생텍쥐페리의 작품을 읽고, 때로는 벚꽃 향기 날리는 봄밤에 청아한 피아노와 첼로의 선율이 울려 퍼지기도 합니다. 입시를 위해 박제된 지식을 억지로 머릿속에 넣어야 하는 청소년들에게 삶의 의미와 가치를 좀 천천히 제대로 가르쳐주는 청소년 인문학 교실도 열립니다.

많은 사람들로 북적대지는 않지만, 삶을 가치 있게 살아가는 데 필요한 지식과 지혜의 마중물을 부어주는 역할을 하고 있는 것이지요. '인문학의 플랫폼'을 지향하는 이 향기로운 책방을 나는 이렇게 노래했습니다.

그런 집이 있어요
들어 보셨나요?

무거운 몸 들어가면 가벼워지고
허전한 마음이 들어가면
뿌듯해져요

아이는 어른이 되고
어른은 아이가 되지요

들어갈 때는 오늘이지만
무수한 오솔길 헤매다 보면
나올 때는

먼 옛날에서 먼 훗날까지

그곳에서 우리 만나요
아직도 묻혀있는 오래된 새길에서

— 임병걸, 「길담서원」

　서울 은평구 소방서 옆 지하에 있는 작은 헌책방도 동네 사랑방의 역할을 톡톡히 하고 있습니다. 주인이 직접 읽은 책만을 판매하는 이 책방에서도 각종 강연과 흥미로운 공연이 열립니다. 평소 얼굴을 마주할 수 없는 지역 주민들이 서로 인사를 나누고 책을 매개로 경험과 인식을 공유하는 지식의 장터가 되고 있습니다. 이 책방 주인 윤성근 씨는 이렇게 말합니다.

> "사람이 살면서 가장 필요한 게 뭘까요? 돈이나 명예, 권력인가요? 아닙니다. 사람에게 가장 필요한 건 바로 사람입니다. 사람과 함께하는 인간적인 어울림입니다. 책방은 바로 그렇게 사람과 사람이 아름답게 어우러지는 공간이 돼야 하는 것입니다. 이건 대형서점에서 할 수 없습니다. 동네 사람들하고 독서 토론하고, 청소년들하고 독서 퀴즈대회를 해보는 겁니다. 책 하나를 사면 그것 가지고 도란도란 얘기도 나누고요."

임대료가 워낙 비싸 서점이 좀처럼 발붙일 수 없는 강남에서도 광고 회사 임원까지 지낸 최인아 씨가 자신의 이름을 걸고 책방을 냈습니다. 특히 이곳에서는 출판사나 미디어의 선정 기준과는 다르게 그녀가 알고 있는 사회 저명인사들에게 추천받은 책 1,600여 권을 전시하고, 또 각종 강연이나 강좌, 공연 등 다양한 콘텐츠로 인기를 끌고 있습니다.

서울뿐 아니라 부산, 대구, 광주, 대전 등의 지역에서도 나름대로 특색을 지닌 서점들이 예전과는 다른 개념과 콘텐츠로 무장하고 서점에서 멀어져간 사람들의 발길을 되돌리고 있습니다. 그러니까 책을 진열해놓고 손님이 오기만을 우두커니 기다리던 수동적인 책방에서, 책은 물론 다양한 인문과 예술의 잔칫상을 차려놓고 사람들이 제 발로 찾아오도록 하는 적극적인 책방으로 변신하고 있습니다. 그 중심에는 책보다 사람을, 이윤보다는 소통을 중시하려는 책방 주인들의 철학이 자리하고 있습니다.

이와 함께 2002년 문을 닫았던 종로서적 근처에 2016년 12월 23일 대형서점이 다시 문을 열어 침체했던 서점의 부활을 예고하기도 했습니다. 국내 가장 큰 서점인 교보문고도 오디오, 그림, 기념품, 음료, 음식 등 다양한 것들을 보고 즐기는 복합 문화공간으로 탈바꿈했고, 서울과 전주의 일부 서점에서는 맥주를 마시며 책을 볼 수 있도록 하는 등 새로운 시도를 하고 있습니다. 최근 내가 잘 가는 경의선 숲길 공원 홍대 부근에 열차 칸 모양으로 꾸민 책방 거리가 생겨 철길 따라 산책을 하면서 도중에 책도 보고 커피도 마시는 등 재미가 쏠쏠합니다.

이런 다양한 시도가 성공한다면 서점은 단순히 책의 부활뿐만이 아니라, 고립 파편화되는 현대 사회에 섬처럼 둥둥 떠 있는 사람들을 묶는 동아줄 역할을 할 수도 있습니다. 독서와 토론 등을 통해 서로의 생각을 공유하고 또 심화시켜 무너지는 사회 공동체를 건강하게 복원하는 데도 큰 몫을 할 수 있습니다. 경제학자 우석훈 씨는 서점의 이런 사회적 기능에 주목해 국가와 지방자치단체가 서점을 병원이나 학교 같은 지역 기반시설로 간주하고 공적 지원을 해야 한다고 주장합니다.

"서점을 책 파는 가게로 보지 않고 문화공간으로 보면 지역경제 그리고 지역공동체와 만난다. 사람들이 살아가는 공간은 수치모델로 형상화할 수 없을 정도로 복잡한 지역 생태계를 구성하는 법이다. 우리는 인프라라는 이름으로 기반시설을 너무 토건의 눈으로만 보았지만, 사람이 살아가는 데 필요한 지역경제의 기반시설은 그런 건물과 시설만으로 이루어지지 않는다. 사람들이 자연스럽게 만날 공간이 필요하고 무언가를 공유하면서 동질감을 느낄 수 있는 매개체가 필요하다. 동네서점이 일종의 도시 기반시설이라는 점을 인정한다면, 병원과 학교 같은 지역 기반시설과 다르게 볼 이유가 없다. 일정 규모 이하의 책방이 지역 문화센터 역할을 하도록 지원하지 않을 이유가 없지 않은가?" – 우석훈, 『문화로 먹고살기』

실제로 인천 등 일부 지방자치단체에서는 빈사 상태의 동네 서점을 살리기 위해 지역 내 도서관에서 구입하는 책의 50%를 동네 서점에서 구입하도록 하는 조례를 만들기도 했습니다. 인천의 경우 지난 2010년 400개였던 서점이 5년 만에 340개가 문을 닫아 겨우 60개만 남았습니다. 그나마도 참고서나 수험서를 파는 문구형 서점을 뺀다면 순수 서점은 30개 정도에 불과합니다. 다른 지역도 비슷할 것으로 추정됩니다. 지방자치단체가 나서지 않으면 자생적으로 다시 작은 서점이 부활하기란 꽤 힘들어 보입니다.

그런가 하면 알라딘이나 예스24, 인터파크 등 대형 온라인 서점들도 다시 오프라인 서점을 잇달아 열고 있습니다. 책의 특성상 만져보기도 하고 이것저것 둘러보면서 책을 사고 싶어하는 구매자의 욕구를 감안하여 온라인과 오프라인을 접목해 시너지를 내보겠다는 것입니다. 이들은 막대한 재고량을 강점으로 동네 서점이 문을 닫으면서 떠나갔던 오프라인 구매자를 사로잡고 있습니다. 대형 온라인 서점들의 오프라인 진출은 책으로부터 멀어진 독자들을 다시 책으로 끌어들인다는 긍정적인 평과 그나마 연명하고 있는 영세 동네 서점들의 숨통을 쥔다는 비판을 함께 받기도 합니다.

그러나 아무리 책방이 지식의 곳간으로, 다양한 문화 학습장으로, 소통의 공동체로 거듭나려고 몸부림을 쳐도 결국 책방을 찾는 사람들이 없으면 무용지물입니다. 인류의 지혜가 담긴 '책'을 친구처럼 애인처럼 때로는 자기 자신처럼 아끼고 들여다보는 습관을 다시 회복하는 일이야말로 서점을 살리는 첫걸음이 아닐까 합니다.

갈수록 강력해지는 인터넷과 휴대폰 같은 사이버 세상은 인간의 손에서 책을 강탈해갑니다. 이제는 지하철을 타도, 버스를 타고 공항 대합실에 앉아 있어도, 책을 든 사람을 거의 찾아볼 수 없습니다. 동창회든 동아리 모임이든 비즈니스 모임이든 책이 화제가 되는 모임은 기억이 가물가물합니다. 아니, 책을 보는 것이 무슨 희귀한 동식물 수집하는 것처럼 기이한 취급을 받거나, 책을 읽는다는 말이 잘난 체한다는 말과 동의어가 돼버릴 지경입니다.

책은 그런 게 아닙니다. 현학을 위한 장식품도 아니고, 돈을 벌기 위한 수단도 아닙니다. 책은 김현승 선생님의 시「책」처럼 메마른 영혼에 푸근히 내리는 눈이고, 가난한 마음을 풍요롭게 하고, 먼 내일의 언덕으로 양떼를 이끌고 가는 발 없는 선지자입니다. 지금은 거의 사라진 서울 청계천 책방 골목이나 명맥을 근근이 유지해가는 부산 보수동 책방 골목 등이 다시 밀려드는 사람들로 발 디딜 틈이 없는 장면을 그려봅니다.

이번 주말에는 다시 한 번 동네 한 바퀴 천천히 돌면서 아직 숨을 쉬고 있는 서점이 있다면 듬뿍 책을 집어 신선한 공기도 한번 넣어주어야겠습니다.

깍듯한 친절을 내뻐하고

마우스피스처럼 가지런한 웃음을 끼운 치사량의 내성은

지갑처럼 속을 내보이지 않는다

손목을 잡혀도

빠져나오는 법을 터득한 표정이 찌푸림을 숨긴다

아무데나 주저앉거나 끼어들지 않는

감정노동

목덜미를 훑는 서늘함도 재빨리 잡아챈다

기분은 외부에서 만들어져 내부로 들어와도

꼬깃꼬깃 접어둔 마지막 결심은 끝내 던지지 않는다

2장

당신의 감정도
팔 수 있나요?

06

밥벌이,
숭고한 비루함

밥벌이는 밥의 罰이다.

내 저 향기로운 냄새를 탐닉한 죄

내 저 풍요로운 포만감을 누린 죄

내 새끼에게 한 젓가락이라도 더 먹이겠다고

내 밥상에 한 접시의 찬이라도 더 올려놓겠다고

눈알을 부릅뜨고 새벽같이 일어나

사랑과 평화보다도 꿈과 이상보다도

몸뚱아리를 위해 더 종종거린 죄

몸뚱아리를 위해 더 싹싹 꼬리 친 죄

내 밥에 대한 저 엄중한 추궁

밥벌이는 내 밥의 罰이다.

　　　　　　　　　　　　- 성선경, 「밥벌(罰)」

밥은 곧 하늘

식이위천食以爲天! 사마천이 쓴 중국의 역사서 『사기史記』에 나오는 말입니다. 백성은 "먹을 것을 하늘로 삼는다"는 말이지요. 나는 성선경 시인의 이 시를 읽을 때마다 사마천의 말이 떠오릅니다. 서민들에게 먹거리보다 중요한 것이 또 무엇이 있을 수 있을까? 지금이야 눈부신 농업 기술의 발전과 생산력의 증가로 먹거리가 풍부해지면서 굶어 죽는 사람이 거의 없지만, 불과 한 세기 전만 해도 서민들을 위협하는 가장 큰 공포 가운데 하나는 먹을 것이 없어 굶어 죽는 것이었으니까요.

유럽의 풍운아 나폴레옹이 험준한 알프스를 넘어 이탈리아를 정복하러 갈 때도 "저 산 너머는 맛있는 고기와 새로 구운 빵이 넘치는 곳이다"라며 병사들을 독려했다고 하지요. 그런데 시인은 '밥벌이'라는 인간의 가장 큰 숙제이기도 하고 숙명이기도 한 행위가 밥을 탐하는 데 따른 罰punishment라고 냉소를 짓습니다. 기발한 상상력과 재치 있는 언어유희라고 웃어넘기려다가 곰곰 생각해보니 슬프기도 하고 마음이 무거워집니다.

배고플 때 코끝으로 스며드는 불고기 냄새나 보글보글 끓는 된장찌개 냄새에 사지가 녹아내리고 입속에 군침이 괴지 않는 사람이 있을까요? 실컷 배를 채우고 난 후 밀려오는 포만감에 세상 다 얻은 듯 행복을 맛본 경험은 누구나 있을 것입니다. 홀로 살아가는 사람도 그러한데 하물며 병아리 같은 새끼들을 짊어지느라 늘 어깨가 뻐근한 부모라면 두말할 나위도 없습니다. 밥 한술, 반찬 하나 더 걷어 먹이려고 아버지와 어머니들은 필사적입니다. 궂은 일, 험한 일, 때로 모욕을 감수하는 일, 눈꺼풀이 감기는 일, 남들과 눈을 부라리는 일, 남의 고통을 짐짓 외면하는 일도 불사합니다. 더러는 법을 어기기까지 합니다.

돌아가신 나의 아버님도 세상에서 가장 서러운 일은 밥을 굶는 것이라 늘 말씀하셨습니다. 본인의 배가 곯는 것도 서러운데 금쪽같은 아이들의 배에서 꼬르륵 소리가 나면 눈이 뒤집히지 않는 부모가 어디 있을지요? 하여 한국 시 세계의 산맥으로 우뚝 서 있는 고은 시인은 이렇게 썼습니다.

> 아이들 입에 밥 들어가는 것 극락이구나
>
> — 고은, 「아버지」

자식 입으로 밥 들어가는 것을 보는 아버지의 눈길, 그 길이 극락이 아니면 무엇일지요? 굶주린 자식들에게 고기반찬, 생선살을 발라주는 어머니의 손길이 극락으로 가는 길이 아니면 무엇일지요?

또한 시인은 「밥」이라는 시에서 '두 사람이 마주 앉아 먹는 밥'이 곧 사랑이라고도 썼습니다. 사랑이 뭐 거창하거나 고상한 것 같지만, 사실은 마주 앉아 밥을 먹는 일보다 더 큰 사랑은 없다는 것이겠지요. 가장 고귀한 것은 어쩌면 가장 평범한 것인지도 모르겠습니다.

밥벌이의 고달픔, 밥벌이의 죄

밥벌이는 극소수의 금수저 계층을 빼고는 누가 뭐래도 인간이 땀 흘려 일하는 가장 큰 목표입니다. 그런데 왜 이 신성한 밥벌이가 죄 값을 치른다는 의미의 벌이 되어야 할까요?

대부분의 밥벌이가 그렇듯, 동이 트는 새벽부터 별이 무수한 밤까지 부지런히 몸뚱이를 놀리다 보면 함박눈이 내리는 것 같은데 언제 비가 되어 쏟아지는지, 언제 매화가 피고 지고, 매실과 밤송이가 여물고 단풍이 물드는지 도무지 알 턱이 없습니다.

식탁 너머 이웃에는 어떤 사람들이 살고 있는지, 우리 사회는 어떤 문제로 사람들이 분노하고 외치고, 또 무엇을 갈구하는지 알 바가 아닙니다. 그러니 사랑, 평화, 정의, 영원과 같은 형이상학적 단어들은 그야말로 뜬구름처럼 아득하기만 합니다.

그뿐입니까? 밥을 벌기 위해 인간은 고상하고 가치 있는 일만 하는 것이 아니라, 때로는 죽어도 하고 싶지 않은 일도 해야 합니다. 좀 쉬고 싶어도 제대로 쉬지 못하고 극단적으로는 남에게 큰 해악을 끼치는 일까지 해야 합니다. 물건을 훔치기도 하고, 사람을 때리기도 하고, 사기치거나 눙치기도 하고 타인의 고통을 외면하거나 오히려 악용하기도 하는 비정한 인간이 되는 것이지요. 셰익스피어의 『베니스의 상인』에 나오는 수전노 샤일록처럼 말이지요. 그러니 시인은 오직 입에 밥을 넣기 위해 애면글면 매달리는 우리들의 삶을 罰벌이라고 고백하고 있습니다. "몸뚱아리를 위해 종종거리고, 꼬리치고" 다녀야 하는 罰 말입니다.

2016년 한 신문에는 이런 기사가 실린 적이 있습니다. 일제 강점기에 태어나 전쟁 통에 글도 배우지 못한 칠순을 훌쩍 넘긴 노인이 시장에서 칼을 갈아주며 생계를 이어갔다고 합니다. 수입은 하루 5만 원 남짓, 그 돈으로 90대 노모까지 모시고 살았다지요. 그런데 6년 전부터 어느 60대 할머니가 칼을 가는 경쟁자로 나타나면서 노인의 수입은 줄어들었답니다. 홧김에 노인은 술을 마시고 경쟁자 할머니에게 칼을 휘둘렀다지요. 1년 6개월의 실형을 받았지만 이 노인의 딱한 사정을 아는 주변 사람들의 탄원으로 간신히 실형을 면했다고 합니다.

어디 이 노인뿐일까요? 배가 고파 도둑질이나 강도짓을 하는 이른바 '생계형 범죄'가 도처에서 일어나고 있고 이런 일은 갈수록 늘고 있습니다. 경찰청의 통계를 보면, 2014년에 전체 범죄건수는 약 178만 건으로 2013년보다 4% 정도 줄었습니다. 그런데 이 가운데 절도는 16.3%에서 24.6%로 크게 늘었습니다. 범죄로 인한 재산 피해액이 10만 원 미만인 경우도 19.6%에서 20.8%로 늘었습니다. 배가 고파서 저지르는 생계형 범죄가 늘어났음을 추론해볼 수 있는 통계입니다. 좀도둑질을 하는 청소년이나 노인들이 늘어나고 있는 걸 보면 취약계층의 밥벌이는 더욱 절박합니다.

빅토르 위고의 소설 『레 미제라블』에서처럼 빵 한 조각, 아이 분유 한 통, 양말 한 켤레, 감자 한 봉지를 훔치다 걸리는 가난한 사람들의 딱한 처지에 대한 기사가 인터넷을 검색해보면 수두룩합니다.

밥벌이는 공맹노장孔孟老莊 사상보다 심오하다

어린 시절 지독한 가난과 굶주림에 시달려본 경험이 있는 소설가 김훈은 『라면을 끓이며』라는 에세이에서 보통 사람들의 삶을 "먹고살기의 지옥을 헤매고 있는" 삶이라고 말합니다.

그는 밥이야말로 삶 그 자체이고 인류의 기초이며 사유의 토대라고 잘라 말합니다. "생의 외경은 밥벌이를 통해 실현된다"고 말하는 그는, 밥이 유교나 노장사상보다, 유물론이나 유심론 같은 철학보다 심오하다고 말합니다.

> "밥은 끼니때마다 온 식구들이 둘러앉아 함께 먹는 것이다. 밥이란 쌀을 삶은 것인데, 그 의미 내용은 심오하다. 그것은 孔孟老莊보다 심오하다. 밥에 비할진대, 유물론이나 유심론은 코흘리개 장난만도 못한 짓거리다. 다 큰 사내들은 이걸 혼돈해서는 안 된다. 밥은 김이 모락모락 나면서, 윤기 흐르는 낱알들이 입속에서 개별로 씹히면서도 전체로서 조화를 이룬다. 이게 목구멍을 넘어갈 때 느껴지는 그 비릿하고도 매끄러운 촉감, 이것이 바로 삶인 것이다. 이것이 인류기초이며 사유의 토대이다." - 김훈, 「아들에게 보내는 편지」

밥벌이는 소설가 김훈의 표현처럼 가장 심오하고 숭고한 행위이니 그 자체로야 부끄러운 것도 나쁜 것도 아닙니다. 그러나 밥벌이에 몸과 마음을 모두 쏟다 보니 그보다 가치 있는 다른 것들을 생각하지 못한다는 것이 부끄러움이고 문제입니다. 어떻게 보면 2016년과 2017년 우리 사회를 온통 뒤흔들었던 최순실 게이트와 박근혜 대통령 탄핵 사태는, 밥벌이라는 소시민적 삶의 자장 속에서만 맴돌았던 서민들에게 우리가 소중히 여겨야 할 공동체적 가치가 분명 존재하고 있다는 의식을 일깨

위준 뼈아픈 계기였습니다.

먹고사는 일이 바쁘다 해도 그것이 부조리한 사회현실에 눈감는 것의 면죄부가 될 수는 없습니다. 특히 정치적 현상에 무관심하다고 비판받아온 젊은이들도 광장으로 몰려가 추위에 아랑곳없이 촛불을 높이 들면서 처연한 밥벌이 때문에 가슴 깊이 묻어두었던 정의와 민주, 법치 같은 숭고한 단어들을 다시 떠올리지 않았을까요?

밥벌이의 허들을 뛰어넘자

아무리 밥벌이가 소중하다 해도 가끔은 머릿속에서 밥 생각을 싹 지우고 밥 아닌 다른 것을 채워 넣는 노력을 해야겠습니다. 억지로라도 힘껏 두 발을 펄쩍 들어 올려 밥벌이라는 허들을 뛰어넘어야겠습니다.

출퇴근길이어도 좋고, 모처럼 쉬는 주말이어도 좋습니다. 정처 없이 푸른 숲을 거닐며 풀과 나무들과 꽃들과 대화도 해보고, 밤하늘의 별과 구름과 붉은 노을도 물끄러미 바라봐야겠습니다. 아니면, 동네 도서관을 찾든지, 책꽂이 한구석에서 먼지만 쌓여가는 책을 꺼내 지금 여기 밥의 문제를 떠나 먼 옛날이나 아득한 미래, 여기가 아닌 저기, 밥의 문제보다 한결 윗길인 사랑, 진리, 자유, 역사, 영원…… 이런 테마에 푹 빠져봐야겠습니다.

꼼꼼히 둘러보면 얼마나 많은 음악회와 연극과 영화, 전람회와 강연이 열리고 있는지 모릅니다. 시나브로 우리 사회에도 365일 인문과 예술의 향연이 벌어지고 있습니다. 우리의 따스한 손길을 기다리고 있는 장애인과 가난한 사람, 노인과 어린이도 부지기숩니다. 늘 밥만 같이 먹고 말았던 가족과 함께, 아니면 카톡이나 전화로만 안부를 물었던 친구와 함께, 그것도 아니면 홀로 그 향연이나 봉사에 동참하는 것도 좋겠습니다.

평생을 종교적 경건함 안에서, 그리고 강과 숲, 나무와 노을 같은 자연을 사랑하면서 자연처럼 살다 가신 구상 시인의 구도자와 같은 다짐에 한번 귀를 기울여보시기 바랍니다. 비록 밥벌이의 비루함에서 영원히 벗어나지는 못하는 우리들이지만, 구상 시인이 「그리스도 폴의 강」이라는 시의 맨 마지막 구절에서 노래하듯이 가끔은 '밥 먹는 짐승'에서 벗어날 용기를 내야 하지 않을까요?

07

비정규직,
그들이 우주로 떠나기 전에

시작과 끝은 노래에서 비롯되었네

실뿌리가 설레는 입학식과

실한 둥치가 옮겨가는 졸업식에서

한울타리 소속감을 다지는 교가는 낯설어

입안에서만 맴돌았고

가슴은 장단을 맞추지 못했네

이제 막 돋아나려는

잘잘한 뿌리를 흔들기에 충분한

강당에 채워진 노랫소리

정착하지 못해 모판 사이를 떠다니는 부레처럼

잎사귀에 가득 찬 공기를 비우고

수면 아래로 자세를 바짝 낮췄지만

뿌리는 자라지 않았네

몇 년간 들어 자연스레 익힌 교가

오늘처럼 봄볕이 들 다음 해 교정에서

콧노래라도 흥얼거려 보는 것이 소원이라던

새파란 기간제 교사는

종업식 끝나고 또 떠나갔네

— 김민호, 「부레옥잠」

부레옥잠이 되어 떠돌아야 하는 기간제 교사

이 시가 묘사하고 있는 광경이 눈에 그려지시는지요? 때는 2월 늦겨울의 졸업식 날이겠고요, 장소는 어느 시골 중학교이거나 고등학교 강당이겠지요. 졸업하는 학생들과 학부모, 선생님들이 교가를 부릅니다. 더러는 감격에 겨워 목이 메는 학생도 있겠고 교가가 낯설어 우물우물 가사를 얼버무리는 학생도 있겠지요.

그런데 선생님들은 어떨까요? 평생 한 학교에서 가르치는 사립학교는 말할 것도 없고 4년 정도는 한 학교에 있게 되는 정규직 선생님들이야 여유 있게 교가를 부르겠지요. 문제는 1년, 길어야 2년밖에 아이들을 가르치지 못하고 보따리를 싸야 하는 선생님들입니다. 이른바 '기간제 교사'라는 비정규직 선생님들은 난감합니다. 애써 교가를 외우고, 그 교가를 부르면서 학교에 대한 소속감, 학생에 대한 애정을 마음속에 뿌리내려보려 하지만 쉽지 않습니다. 구멍 뚫린 풍선에 바람을 불어넣는 것처럼, 치수가 잘 맞지 않는 옷처럼 어색하기 그지없습니다. 하여 시인은 이런 기간제 교사의 서글픈 처지를 '부레옥잠'이라는 수생식물의 처지에 비유합니다.

부레옥잠이라는 식물을 아시나요? 연못이나 돌확 따위에 둥둥 떠다니며 둥글게 몸통을 부풀리고, 하얀 꽃이나 보랏빛 꽃을 피우는 부유식물입니다. 자세히 보면 하얀 실뿌리를 물속에 내려보려 애쓰지만 바닥에 닿지 않습니다. 물결치는 대로 바람 부는 대로 둥둥 연못을 떠다닐 수밖에요.

시인의 눈에 비친 기간제 교사들은 영락없는 부레옥잠입니다. 기간제 교사는 자세를 낮추고 어떻게든 학교에 뿌리내리고 싶어하지만 결국 학교를 떠나가야 합니다. 내년 졸업식에는 제대로 교가를 배워 흥얼거려 보고 싶다는 소박한 꿈은 여지없이 깨지고 젊은 기간제 교사는 또 새로운 연못을 찾아 떠나야 합니다. 부레옥잠처럼.

아무리 교육에 대한 열정과 실력이 있어도, 아무리 학생들을 제 동생처럼 아끼고 자식처럼 애정을 듬뿍 쏟아주려 해도, 이들의 현실은 부레옥잠을 넘어설 수 없습니다. 임금도 근로조건도 복지수준도 보잘것없습니다. 더욱 견딜 수 없는 것은 주변의 눈초립니다. 이들을 바라보는 동료 교사들의 눈초리에 담긴 우월과 경멸, 이들에게 수업을 받는 학생들의 눈초리에 담긴 조롱과 무례함이 가뜩이나 움츠러든 어깨를 짓누르며 좌절하게 만듭니다.

기간제 교사의 수는 결코 적은 것이 아닙니다. 교육부의 통계를 보면, 2015년 말 전국의 기간제 교사는 4만7천 명으로 전체 교원의 10% 정도를 차지합니다. 특히 고등학교의 경우는 14%나 됩니다. 학생들에게 꿈과 희망을 심어주고 다양한 지식과 더불어 삶을 살아가는 지혜와 인성까지를 가르쳐야 하는 선생님들이, 정작 자신들은 불안한 미래와 해고의 위협 속에 학생들의 조롱과 무시까지 받고 있습니다. '교권'이라는 고상한 단어는 그저 입속에서만 맴돌 뿐입니다.

'안전'의 자리에 '무한이윤'을 채워 넣는 사회

1998년 한국 경제를 강타한 IMF 금융위기는 노동계에도 엄청난 충격을 주었습니다. 알량한 구제 금융을 제공하는 대신 글로벌 자본들은 한국에도 이른바 '고용시장의 유연화'라는 허울 아래 무자비한 구조조정을 요구했습니다. 말이 좋아 구조조정이지 속내를 들여다보면 근로자들의 고용과 해고를 종전보다 아주 쉽게 하고, 기업이 업황이나 경기에 따라 다양한 형태의 고용을 할 수 있게 하는 것이 골자였습니다. 비정규직의 양산시대가 열리는 순간이었습니다. 갈수록 치열해지는 글로벌 경쟁에 노출된 기업으로서 불가피한 측면이 없는 것은 아니었지만, 노동자들이 치러야 하는 대가는 가혹했습니다.

2016년 말 기준으로 전체 비정규직 노동자는 615만 명, 전체 급여노동자의 32%를 차지합니다. 일부 노동단체와 시민단체들의 주장에 따르면 실제 비정규직은 이보다 훨씬 많은 860만 명 정도로 이는 전체 노동자의 절반이라고 합니다. 5,60대 퇴직한 정규직 근로자가 비정규직으로 재취업하면서 비정규직은 1년 전보다 14만4천 명이나 늘었습니다.

이들이 받는 임금은 정규직의 절반 정도에 불과합니다. 정규직 임금이 평균 283만 원인 것에 반해, 이들은 151만 원을 받는 데 그쳤습니다. 국민연금 가입은 세 명에 한 명 정도이고, 건강보험과 고용보험의 가입률도 50%가 되지 않습니다. 복지후생 같은 사회안전망이 정규직에 비해 매우 부실하다는 얘깁니다.

저임금과 장시간 노동, 취약한 안전망도 서러운데 정작 이들을 더욱 위협하는 것은 열악하기 그지없는 작업환경입니다. 이들은 작업시간 내내 재해와 사고의 위험에 노출돼 있습니다. 온 나라를 분노와 안타까움으로 들끓게 했던 2016년 5월 28일 구의역 스크린도어 사망사고는 새삼 이 땅의 비정규직 노동자들이 얼마나 열악하고 위험한 상황에서 일을 하고 있는지 상징적으로 보여주었습니다.

컵라면으로 끼니를 때우면서도 정규직에 대한 부푼 꿈 하나로 어둠의 공포와 두려움을 이겨보려 했던 꽃다운 젊은이는 거대하고 비정한 구조의 희생물이 되고 말았습니다. 개선을 다짐하지만 사고는 되풀이되기만 할 뿐 전혀 변하는 것이 없습니다. 위험의 구조화, 착취의 구조화가 빚은 희생이므로 그 구조가 변하지 않고서는 백년하청인 셈이지요. 용역, 외주, 하청에 재하청…… 끝도 없는 먹이사슬 속에서 임금은 쥐꼬리 만해지고 위험은 눈덩이처럼 커져만 갑니다.

국민 권익위원회가 2014년 발표한 자료를 보면 우리나라의 산재사망자는 독일의 8배, 스웨덴의 10배에 이릅니다. 사망자의 대부분이 비정규직인 것은 말할 것도 없습니다. 위험의 외주화는 도덕과 양심의 외주화이고 책임의 외주화이기도 합니다.

그래서 비정규직으로 살아가야 하는 사람들은 온몸이 캄캄한 하늘이라고 임영석 시인은 절규합니다.

너도 혼자 거꾸로 물구나무서서
억만 년을 살아 봐라
눈에 불을 켜지 않고는
단 하루도 견딜 수 없을 것이다

재개발지역에서 밀려나고
정리해고로 쫓겨나고
비정규직으로 살다 보면
온몸이 캄캄한 하늘이 될 것이다

저 수많은 별,
그 사람들 눈빛이다

— 임영석, 「별」

아직도 온 국민의 가슴속에 작아지지 않는 멍울로 남아 있는 '세월호 사건'도 결국 비정규직을 양산하는 비정상사회가 잉태한 괴물이었습니다. 그 많은 승객과 화물을 책임지고 있는 선장부터가 비정규직이었으니 다른 선원은 말할 것도 없습니다.

그래서 송경동 시인은 '세월호'는 꽃다운 아이를 수장시킨 그 배의 이름이 아니라 우리 모두의 이름, 아니 우리나라의 이름이라고 고발합니다. 아프지만 인정할 수밖에 없습니다.

한 푼이라도 더 돈을 벌겠다고 '안전'의 자리를 덜어내고 '무한이윤'의 탐욕을 채워 넣는 기업과 사회에서 끔찍한 재해가 일어나는 것은 어쩌면 필연인지도 모르겠습니다.

팽목항, 거꾸로 뒤집힌 배 모양의 조형물

돌려 말하지 마라

온 사회가 세월호였다

자본가 권력은 이미 우리의 모든 삶에서

평형수를 덜어냈다 정규직 일자리를 덜어내고

비정규직이라는 불안정성을 주입했다

사회의 모든 곳에서 '안전'의 자리를 덜어내고

그곳에 '무한이윤'이라는 탐욕을 채워넣었다

이런 자본이 재해 속에서 오늘도 하루 일곱 명씩

산재라는 이름으로 착실히 침몰하고

생계 비관이라는 이름으로 수많은

노동자 민중들이 알아서 좌초해가야 했다

— 송경동, 「우리 모두가 세월호였다」(부분)

철탑으로 올라가는 비정규직

지난 반세기 동안 한국은 가난의 운명을 벗어나고자 몸부림쳤습니다. 이런저런 부작용도 있었지만 온 국민이 허리띠를 졸라매고 이를 악물고 밤을 낮 삼아 뛰고 또 뛴 결과 세계 경제 12위 정도의 잘사는 나라가 됐습니다. 세계는 '한강의 기적'이라고도 했습니다. 그러나 기적에 도취돼 축배를 들고 축가를 부르기에 우리의 삶은 너무 많은 구멍이 뚫려 있습니다. 독일에서 철학을 가르치는 김덕영 교수는 '환원근대'라는 용어를 통해 동원된 근대화로 되돌아가려는 최근의 퇴행적 경향에 일침을 가하면서 우리 사회가 결코 풍요롭지 않다고 비판합니다.

"경제 내적 측면으로 눈을 돌려보자. 빈부 격차가 점점 더 커지고 양극화 현상이 벌어지고 있다. 수많은 사람이 비정규직으로 내몰리고 있고 생활고를 비관한 자살이 끊이지 않는다. 불안한 노후를 보내는 사람들이 많고 가난이 대물림되고 있다. 이런 사회를 가리켜 풍요롭다고 할 수 있나? 게다가 경제적, 물질적 풍요의 산실인 산업 세계는 높은 산업재해, 열악한 노동조건, 장시간의 노동시간, 대기업과 중소기업의 불공정한 거래, 노동자의 인권유린 등으로 점철되어 있다. 이런 사회를 풍요롭다고 할 수 있나?" - 김덕영, 『환원근대』

벼랑에 몰린 비정규직 노동자들은 급기야 하늘로 올라갑니다. 자동차, 의료, 건설, 외판…… 어느 직종이랄 것도 없이 부당한 대우를 받는 비정규직 노동자들이 세상에서 호소할 곳은 생각보다 많지 않습니다. 결국 그들은 세상이 주목할 곳, 철탑으로 올라갑니다.

나는 왜 철탑에 오르는가.
더는 옆으로 갈 수 없을 때
나는 땅 밑으로 내려갔다.

지하사글세

나는 왜 옥상에 오르는가.

옆으로도

더는 밑으로도 갈 수 없을 때

나는 허공으로 오르기로 결정했다.

주인도 구사대도 경찰도 올 수 없는 옥상 철탑에서만

너를 기다릴 수 있었다.

용산 남일당 옥상에서

울산 철탑까지

나는 허공을 오른다.

내 영토는 하늘뿐.

사글세도, 손배가압류 차압도 없는 곳은 이곳뿐.

고압선을 밟고 선 채

허공의 일부일 때만 나는 자유롭구나.

번지수가 없는 곳에서만 나는 비로소 인간일 수 있구나.

해와 달이 아직 없을 때

하늘에서는 밧줄이 내려올 수 있었다.

나는 이제 어디로 올라야 하는가.

해는 저렇게 뜨겁게 이글거리는데

나는 무엇으로 해가 되고 달이 될 것인가.

얼마만큼 더 올라야 별이 되고 구름이 되는 것인가.

나는 왜 철탑에 오르는가.

옆으로도, 밑으로도 갈 수 없어.

나는 왜 옥상에 오르는가.

내쫓긴 동물조차 오르지 않는 철탑에서

내 목숨마저 비정규직인 채

내 인생마저, 내 사랑마저 파견근무인 채

옆으로도, 밑으로도 더는 갈 수 없어

나는 불타는 옥상을 오른다.

나는 오늘도 위태로운 철탑을 오른다.

— 서해성, 「철탑을 위하여」

　　탁월한 글쓰기로 언제나 감탄을 자아내게 하는 소설가 서해성은 현재의 한국사회를 노동착취와 노동배제가 결합해서 만들어낸 강자를 위한 '악의 황금분할'이라고 성토합니다. 강자는 약자를 마음껏 착취하고, 약자는 근로조건과 관련해 철저히 의사가 배제되는 사회라는 것이지요. 시장이라는 이름으로 무방비 상태에 놓인 비정규직을 외면하는 국가는 도대체 무엇을 하는 것인지, 그는 국가의 존재이유를 묻습니다. 일자리뿐 아니라 인생 자체가 파견인생인 비정규직 노동자들, 앞으로도 옆으로도 아래로도 갈 수 없어 하늘로 오르는 이들을 다시 내려오게 할 사다리는 어디에 있는 것인지 그는 묻고 있습니다.

외계로 날아가는 비정규직을 잡을 수는 없을까

인간은 현실에서 행복할 가능성이 없을 때 꿈의 세계로 도피하거나 피안의 세계로 빠져듭니다. 기독교의 천국사상이나, 불교의 미륵신앙이나 따지고 보면 현실에서 이룰 수 없는 평화와 행복의 소망을 투영하는 측면이 강합니다. 동학의 지도자들이 손에 넣었다는 고창 선운사 마애불 배꼽의 '비밀문서' 역시 현실에서 찾을 수 없는 유토피아에 대한 간절한 염원에 다름 아니었습니다.

아무리 발버둥 쳐도 하늘로 오르는 길 외엔 행복의 길을 찾을 수 없는 나라, 약육강식이 제도화된 나라에서 더 이상 일말의 개선 조짐도 찾을 수 없다면 비정규직 노동자들은 어떤 길을 찾아야 할까요? 젊은이들 사이에 유행하고 있는 '헬조선'이라는 단어가 맞는다면 이 '지옥'에서 탈출하는 길은 어디에 있을까요?

한국을 떠나 외국으로 이민을 가는 것이 대안이 될까요? 그 나라들은 정말 신자유주의의 정글에서 벗어나 젖과 꿀이 흐르는 땅일까요? 간단치 않은 얘깁니다. 하여 어떤 시인은 이 지구상에서는 자본의 탐욕이 관통하지 않는 나라 찾기를 포기하고, 어린왕자가 놀러 왔던 먼 우주의 행복한 나라로의 도피를 꿈꿉니다.

껙해야 20광년 저기 저, 천칭자리
한 방울 글썽이며 저기 저 별이 나를 보네
공평한 저울에 앉은
글리제 581g*!

낮에 본 영화처럼 비행접시 잡아타고
마땅한 저속으로 나는 꼭 날아가리
숨 쉬는 별빛에 홀려
길을 잃고 헤매리

녹색 피 심장이 부푼 꿈속의 ET 만나
새큼한 나무 그늘에서 달큼한 잠을 자고
정의의 아스트라에아,
손을 잡고 깨어나리

비정규직 딱지 떼고 휘파람 불어보리
낮 꿈의 전송속도로 밧줄 늘어뜨리고
떠돌이
지구별 사람들
하나둘씩 부르리

　　　　　　　－ 양해열, 「외계인을 기다리며」

전체 노동자의 1/3이나 되는 노동자가 지구를 떠나고 싶어하는 나라는 부끄럽습니다. 새로 탄생한 대통령과 내각, 그리고 국회가 머리를 맞대 지혜를 모으고, 노동자와 경영자가 한발씩 양보하고, 시민단체와 학계와 언론이 말뿐이 아닌 끝장토론을 통해서라도 해답을 찾아야겠습니다. 비정규직도 숨 쉴 수 있는 사회, 비정규직도 미래를 설계할 수 있는 세상, 나아가 비정규직이 보다 여유롭게 살 수 있는 나라를 만들어야겠습니다. 더 이상 초등학생의 꿈이 정규직인 나라로 이 나라를 방치할 수야 없지 않겠습니까?

감정노동,
당신의 감정도 팔 수 있나요?

주섬주섬 들춰보는

지난밤이 더부룩하다

무게 잰 오늘에게 색깔과 무늬를 맞추고

환승한 노선처럼

어깨에 둘러매거나 손에 드는 기분

부드럽거나 뻣뻣한 재질 사이를 오가는 시간의 기울기가 속도

를 바꾼다

깍듯한 친절을 내피하고

마우스피스처럼 가지런한 웃음을 끼운 치사량의 내성은

지갑처럼 속을 내보이지 않는다

손목을 잡혀도

빠져나오는 법을 터득한 표정이 찌푸림을 숨긴다

아무데나 주저앉거나 끼어들지 않는

감정노동

목덜미를 훑는 서늘함도 재빨리 잡아챈다

기분은 외부에서 만들어져 내부로 들어와도

꼬깃꼬깃 접어둔 마지막 결심은 끝내 던지지 않는다

명품을 빼닮은 오늘의 바깥은 어제처럼 명랑해,

시시각각 출시되는 기분은

더욱 정교해지거나 교묘해진다

— 최연수, 「오늘의 기분」

슬퍼도 웃어야 하는 감정노동자

이 시를 읽고 난 뒤 어쩐지 우울한 감정이 들면서 남의 일같이 여겨지지 않는다면 당신도 감정노동자일 것입니다. 언제 어떤 경우에도 고객 앞에서 깍듯하게 허리를 굽히고, 얼굴에는 한때 유행하던 스마일 배지처럼 웃음을 가득 머금어야 합니다. 고객의 목소리에는 늘 귀를 쫑긋 세우고, 욕설이나 음담패설을 해도 흥분하지 말고 침착하게 대응해야 하고 그 표정은 온화하고 목소리는 나긋나긋해야 합니다. '고객은 왕'이라는 이 구호는 서비스 업종의 현장 대부분에서 지켜야 하는 종업원의 으뜸 수칙입니다.

시인은 그런 위장된 친절을 겨울철 추위를 이기기 위해 외투 안쪽에 껴입는 내피內皮에 빗댑니다. 절대로 억지로 하는 것처럼 밖으로 드러내서는 안 되는 친절이니까 말이지요. 또 지갑 속처럼 자신의 감정을 숨기고 함부로 행해지는 폭언과 폭력, 심지어 성추행에도 얼굴을 찌푸리지 않으면서 지혜롭게 빠져나와야 합니다. 이쯤 되면 거의 세상사에 달관한 도인이 되어야 합니다.

인간의 감정은 내부에서 만들어져 외부로 자연스레 발산되는 것이 정상인데, 감정노동자의 경우 진상인 손님들에게까지 마음에도 없는 규격화된 웃음과 친절을 베풀어야 하기에 그들은 때로 속이 뒤집어집니다. 그래도 목구멍이 포도청이라 안주머니에 꼬깃꼬깃 접어둔 사표를 차마 집어 던지지 못합니다. 그러다 보니 가슴은 멍이 들고 시인의 표현대로 치사량의 내성이 영혼에 쌓여만 갑니다. 그런데 세상은 아무리 둘러봐도 겉으로는 명랑하고 사람들의 표정은 밝기만 합니다. 이 미묘한 상황을 날마다 겪어야 하는 감정노동자들은 오늘도 명랑하고 교묘한 하루를 시작합니다.

미국 캘리포니아 대학교 사회학과의 앨리 러셀 혹실드 교수는『감정노동_The managed heart_』1983이라는 저서를 통해 공식적으로 '감정노동 emotional labor'이라는 용어를 사용하고, 이 감정노동이 고도화되는 현대 자본주의의 한 단면이라고 분석합니다. 사실 이전에도 이런 현상이 없었던 것은 아니지만, 혹실드 교수는 후기 산업사회에서 재화와 용역의 판매경쟁이 더욱 치열해지고 소비자의 응대 수요가 폭발적으로 늘어남과 동시에, 노동자들이 스스로를 사람이 아닌 기계로 느끼도록 만드는 현상이 자본주의의 모든 영역에서 나타났다고 말합니다.

> "우리는 모두 부분적으로 항공 승무원이라고 볼 수 있다. 자기 회사를 '유쾌하고 신뢰할 수 있는' 곳으로 보이게 하는 비서, '즐거운 식사 분위기'를 만들어내는 웨이트리스나 웨이터, 고

객들이 환영받고 있다고 느끼게 만드는 호텔 데스크의 직원, '잘나가는 제품'이라는 확신을 주는 영업사원, 유족들의 심정을 잘 이해해준다는 느낌을 주는 장의사, 사람들로 하여금 포근하다는 느낌과 공평한 대우를 받고 있다는 느낌을 동시에 느끼게 하는 목사 등. 이런 사람들도 모두 어떤 식으로든 감정노동을 해야 하는 상황에 맞닥뜨릴 수밖에 없다."

- 앨리 러셀 혹실드,『감정노동』

학문적으로는 감정을 관리하는 활동이 직무의 40%를 넘는 경우를 감정노동이라고 정의하지만, 감정을 어떻게 수치로 계량화할 수 있을지요? 특히 고객에 대한 절대적인 서비스를 복무 규칙으로 내거는 한국이나 일본 같은 나라에서는 사실상 모든 서비스업 종사자가 감정노동자의 속성을 지니고 있습니다. 고용노동부는 2016년 말 기준으로 전국의 감정노동자를 861만3천 명으로 추산하고 있지만 노동계는 천만 명도 넘는다고 주장합니다.

감정노동자는 마치 배우가 무대에서 연기하듯이 자신의 감정과는 무관하게 고객의 무례한 언사나 무리한 요구, 심지어 폭언이나 폭력, 성추행 등에도 감정적으로 대응해서는 안 된다고 훈련받기도 합니다. 그래서 나온 용어가 이른바 '스마일 마스크 증후군'입니다. 언제 어느 때나 고객에게 밝은 모습을 보여야 한다는 강박관념에 사로잡혀 얼굴은 웃고 있지만 마음은 우울한 상태가 이어져, 감정적 부조화로 인한 심한 스트레스와 우울증 등을 겪는 현상을 말합니다. 대형마트에 종종 가는 나 역시, 하루 종일 밀려드는 계산대의 물건들과 씨름하는 것도 버거운데 고객들의 온갖 까다로운 요구와 거친 말씨에 시달려야 하는 계산원들을 볼 때마다 마음이 무거워 이런 시를 쓴 적이 있습니다.

정전 한번 없이 발광하는 형광등
빨간 신호등 없는 에스컬레이터
계산대로 밀려드는 카터의 물결
점원 여인의 두 팔도
멈춤 스위치 없는 로봇의 무쇠팔
팔수록 쌓여가는 물건들
두드릴수록 커져가는 숫자들
아메바처럼 무한증식하는 손님들
시작도 끝도 없는 시간
여기는 세상 모든 욕망 다 교환해주는 샹그리라
점원은 님프 요정이어야 한다지만
오늘도 집채 한덩이 팔아 치우느라
저려오는 점원 여인의 손 위에 얹힌 것은
1그램 지폐 몇 장
신발도 거부하는 퉁퉁 부은 다리 위에
끊어지려는 허리 살살 얹어

매장문 나서는 점원 여인 뒷덜미 당기는

달콤한 광고

고객님의 행복이 우리의 행복

— 임병걸, 「할인매장 점원」

한 시간만 서 있어도 허리며 다리가 아픈데 길게는 하루 열 시간 이상 서서 일해야 하는 종업원들은 얼마나 힘들까요? 정말 고객의 행복이 종업원의 행복이 되려면 1년에 한 번이라도 종업원과 고객이 역할을 바꿔봐야 하지 않을까요? 하루 종일 서서 끊임없이 바코드를 찍어대야 하는 일이 얼마나 힘이 드는지 이해한다면 고객들의 표정과 말씨도 좀 부드러워지지 않을까요?

쌓이는 스트레스, 폭발하는 감정

인간이 감정을 가진 동물인 바에야 어떻게 온갖 인격적 모독과 감정적 모욕을 받고도 무덤덤할 수 있을까요. 흔히 장사하시는 분들은 집에서 나올 때 오장육부와 배알을 떼놓고 나온다고 자조적으로 얘기합니다. 그렇지만 쉽지 않은 일입니다.

2017년 우리 사회를 다시 한 번 가슴 아프게 한 사건이 있었습니다. 전주의 한 여고생이 취업실습을 나갔던 이동통신사에서 업무 스트레스를 못 이겨 스스로 목숨을 끊었습니다. 이 여고생은 비극이 터지기 전

부모님께 어려움을 호소했다고 합니다. 이른바 통신가입을 해지하려는 전화 고객을 상대로 해약을 저지하는 상담 아르바이트를 했다지요. 이미 해지를 작심하고 전화를 건 사람에게 계속 가입을 권하는 것은 얼마나 어려운 일인지 짐작하고도 남습니다.

그야말로 청운의 꿈을 품고 세상에 첫발을 내디딘 꿈 많은 소녀가 수화기 너머로 들려오는 온갖 욕설과 험담을 어떻게 감수할 수 있었을까요. 더욱이 회사는 쥐꼬리만 한 월급을 주면서 해지 방어 실적에 따라 급여를 차등지급하고 실적을 모든 사원이 볼 수 있도록 게시했다고 하니 어린 사회 초년생으로서는 정말 감당하기 어려웠을 겁니다.

어디 그뿐입니까? 2014년 말 세상을 떠들썩하게 했던 이른바 대한항공의 땅콩 회항 사건이나, 2016년 인천의 대형 백화점 주차장에서 벌어졌던 주차요원 폭행사건, 재벌 3세들의 상식을 벗어난 운전사 학대 매뉴얼 등등 막장 드라마에 가까운 '갑질'의 배경에도 이 감정노동이 자리하고 있습니다.

감정, 사적인 영역에서 자본의 영역으로

흔히 경제학에서는 자본주의 시장에서 거래되는 상품을 재화와 서비스로 구분합니다. 이 가운데 서비스는 인간이 자신의 노동력을 제공하는 것으로, 크게는 육체노동과 정신노동으로 나뉩니다. 그런데 이 정신노동의 경우 종래에는 자신이 습득한 지식이나 기술, 경험 등 주로 이성적 서비스를 의미하는 것으로 이해됐습니다. 어디까지나 '감정'은 내면적이고 주관적이고 개별적인 것이어서 감정이 노동의 재료나 수단이 된다는 생각은 좀 생소했습니다. 그러나 혹실드 교수의 분석처럼 자본주의가 치열한 서비스 전쟁을 벌이면서 '감정'은 더 이상 개인 차원, 인간의 내적인 차원에 머무는 무엇이 아니라, 마케팅의 주된 무기가 되었고 외부의 통제를 받는 객관적 자본이 되고 말았습니다.

자본주의는 시간과 공간을 다 점령한 것으로도 성이 차지 않았는지 마지막 영역으로 인간의 감정까지 시장으로 끌어내고 말았습니다. 장석주 시인은 '자본'이 노동 시장에서 감정을 매력적인 상품으로 가공하며 우리는 점점 더 많은 직업군에서 친절을 강요당한다고 개탄합니다. 그는 감정노동이 눈에 안 보이는 일종의 화폐가 되었다고까지 주장합니다. 감정이 돈이 된 세상이라니! 김기택 시인은 어느덧 감정노동자가 돼버린 사무직 종사자의 근무 풍경을 「사무원」이라는 시를 통해 상세히 그려내기도 하였습니다.

하루 종일 의자에 앉아 손익관리대장과 자금수지 등을 마치 불교의 경전처럼 외우고, 전화하고, 상사에게는 시도 때도 없이 굽실거려야 하는 샐러리맨. 그래서 자신의 두 다리도 책상다리처럼 아예 붙박이가 되었다는 그의 시는 현대의 왜소한 샐러리맨을 풍자한 것이라고 웃어넘기기에 슬프기 그지없습니다. 약간의 과장이 있기는 하지만 봉급쟁이는 누구나 유사한 경험이 있으니까요.

그런데 흔히 감정노동을 우리 사회에 만연한 갑과 을, 그러니까 권리자인 갑과 의무자인 을의 관계로만 파악해서는 곤란하다는 주장도 있습니다. 물론 나타나는 현상은 '갑'의 입장에 있는 고객이나 원청업자, 정규직 등이 '을'의 입장에 있는 감정노동자나 하청업자, 비정규직 등에게 부리는 횡포이지만, 보다 구조적으로는 이런 감정노동을 마케팅 전략으로 사용하는 경영자와 노동자의 관계가 놓여 있다는 것입니다.

연세대학교 김왕대 교수는 "감정노동은 고객과 서비스 노동자 간의 문제라기보다는 보다 많은 이윤 창출을 위해 경영자가 노동자에게 부과하는 일종의 노동 통제"라고 분석합니다. '노동통제'라는 말에 유의할 필요가 있습니다. 만일 종업원들이 자신들의 감정에 충실해 고객들에게 고분고분하지 않다면 기업으로서는 매출이 떨어질 것이고 시장에서의 평판도 나빠질 수 있습니다.

그러니까 경영자들은 그것을 두려워해 무조건적으로 종업원들에게 굴종과 기계적 감정을 강요하고 이런 감정노동 지표를 만들어 실적과 봉급에 연동한다는 것입니다. 고객과 다투는 종업원은 임금과 승진, 근무부서 배치에서 불이익을 주는 것이지요.

이런 감정노동을 포함한 비물질적 노동이 한 기업 내부에서뿐 아니라 한 나라를 넘어 전 지구화한 자본주의 '제국'의 노동에서 나타나는 특징이라고 주장하는 학자도 있습니다. 현대 자본주의 사회를 국가와 거대한 다국적자본 그리고 유엔과 IMF 같은 다국적 기구들의 복합체로 파악하는 이탈리아의 안토니오 네그리 교수는 이렇게 분석합니다.

"제국 시대의 자본주의의 근본 특징은 비물질노동이 자본주의 생산의 새로운 헤게모니 형태가 되고 있다는 점이다. 비물질적 노동이란 서비스, 문화 상품, 지식, 또는 소통과 같은 비물질적 재화를 생산하는 노동을 뜻하는데, 여기에는 정보처리 및 소통기술과 관련된 노동과 더불어 정서의 생산과 처리를 포함하는 감정노동도 포함된다." - 안토니오 네그리, 『제국』

그러니까 이미 자본주의의 헤게모니가 돼버린 비물질 노동과 감정노동은 어느 한 기업이나 직종의 문제가 아니기 때문에 해결책도 결코 쉽지 않은 것임을 시사하고 있습니다.

직종별 감정노동 심각도

(5점 만점)

항공기 승무원	**4.70** (점)
홍보도우미	4.60
휴대폰 판매원	4.50
장례지도사	4.49
아나운서	4.46
리포터	4.46
식당종업원	4.44
검표원	4.43
패스트푸드점 점원	4.39
콜센터 상담원	4.38
미용사	4.35
텔레마케터	4.35
은행창구 직원	4.34

자료 한국직업능력개발원　인포그래픽 권세라　　　　KBS⊙

감정노동으로 인한 스트레스를 특히 많이 받는 직종은 어떤 직종일까요? 지난 2012년 한국직업능력개발원이 203개 직업의 노동자 5,667명을 대상으로 조사한 결과를 보면 항공기 승무원이 심각도 5점 만점에 4.7점으로 가장 높았습니다. 홍보도우미 4.6점, 휴대폰 판매원 4.5점, 장례지도사 4.49점, 아나운서·리포터 4.46점, 식당종업원 4.44점, 검표원 4.43점, 패스트푸드점 점원 4.39점, 콜센터 상담원 4.38점, 미용사 4.35점, 텔레마케터 4.35점, 은행창구 직원 4.34점 순이었습니다. 요즘은 공무원, 의사, 교사, 변호사 같은 고급 서비스 직종조차도 감정노동에서 자유로울 수 없습니다.

감정은 권리다

그렇다면 개인 차원에서는 거의 저항이 어려운 이 감정노동의 굴레를 벗는 길은 있을까요? 쉽지 않은 문제이지만 우선 감정이 함부로 마케팅에 동원되어도 좋은 물건이 아니라 돈으로 환산될 수 없는 인간의 고유 권리라는 점을 사회 구성원 모두가 인식하도록 해야 합니다. 칸트를 들먹이지 않더라도, 동서양을 막론하고 인간을 수단이 아니라 목적 그 자체로 대해야 하며, 인간은 감정과 이성을 동시에 지닌 존엄한 존재임을 설파한 학자는 무수히 많습니다. 문제는 그야말로 그런 공자님 말씀이 돈벌이가 최상의 작동원리가 된 자본주의 사회에서는 잘 먹히지 않는다는 데 있습니다.

그런 점에서 감정노동은 더 이상 개인 차원의 수양이나 명상, 힐링 등으로 해결할 수 없으며, 개별 단위의 기업에서 경영주에게 선의의 해결을 기대할 수 없습니다. 그래서 이미 유럽에서는 감정노동이 고령화나 고용불안 문제 등과 함께 미래 사회를 위협하는 10대 심리적 위험 요인 중 하나가 될 것으로 보고 산업재해로 인정하고 있습니다. 사회적 문제라는 것이지요.

우리나라에서도 2016년 10월 17일 감정노동의 스트레스로 인한 질병을 최초로 산업재해로 인정하는 의미 있는 결정이 내려졌습니다. 대상은 대형마트에서 계산원으로 일하던 중년 여성 종업원이었습니다. 그녀는 손님에게 참을 수 없는 성희롱을 당한 뒤 대인기피증과 불면증, 심장이 울렁거리는 증세로 업무를 계속할 수 없었고 병원에서 치료를 받아야 했습니다. 그러나 회사는 별다른 대처를 해주지 않았고, 이에 분노한 직원들은 노동조합을 결성해 보다 체계적으로 대처하기 시작했습니다.

이 종업원들이 겪어야 했던 애환과 고통은 〈투명인간〉이라는 뮤지컬로 만들어져 감정노동에 무심했던 사회에 경종을 울리기도 했습니다. 감정노동의 문제를 최초로 제기한 러셀 혹실드 교수 역시 그 해결 방법으로 "노동자가 자기결정권을 회복해야 한다"고 주장했습니다. 단체교섭 등을 통해 노동자가 과도한 감정노동에 대해 분명하게 거부할 수 있는 권리를 되찾아야 한다는 것입니다.

이와 함께 정부와 지방자치단체도 감정노동자에 대한 무례한 폭언과 폭행을 하는 사람에 대해 처벌을 강화하고, 마케팅 전략이라는 이유로

부당하게 노동자들에게 감정의 희생을 강요하는 기업에 대한 감시도 강화할 필요가 있습니다. 실제로 서울시의 경우, 시민들에게 궁금한 것을 알려주는 다산 콜센터는 폭언과 외설을 일삼는 전화 상담자에게 사전에 형사 처벌될 수 있음을 경고하는 공지만으로 92%의 언어폭력을 줄일 수 있었다고 합니다.

2016년 6월 국회는 은행이나 보험회사 등 금융기관의 감정노동자들을 보호하기 위한 '금융회사 감정노동자 보호패키지법'을 통과시켰지만 정작 현장에서는 단 한 건의 사례도 이 법에 의해 처리된 것이 없으니 거의 유명무실한 셈입니다. 이에 따라 2016년 11월 일부 의원들은 포괄적으로 전 분야의 감정노동자 보호법을 발의해놓고 있어 이 법이 제정될 경우 무방비 상태에 놓인 감정노동자의 권리보호와 피해구제, 그리고 사전예방의 효과가 적지 않을 것으로 기대됩니다.

나의 감정도 팔릴 수 있다

제도적 개선책과는 별개로 개인 차원에서는 감정노동의 문제를 더 이상 남의 문제가 아니라 자신의 문제로 생각하는 역지사지易地思之의 생각이 필요하지 않나 합니다. 감정노동자들을 대할 때 이들이 만일 자신의 형제, 부모, 혹은 자녀라고 생각하면 그렇게 함부로 할 수 없겠지요. 또 누구도 특정 상황에서는 감정노동자를 부리는 '갑'의 위치가 아니라, 감정노동을 해야 하는 '을'의 위치가 될 수 있다는 생각을 해야 합니다.

예를 들어볼까요? 대기업에서 아래 직원들과 협력업체 직원에게 호령하는 임원도 오너나 오너의 가족 앞에서는 어쩔 수 없이 비굴한 웃음을 흘려야 하는 감정노동자가 될 수 있습니다.

흔히 자본주의 사회를 물질만능이라고 비판합니다. 돈으로 타인의 인격까지 살 수 있고, 돈만 지불한다면 마음껏 무시해도 좋다는 비뚤어진 '권리의식'이 사라지지 않는 한 감정노동의 고통은 끝나지 않을 것입니다. 압축성장 과정에서 드러난 한국사회의 모순을 날카롭게 지적해온 노르웨이 오슬로 대학의 박노자 교수는 이렇게 말합니다.

> "자신이 사실 노동자이면서도 언제나 그러한 존재 자체를 부인하거나 자각하지 못하면서 살아가는 대다수의 한국인에게는 자신이 고객으로서 '왕'이 되려면 서비스 노동자는 지옥을 맛보아야 한다는 생각을 해볼 기회가 없었다."

그러니까 우리가 30분 이내로 피자를 배달시켜 먹고, 맥도널드에서 주문 즉시 햄버거가 나오고, 텔레비전이 고장 났을 때 24시간 안에 애프터서비스가 가능하고, 편의점에서 2만 원어치 이상만 사면 척척 집으로 배달해주는, 세계에서 가장 편리한 나라에서 살고 있다고 할 때, 그 편리함을 지탱하는 것이 수백만 감정노동자와 서비스 근무자들의 피와 땀과 눈물이라는 사실을 잘 모른다는 것이지요. 선진국이라는 나라로 외국 여행을 다녀온 뒤 서비스가 느리고 형편없다고 투덜대는 이면에는 어쩌면 이런 감정노동자의 애환을 거의 의식하지 못하는 우리 사회의 어두운 면이 투영되고 있는지 모르겠습니다.

독일의 극작가 베르톨트 브레히트가 쓴 시를 보며 우리 모두 타인의 감정은 돈 몇 푼으로 마구 살 수 있는 물건이 아니라 교환 불가능, 판매 불가능, 대체 불가능의 존엄한 인간의 권리임을 자각했으면 좋겠습니다.

성문이 일곱 개인 테베를 누가 건설했던가?

책에는 왕들의 이름만 적혀 있다.

왕들이 손수 바윗덩어리들을 끌고 왔을까?

그리고 몇 차례나 파괴된 바빌론

그때마다 그 도시를 누가 일으켜 세웠던가?

건축 노동자들은 황금빛 찬란한 도시 리마의 어떤 집에서 살 았던가?

만리장성이 완공된 날 밤

벽돌공들은 어디로 갔던가?

위대한 로마에는 개선문이 많기도 하다.

누가 그것들을 세웠던가?

로마의 황제들은 누구를 정복하고 승리를 거두었던가?

끊임없이 노래되는 비잔틴에는

시민들을 위한 궁전들만 있었던가? 전설의 나라 아틀란티스 에서조차

바다가 그 땅을 삼켜 버리던 밤에

물에 빠져 죽어가는 자들이 그들의 노예를 찾으며 울부짖었다
고 한다.

젊은 알렉산더는 인도를 정복했다.

그가 혼자서 해냈을까?

시이저는 갈리아를 토벌했다.

적어도 취사병 한 명쯤은 데려가지 않았을까?

스페인의 필립왕은 그의 함대가 침몰당하자 울었다

그 외에는 아무도 울지 않았을까?

프리드리히 2세는 7년전쟁에서 승리했다. 그 말고

또 누가 승리했던가?

역사의 페이지마다 승리가 나온다.

승리의 향연을 위해 누가 요리했던가?

십 년마다 위대한 인물이 나타난다.

거기에 드는 돈은 누가 냈던가?

그 많은 사실들.

그 많은 의문들.

−베르톨트 브레히트, 「어느 책 읽는 노동자의 의문」

09

최저출산율,
낳고 싶은 욕망 낳을 수 없는 현실

아가,

깨부시고 나와라

고통이 심하다 하여

도로 잠을 잘 수는 없지 않느냐

네가 세상을 향해

첫 울음을 터뜨릴 때

다른 곳에서도 너의 반쪽이

널 그리며 첫 울음을 터뜨린단다

아가,

깨부시고 나와 사랑하여라

                       − 김현태, 「탄생」

세상 가장 기쁜 일, 아기의 탄생

아기의 탄생! 세상에 이보다 더 가슴 벅차고 황홀한 사건이 있을까요? 어머니의 배 속에서 열 달을 기다리던 아기는 용감하게 세상 밖으로 나옵니다. 이때 아기가 터뜨리는 크나큰 울음은 낯선 세상에 대한 두려움과 공포의 표현이기도 하지만, 세상에 데뷔하는 가녀리지만 위대한 실존의 몸짓이기도 합니다.

시인은 아기가 첫 울음을 터뜨릴 때 다른 곳에서 아기의 반쪽이 동시에 울음을 터뜨린다고 말합니다. 그렇겠지요. 부부가 사랑을 하고 그 결실로 아기가 잉태되고, 배 속에서 자랄 때 어머니는 그야말로 노심초사! 행여 아기에게 무슨 일이 있을세라 심혈을 기울입니다.

옛 조상들은 아기를 가진 산모에게는 흉사에 얼씬거리지도 못하게 했고, 과일도 모양이 예쁜 것만 골라 먹였습니다. 태교로 모차르트의 음악을 들려준다든지, 아름다운 그림과 미담으로 엮은 책만을 읽기도 합니다. 산모는 예쁘고 아름다운 상상만 해야 한다는 뜻이겠지요.

피할 수 없는 출산의 고통은 또 어떻습니까? 짧게는 몇 시간 길게는 몇 날 며칠씩이나 이어지기 일쑤니, 이 아픔을 딛고 아기가 건강하게 태어났을 때 산모와 가족들이 느끼는 기쁨을 어디에 비할 수 있을지요? 그러니 아기가 태어날 때 반쪽인 산모도 울음이 나올밖에요. 그러므로 출산은 니체식 표현을 빌린다면 아기라는 한 생명의 탄생인 동시에, 어머니와 아버지라는 다른 생명이 스스로를 복제해내는 영원회귀, 무한반복이기도 합니다.

철학자 레비나스는 이렇게 말합니다. "아이를 출산함으로써 비로소 자신의 실체가 드러난다. 아이는 '타자가 된 나'다. 아이의 출산으로 나는 나에게로의 영원한 회귀운동에서 벗어나고, 타자와 타자의 미래 속에서 자신의 한계를 넘어선다." _{장석주,『인문학 산책』} 다시 말해서 아이가 태어나지 않는다면 인간은 언제까지나 모든 관심과 욕망이 자기 자신을 향해 있는 이기적 존재에 머문다는 것이지요. 아이가 태어남으로써 비로소 자신을 객관화할 수 있고 집착에서 벗어날 수 있으며, 세상이 무수한 타자와 타자로 연결돼 있다는 것을 깨닫는다는 것입니다.

흔히 어른들이 "자식을 낳아봐야 어른이 된다"든지, "자식을 길러봐야 세상을 이해한다"고 말씀하신 것도 유사한 맥락이 아닐까 합니다. 그 고통이 아무리 크고, 때로는 목숨과 맞바꾸는 위험이 따른다 해도 출산을 마다하지 않는 모성은 그래서 강하고 위대한 것입니다.

함민복 시인은 그의 「성선설」이라는 시에서 '아기의 손가락이 열 개인 것'은 어머니 배 속에서 어머니의 은혜를 몇 달이나 받았는지 기억하려는 태아의 노력 때문이라고 설명합니다. 이 시를 읽노라니 정말 아기가 어머니 배 속에서 한 달 한 달 손을 꼽고 있지 않을까 생각이 들기도 하는군요. 그 앙증맞은 손가락으로 말입니다.

인간은 누구나 중력과 시간의 마모를 견디기 어렵습니다. 때가 되면 늙고 병들어 죽음을 맞이해야 합니다. 이 중력 아래 쇠퇴하는 운명을 거부할 수는 없습니다. 그러나 인간은 새로운 생명을 잉태함으로써, 자신을 닮은 자손을 만듦으로써 이 유한의 운명에 맞설 수 있습니다. 그래서인지 아기의 탄생은 우주의 빅뱅에 비견됩니다. 동양이든 서양이든 인간의 탄생을 밤하늘의 별에 비유하는 것이 낯설지 않습니다.

네가 태어난 그날 밤,

달은 깜짝 놀라며 웃었어.

별들은 살그머니 들여다봤고

밤바람은 이렇게 속삭였지.

"이렇게 어여쁜 아기는 처음 봐!" (……)

북극곰들은 네 이름을 듣고

새벽이 올 때까지 즐겁게 춤을 추었어. (……)

네가 태어난 그날 밤,

하늘은 온갖 트럼펫과 뿔피리를 연주했어.

더없이 멋지고 근사한 그날 밤.

네가 태어난 그날 밤.

– 낸시 틸먼, 『네가 태어난 날엔 곰도 춤을 추었지 』

새로운 생명의 탄생을 축하하는 것은 사람만이 아니라 곰과 토끼, 강아지와 사슴 같은 온갖 동물들, 참나무와 소나무, 나팔꽃과 봉숭아 같은 온갖 식물들 그리고 바람과 물, 달과 별 같은 우주의 삼라만상 모두입니다.

음악가들이 고뇌를 거듭하다 오선지를 메워 멋진 곡을 작곡할 때, 화가들이 막막하기만 한 캔버스를 칠하고 지우기를 반복하다 대작을 완성할 때, 시인이나 소설가가 작품을 완성할 때 필연적으로 뒤따르는 고뇌를 산모의 고통에 비유하고, 작품의 탄생을 출산에 비유하는 것도 우연은 아닙니다.

방실방실 웃는 아기의 얼굴, 꼼지락거리는 손과 발을 보고 있노라면, 세상 모든 평화의 근원은 바로 아기의 작은 몸이 아닌가 하는 생각이 듭니다. 평화뿐이겠어요? 세상의 모든 아름다움의 근원도 아기의 발그레한 볼, 하품할 때 나는 젖내, 무어라 옹알거리는 소리일 겁니다. 하여 정연복 시인은 세상에서 제일 예쁜 꽃밭은 아기의 볼이라고 찬탄합니다.

눈물방울 서넛 그렁그렁 맺힌
아가야, 너의 두 눈은
세상에서 비길 데 없이 해맑은
하늘 호수란다
그 호수를 가만히 들여다보면
나의 마음은 한없이 깨끗해지고

이슬 맞은 앵두 같은
아가야, 너의 고운 입술은
이 세상 그 무엇과는 비교할 수 없는
연분홍빛 보석이란다
그 입술 사이로 새어나오는 한마디 한마디에
나의 귀는 즐겁기가 한이 없고

웃음이 방글방글 번지는
아가야, 너의 고운 볼은
세상에서 제일 예쁜

꽃밭이란다

그 꽃밭에 웃음꽃 송이송이 필 때

나의 마음에는 행복꽃이 피어나고

살이 포동포동 오르는

아가야, 너의 작은 두 팔과 두 다리는

하나님이 키우시는

한 그루 은총의 나무란다

그 나무를 살며시 포옹하면

나도 너를 닮은 한 그루 은총의 나무가 되고

새근새근 잠자는

아가야, 너의 모습은

먼 옛날 전설 속의

곱디고운 신데렐라 공주란다

그 모습 살짝 훔치면

나의 세상살이 시름은 사방에 흩어지는

너와 함께 있어 내 마음이 너무 좋은

아가야, 나의 어여쁜 외손녀야

— 정연복, 「아가야, 나의 어여쁜 아가야」

사라진 아이 울음소리, 세계 최저 출산율의 한국

아기를 출산하고 기르는 일은 그리 호락호락하지 않습니다. 인간은 임신 기간도 포유동물 가운데 가장 긴 편에 속하지만 아이가 서고, 걷고, 말하고 또 노동을 통해 사람 구실을 할 때까지 다른 동물들과는 비교가 안 되는 긴 세월 동안 부모의 보살핌이 필요합니다. 자연인으로서 성장시키는 것도 어렵거니와 사회적, 경제적, 정치적으로 독립할 수 있는 개체가 될 때까지 엄청난 노력과 시간과 경제적 지원이 뒤따라야 합니다.

자녀를 키우기 위해 부모가 들여야 하는 희생, 사랑, 걱정 같은 계산하기 어려운 무형의 비용은 빼고라도, 먹이고 가르치는 비용만 해도 천문학적입니다. 지난 2012년 보건복지부와 한국보건사회연구원이 전국 남녀 1만3천385명을 대상으로 조사한 결과에 따르면, 자녀 한 명을 출산해 대학 졸업 때까지 드는 총 양육비는 무려 3억896만 원! 입이 딱 벌어지는 금액입니다. 그나마 여기에는 아이가 재수를 한다든지, 요즘은 흔해 빠진 해외 어학연수 같은 이른바 스펙 쌓기 비용은 뺀 것이라고 하니 실제로는 더 들어갈지도 모르겠습니다. 그러니 1960~80년대에는 농촌에서 소 팔고 논 팔아야 자식을 가르칠 수 있었습니다. 대학졸업장이 '우골탑牛骨塔'이라는 탄식이 나올 만도 했고요.

사정은 요즘이라고 나아지지 않았습니다. 갈수록 치열해지는 사교육 경쟁에 취업 자격증 따기, 외국어 학습 등 이런저런 스펙을 쌓아야 하고, 거기다 취업 전쟁까지…… 이래저래 부모들의 허리는 휠 대로 휩니다.

돈만의 문제도 아닙니다. 일자리를 갖는 여성이 늘어나고 정치, 사회,

경제, 문화, 모든 분야에서 여성의 참여가 갈수록 활발해지고 있지만, 결혼 이후 출산과 육아는 결정적으로 여성의 직장생활과 자기계발의 발목을 잡는 걸림돌입니다. 실제로 각종 여론조사 결과를 보면 결혼한 여성의 퇴직 사유 가운데 육아는 언제나 1, 2위를 차지합니다. 국가와 기업에서도 출산과 보육 지원을 위한 제도적 장치를 확충하고는 있지만 아이를 잘 키우고 싶은 모성을 충족시키기에는 역부족입니다.

사정이 이렇다 보니 우리나라는 세계에서 가장 아이를 낳지 않는 나라, 이른바 저출산 국가라는 딱지를 2000년 이후 떼지 못하고 있습니다. 통계청이 발표한 2015년 출생통계를 보면, 우리나라의 합계 출산율 _{여성 한 명이 평생 낳을 것으로 예상되는 출생아 수}은 1.24명, 37개 OECD 국가 가운데 36위였습니다. 출생한 아이도 43만8천400명에 그쳤습니다. 이 가운데 24%인 9만2천 명은 산모의 나이가 35살을 넘는 이른바 고령출산이었습니다. 이 숫자가 29살 미만의 젊은 산모의 비율 22%를 넘어섰으니 저출산과 함께 고령출산의 문제도 심각한 셈입니다.

나의 어린 시절을 생각해보면 불과 반세기 만에 상상도 못할 일이 벌어진 것입니다. 해방과 6.25 전쟁 이후 우리나라는 이른바 '베이비붐'이 불면서 각 가정마다 아이들이 바글바글했습니다. 초등학교 시절 내가 다니던 학교는 한 학급의 숫자가 80명을 넘었고, 교실이 모자라 오전과 오후로 나눠 2부제 수업을 받기도 했습니다. 골목골목마다 아이들은 부산하게 뛰어다녔고, 갓난아기들의 울음소리는 늘 담장을 넘었습니다.

실제 통계를 보면 1971년 출산율은 무려 4.54명이나 됐습니다. 이 해

태어난 아이는 102만4,773명이었습니다. 급격한 인구 증가를 우려한 정부는 부랴부랴 인구 억제책을 강력히 시행하고 캠페인을 벌이기도 했습니다. 당시 흔히 들었던 구호가 "둘만 낳아 잘 기르자"였다가 어느새인가 "아들 딸 구별 말고 하나 낳아 잘 기르자"로 바뀌었습니다. 정부의 강제 억제책을 비꼬는 "한 집 건너 하나 낳자"는 우스갯소리도 있었습니다.

적극적인 산아제한에 힘입었는지 1981년에는 출산율이 2.57명으로 떨어졌고, 1990년에는 1.57명, 2000년부터는 1.5명 이하로 떨어져 우리나라는 도리어 저출산국이 됐습니다. 그러니까 줄잡아 한 집에 네 명이 넘었던 아이가 불과 30년 만에 한 명으로 줄었다는 얘깁니다.

소득이 높아지고 영양 상태가 좋아져 수명이 늘어나면서 우리나라는 세계에서 가장 빠른 속도로 고령화돼가고 있습니다. 급격한 고령화

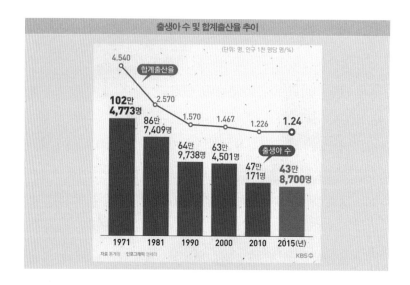

출생아 수 및 합계출산율 추이

(단위: 명, 인구 1천 명당 명/%)

와 저출산, 이 두 가지가 맞물리면서 우리나라는 성장엔진이 빠르게 식어가고 있습니다. 갓난아기들의 울음은 끊기고, 동네 산부인과는 줄줄이 문을 닫고, 거리에는 온통 노인들만 넘쳐나는 우울한 풍경이 예리한 시인의 시선에 포착되지 않을 리 없습니다.

유모차가 간다
목련시장 지나 하나로마트 지나 횡단보도 건너
작고 앙증맞은 바퀴를 돌돌돌 굴리며 간다
햇살이 아기눈동자같이 천진하고 맑은 봄날
유모차 손잡이엔 으레 할머니들이 붙어 있다
손주 태우고 가나 보다 들여다보면
하나같이 빈 유모차, 아기가 없다
아기 없는 유모차가 간다
텅 빈 아기가 간다
텅 빈 아기 안에 자동차 소음이 한 바구니
하이마트가 틀어 놓은 전파 한 바구니
출산은 줄고 노령이 늘어난다 뉴스 한 바구니
노파들은 지팡이 대신 의지하고 가지만
노구를 때 없이 부축하는 저 젖먹이는
등이 무거워 옹알이도 못하고 간다

— 이해리, 「텅 빈 아기」

흔히 보는 광경이지요? 거동이 불편한 할머니들이 유모차를 돌돌돌 밀고 거리를 다니시는 장면 말입니다. 노인이 되면 생각이나 말이나 거동이 모두 다시 어린아이로 돌아간다고 하지만, 아기는 없는 텅 빈 유모차를 밀고 가는 할머니들의 모습이야말로 오늘날 우리 사회가 당면한 저출산, 고령화 문제를 상징적으로 보여주는 풍경입니다.

OECD는 국가가 존립하기 위한 저출산율의 마지노선을 1.3명이라고 제시합니다. 연구기관들의 장기 예측에 따르면, 이런 추세로 나간다면 우리나라는 100년 안에 인구가 반 토막으로 줄고, 2500년에는 전체 인구가 33만 명까지 줄어들어 한민족이 소멸될 것이라고 경고합니다. 다급해진 정부와 지방자치단체는 출산율을 끌어올리기 위해 수조 원을 쏟아붓고 있지만 좀처럼 젊은이들의 마음을 되돌리지 못하고 있습니다.

양질의 일자리는 갈수록 줄어드는 데다 내 집 마련은 그야말로 꿈에서나 가능하고, 노후 준비는 막연하기만 하고, 치열한 교육 경쟁에서 살아남을 아이를 키우는 일은 엄두가 나지 않습니다. 출산과 양육 수당 몇 푼, 무료 보육시설과 의료 혜택 확충 같은 몇 가지 혜택만으로는 언 발에 오줌 누기 격입니다.

땜질식 처방이나 중구난방식 복지정책을 지양하고 이제라도 보다 근본적인 문제 해결을 위해 국가적 지혜와 역량을 모아야 할 때입니다. 여기에는 단순히 출산과 육아 제도뿐 아니라 일자리, 복지후생, 교육 여건과 같은 거시 경제적 요소는 물론 문화와 환경, 종교, 철학과 같이 보다 근원적으로 삶의 의미와 가치를 성찰하는 노력도 병행돼야 합니다. 아이를 낳아 기른다는 생물학적 행위가 도대체 무슨 삶의 의미를 지니는 것인지, 개인 차원을 넘어 사회와 국가 인류라는 공동체에 어떤 기여를 하는 것인지 물어야 합니다.

그래도 낳아야 하는 자식, 그 황홀한 고통을 어쩔 텐가?

3포 세대니 N포 세대니 헬조선이니 하는 우울한 말들이 떠돌고 있습니다. 이런 자조적인 표현으로 야속한 세태와 자신들이 처한 암울한 처지에 분노하는 젊은이들의 심정을 이해 못하는 것이 아닙니다. 이런 세상을 물려주고 있는 기성세대의 한 사람으로서 부끄럽고 안타깝습니다. 그러나 그럼에도 불구하고 젊은이들에게 서로 사랑하고 결혼하고 또 아이를 낳아 기르라고 권하고 싶습니다.

개인의 철학적 신념으로 결혼을 하지 않는 독신이나 특별한 이유로 아이를 낳지 않는 부부의 경우는 논외로 하고, 아이를 낳고 싶지만 이런저런 여건이 어려워 망설이는 젊은 부부들은 한번 용기를 내보시기 바랍니다.

언제 이 땅의 부모들이 아무 걱정 근심 없이, 완벽하게 자식을 기를 제반 여건을 갖추고 아이를 낳았나요? 베이비부머 세대에 태어난 중장년 세대도 그렇고, 전쟁과 일제 강점기를 겪은 더 윗세대는 말할 것도 없습니다. 모두 젊은 세대 못지않게 힘겨운 가운데 아이를 낳았습니다. 그리고 가난과 추위, 질병과 불투명한 미래 속에서도 꿋꿋하게 아이를

길렀습니다. 자신을 닮은 새로운 생명을 잉태하고 출산하고 기른다는
것은 그 어떤 대가를 치르더라도 기꺼이 감수할 수 있을 만큼 기쁨과 보
람과 의미를 지니고 있기 때문입니다.

아이 둘 순산한 내 몸엔 늘 찬 기운이 돈다
마음의 온기도 차츰 빠져나가고 있는 걸 아는지 모르는지
곧 중학생이 될 아들 녀석이 내 배 위에 찰싹 옮아붙는다.
녀석의 어리광이 때때로 나를 귀찮게도 하지만
제 몸과 내 몸이, 제 피와 내 피가 서로 부르는 걸
아무도 벌려놓을 수 없는 이 간격을 어쩔 텐가.
아들의 몸무게와 온기가 내 몸으로 저릿저릿하게 퍼져온다.
나는 지금 세상에서 가장 견딜 만한 무게와
가장 따뜻한 온기를 온몸으로 받아내고 있는 중이다.
아 따뜻해. 너도 따뜻하냐
내 평생 이렇게 너를 덮고 살련다
너는 내 살과 피로 부풀려 만든 이불 아니겠냐
이 세상에 너만한 온기가 어디 또 있겠냐
끝까지 나를 덮어다오.

— 김나영, 「이불」

출산의 후유증으로 찬 기운이 도는 몸에 이불처럼 착 달라붙는 아들 녀석을 안고서 그 온기에 가슴이 찌릿찌릿해온다는 이 시인의 고백은 결코 과장이 아닙니다.

귀찮기도 하겠지만 배 위에 찰싹 올라앉아 응석을 부리는 아이에 대한 시인의 한없는 사랑이 뚝뚝 묻어나는 시입니다. 교육비, 병원비, 밥 먹이기…… 이 모든 객관적인 틈이 정말 어떻게 이 다정한 엄마와 아이가 착 들러붙은 틈을 비집고 들어올 수 있을까요?

그 어떤 어려움도 장애물도 감히 비집고 들어오지 못하는 자식과 부모의 거리, 시인의 표현대로 이 '고밀도'의 거리, 둘 사이의 사랑이 지펴 올린 세상 가장 따뜻한 온기가 있다면 아무리 추운 겨울이라도 후끈하지 않을까요?

대낮의 절간 같은 마을마다 갓난아기의 울음소리가 시끄럽게 들리고, 녹슨 제 몸을 물끄러미 내려다보고 있는 공원의 미끄럼틀과 시소에 다시 개구쟁이들이 매달리고, 거리거리마다 할머니 대신 천사 같은 아기들이 의젓하게 앉아 있는 유모차들이 가득하기를 바랍니다.

몇 해 전으로 기억합니다. 경복궁엘 갔다가 한 젊은 부부가 밀고 오는 유모차를 마주했습니다. 햇살이 눈부시고 하늘이 파란 날이었는데 나는 햇살보다 유모차가 더 눈부셔 시 한 편 썼습니다.

더 많은 유모차들과 마주치고 싶습니다. 그 빛나던 부모들의 얼굴과 한없이 성스러운 아기들의 행렬 앞에 잠시 멈춰서 감탄과 웃음으로 경의를 표하고 싶습니다.

임금의 행차다

세 뼘 근정전

무엄한 햇살도

아랑곳없는 알몸

의젓하다

깰세라 보챌세라

온몸의 힘을 팔에 싣고

궁전을 밀고 가는

젊은 부부는 환관이다

험상궂은 사람도 머리 허연 사람도

어여쁜 처녀들도

모두 썩 물렀다

임금의 행차다

— 임병걸, 「유모차」

10

가난,
벗어던져야 하는 숙명의 굴레

가난한 어머니는
항상 멀덕국을 끓이셨다

학교에서 돌아온 나를
손님처럼 마루에 앉히시고

흰 사기그릇이 앉아 있는 밥상을
조심조심 받들고 부엌에서 나오셨다

국물 속에 떠 있던 별들

어떤 때는 숟가락에 달이 건져 올라와
배가 불렀다

숟가락과 별이 부딪치는
맑은 국그릇 소리가 가슴을 울렸는지

어머니의 눈에는
별빛 사리가 쏟아졌다.

— 공광규, 「별국」

달도 별도 건져 맛있게 먹었던 멀덕국

밥상에 올라온 반찬들이 시원찮아 투정이 목구멍까지 올라올 때, '오늘은 무얼 먹을까' 이 궁리 저 궁리 해봐도 딱 떨어지는 메뉴가 떠오르지 않을 때, 나는 이 시를 떠올립니다. 세상의 모든 어머니는 자신의 입에는 허허로운 공기나 냉수 한 사발밖에 들어갈 것이 없어도 자식들의 입에는 흰 쌀밥에 고깃국에 노릇노릇 구워진 생선을 넣어주고 싶어합니다. 그러나 아무리 뒤져도 쌀 몇 톨과 말라비틀어진 푸성귀 쪼가리밖에 남지 않은 남루한 부엌에서는 멀국밖에는 만들 것이 없습니다.

어머니는 자식을 귀한 손님처럼 정중하게 모셔놓고 정성을 다해 밥상을 들고 나오십니다. 아들도 그런 어머니의 사랑에 감동해 시답지 않은 멀덕국에서 달도 건지고 별도 건져 맛있게 배부르도록 먹습니다. 아들이 맛있게 먹는, 아니 맛있게 먹는 것처럼 보이려고 애쓰는 모습을 바라보는 어머니의 눈에는 눈물이 핍니다. 부처의 몸에서 나왔다는 사리보다 더 순결하고 영롱한…….

가난은 우리 민족이 5천여 년 동안 숙명으로 짊어져온 천형이었습니다. 어쩌면 우리 민족뿐 아니라 인류가 존재해온 수백만 년 동안 이 가난은 국가든 사회든 가정이든 개인이든 늘 부딪혀온 문제이고 또 극복하려 몸부림친 지상과제였습니다. 공광규 시인이 그려낸 가난한 집의 밥상 풍경은 결코 과장도 아니고 드문 일도 아니었습니다. 그야말로 '다반사'였습니다. 더욱이 국토의 70%가 산악지대인 데다 먹을 것이 늘 부족하고 겨울이 길고 추운 우리나라에서 가난은, 한민족의 생활양식은 물론 가치

관, 인생관과 같은 정신세계 전반에 엄청난 영향을 미쳤습니다.

시인들의 밥상도 윤택할 리 없습니다. 그래서 그런지 가난의 고통과 설움을 노래한 시들이 많습니다. 가난에 대한 반작용일까요? 탐욕스런 부에 대한 경멸과 조롱, 야유를 담은 시 또한 많습니다. 하지만 그렇게 가난의 고통에 따른 괴로움과 부에 대한 경멸로만 점철돼 있다면 그 시는 한풀이가 되는 데 그치고 말 테지요. 동정은 얻을 수는 있어도 공감과 감동을 주지는 못했을 것입니다.

시인들에게 가난은 넘을 수 없는 운명이기도 했지만, 삶의 본질에 대한 풍부한 사유와 성찰의 재료이기도 했습니다. 그래서 하늘이 허용한 작은 것에도 감사할 줄 아는 겸허함과 청빈을 예찬하는 시들을 낳기도 했습니다. 무한궤도를 달려가려는 이기적 욕망을 제어하고 주변의 가난한 이웃을 돌보게 하는 대승적 자아를 발견하는 동기가 되기도 했습니다.

오늘 아침을 다소 행복하다고 생각하는 것은
한 잔 커피와 갑 속의 두둑한 담배,
해장을 하고도 버스 값이 남았다는 것.

오늘 아침을 다소 서럽다고 생각하는 것은
잔돈 몇 푼에 조금도 부족이 없어도
내일 아침 일도 걱정해야 하기 때문이다.

가난은 내 직업이지만

비쳐 오는 이 햇빛에 떳떳할 수가 있는 것은

이 햇빛에도 예금통장은 없을 테니까…

나의 과거와 미래

사랑하는 내 아들딸들아,

내 무덤가 무성한 풀섶으로 때론 와서

괴로왔음 그런대로 산 인생. 여기 잠들다. 라고,

씽씽 바람 불어라…

— 천상병, 「나의 가난은」

　천상병 시인은 정말 가난하게 살다 간 시인이었습니다. 그러나 '빈이불루貧而不褸'의 삶이었습니다. 가난하지만 누추하거나 비루하지 않았고 순진무구함을 간직하려 애쓴 시인이었습니다. 시의 구절대로 큰돈 없어도 그저 한 잔 커피와 담배 한 갑, 해장국 한 그릇, 버스 값만 있으면 감사하던 사람이었습니다.

　물론 내일은 또 어떻게 이 작은 행복을 누릴까 걱정하지 않는 것은 아니지만 긍정적으로 마음을 다잡습니다. 가난이 직업이라면 마음이 한결 편해질 테니까요. 햇살이 아무리 영롱하고 따뜻해도 어디 저금해둘 수는 없다는 사유에서 예금하지 못하는 인간의 삶의 숙명과 한계를 성찰합니다.

가난한 자뿐일까요? 아무리 수백억 재산을 쌓아놓아도 죽어서는 한 푼 가져가지 못하는 운명을 누구나 비켜갈 수 없으니 가난한 자와 부자의 차이 또한 생각하기에 따라서는 엄청난 차이가 아닐 수도 있습니다.

커지는 빈부격차, 늘어나는 가난한 사람들

물론 시인들의 관조적인 가난 예찬에도 불구하고 가난은 정말 고통스럽고 불편합니다. 과거보다는 절대적인 빈곤을 많이 벗어났지만, 이번에는 극심한 빈부격차에서 오는 상대적인 빈곤과 박탈감이 다수의 서민을 괴롭힙니다.

IMF의 아시아 소득분배 보고서에 의하면 한국의 최상위 10% 소득자가 전체소득에서 차지하는 비율은 1995년만 해도 29%였는데, 2013년에는 무려 42%로 증가했습니다. 아시아에서 가장 높은 비율입니다. 우

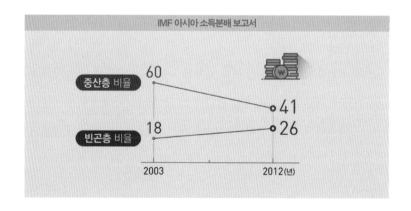

리나라의 중산층 비율중위소득 50~150%은 2003년의 60%에서 2012년에는 41%로 줄었습니다. 반면 빈곤층중위소득 50% 이하은 18%에서 26%로 늘었습니다.

그러니까 지난 20년 이른바 신자유주의가 확대 재생산되는 동안 가난한 사람의 돈이 오히려 부자들의 호주머니로 흘러들어갔다는 뜻입니다. 사정이 이렇다 보니 자살과 이혼, 실업 등 사회적 문제들도 악화되고 있습니다. 1996년 인구 10만 명당 13명이었던 자살률은 2015년 38명으로 세 배 가까이 늘어 OECD 국가 가운데 1위이고 노인빈곤률도 가장 높습니다.

이런 소득격차와 불평등의 심화는 비단 한국뿐 아니라 글로벌한 현상이기도 합니다. 그러니까 가난의 문제는 각자의 능력이나 노력과 같은 개인적인 요인도 전혀 없는 것은 아니겠지만, 보다 구조적이고 거시적인 문제라는 뜻입니다. 바로 1980년대 이후 전 세계에 불어닥친 신자유주의와 세계화가 잉태한 그늘입니다.

> 현재와 같은 세계화는 미국과 유럽을 비롯한 많은 국가들에서 불평등을 심화시키고 있다. 세계화로 이득을 보는 승자는 상위 계층이고, 손해를 보는 패자는 대부분 하위 계층이다. 이런 상황에서 세계화를 반대하는 운동이 급격하게 확산되는 것은 당연한 결과다. - 조지프 스티글리츠, 『인간의 얼굴을 한 세계화』

2008년 리먼 브러더스 파산으로 촉발됐던 글로벌 금융위기 당시 월가를 휩쓸었던 시위 행렬이나, 2016년 전 세계의 주목을 끌었던 영국의 EU 탈퇴, 이른바 브렉시트 역시 큰 틀에서 보면 세계화로 소외되고 더 살기 힘들어진 서민들의 분노가 폭발한 것입니다.

특히 젊은이들의 분노는 기성세대보다 더 큽니다. 이미 우리나라의 청년 실업률은 10%를 넘어 사상 최악을 기록하고 있습니다. 2016년 한 취업포털 사이트가 직장인과 대학생 3,173명을 대상으로 조사한 결과, 응답자의 90%가 우리 사회를 극도로 부정하는 단어 '헬조선'이라는 표현에 동의한다고 응답했습니다. 응답자의 60%는 우리 사회의 가장 큰 문제점으로 빈부격차를 꼽았습니다. 그다음 많았던 항목도 실업, 일자리, 물가, 경기불황이었으니 모두 경제 불평등과 무관하지 않습니다.

늘 가난하고 소외된 사람들을 따뜻한 시선으로 바라보고, 또 그들의 울분에 동행해주는 신경림 시인은 가난이 밝고 맑아야 할 젊은이들의 사랑을 어떻게 녹슬게 하는지, 그 붉은 설움을 우려 이런 시를 썼습니다.

가난하다고 해서 외로움을 모르겠는가
너와 헤어져 돌아오는
눈 쌓인 골목길에
새파랗게 달빛이 쏟아지는데.

가난하다고 해서 두려움이 없겠는가

두 점을 치는 소리

방범대원의 호각 소리 메밀묵 사려 소리에

눈을 뜨면 멀리 육중한 기계 굴러가는 소리.

가난하다고 해서 그리움을 버렸겠는가

어머님 보고싶소 수없이 뇌어 보지만

집 뒤 감나무에 까치밥으로 하나 남았을

새빨간 감 바람소리도 그려보지만.

가난하다고 해서 사랑을 모르겠는가

내 볼에 와 닿던 네 입술의 뜨거움

사랑한다고 사랑한다고 속삭이던 네 숨결

돌아서는 내 등 뒤에서 터지던 네 울음.

가난하다고 해서 왜 모르겠는가

가난하기 때문에

이것들을

이 모든 것들을 버려야 한다는 것을.

— 신경림, 「가난한 사랑 노래」

나라도 구제 못한다고? 빈부 격차는 줄일 수 있다

우리 옛 속담에 '가난 구제는 나라도 못한다'는 말이 있습니다. 가난을 벗어나는 것이 얼마나 어려운지 제도적, 정책적으로 아무리 애를 써도 그리 쉽지 않다는 말입니다. 일정 부분 고개가 끄덕여지는 말입니다. 그러나 완벽한 구제는 어렵다 해도, 마르크스가 꿈꾸었던 절대 평등의 세상은 불가능하다 해도, 최소한 지금과 같은 터무니없는 격차는 줄일 수 있습니다. 아니, 줄여야 합니다. 그리고 그 출발은 가진 자, 가진 사회, 가진 나라가 먼저 도움의 손길을 내미는 것입니다.

2008년 글로벌 금융위기 때 월스트리트를 가득 메운 시위자들 앞에서 1%의 각성과 양보를 촉구하는 구호를 외치던 학자로, 유엔의 빈곤국가 지원에도 적극 참여하는 등 행동하는 지성인인 제프리 삭스 하버드대 교수는 이렇게 대안을 제시합니다.

> 최빈국들의 곤경을 다루는 데 미국이 지출하는 돈이 고작 150억 달러에 지나지 않는다. 즉 미국의 거대한 군비 지출액의 30분의 1에 불과한 것이다. 현재 전 세계적으로 해마다 8백만 명 이상의 사람들이 빈곤 때문에 죽어가고 있다. 경제발전의 가장 어려운 부분은 사다리에 첫발을 올려놓는 일이다. 세계의 소득 분포에서 가장 아래, 즉 극단적 빈곤상태에 놓여 있는 가계와 나라들은 고착되기 쉽다. 우리 세대의 도전은 가장 빈곤한 사람들이 극단적 빈곤이라는 비참한 현실에서 벗어나 스스

로 경제발전의 사다리를 오르기 시작할 수 있도록 도와주는

것이다. - 제프리 삭스, 『빈곤의 종말』

그러니까 군비 경쟁과 같은 쓸데없는 곳에 쓰는 돈을 줄여 최빈국들의 경제 회복에 쓴다면 그들이 머지않아 스스로 경제발전의 사다리를 오르기 시작한다는 것입니다. 그는 '빈곤의 종말'은 결코 허황된 꿈이 아니며 우리 세대에 주어진 '위대한 기회'라고 말합니다.

항상 낮은 곳으로 임하시고, 성경의 활자 속으로 들어가 머무르지 않으시고, 언제나 지금 우리가 발 딛고 있는 여기의 사회, 정치, 경제 문제를 풀어내려 애쓰시는 프란치스코 교황님도 빈곤을 탈출하는 아주 구체적인 대안을 제시합니다. 그것은 자선과 기부 같은 배부른 자의 관용과 자비가 아니라 일자리를 만드는 것이라고 강조합니다.

> "돈이 왕 행세를 하는 정의롭지 못한 국제 시스템 속에서 빈부
> 격차는 극심하게 벌어지고 돈 없는 사람은 인간대접을 받지 못
> 한다. 이런 경제는 사람을 죽인다. 각국 정부는 기부의 문화가
> 아닌 노동의 문화를 장려하는 것이 중요하다. 그러기 위해 일
> 자리 창출을 장려해나가야 한다."

우리나라를 놓고 볼 때, 문재인 대통령 당선 이후 새 정부의 공공부문부터 시작해 산업계 전반으로 확산되고 있는 비정규직의 정규직 전환이

나 공공부문 일자리 30만 개 신설 계획 등이 맥을 같이합니다. 이미 130년 전에 토지가 파생시키는 불로소득으로 인한 불평등 문제를 날카롭게 지적한 헨리 조지 역시 부의 분배가 한 사회를 보다 건강하게 하는 근본적인 해결책임을 역설합니다.

> 한쪽에서는 빈곤과 결핍이 문제가 되고 있음에도, 다른 한쪽에서는 생산 능력의 과잉으로 인해 곤란을 겪고 있다. 부의 분배가 평등해지면 노동의 사회적 유동성이 증가하고 대중의 지성은 향상되며, 임금이 상승하여 발명과 생산과정 개선의 유인도 커질 텐데, 이 또한 생산의 비약적인 증가를 자극할 것이다. - 헨리 조지, 『사회문제의 경제학』

그는 "모든 사람을 풍요롭게 만들 수 있는 힘은 이미 우리 손에 있으며" 그 힘은 바로 '부의 분배'라고 말합니다. 근대 자본주의 100년 역사의 방대한 자료를 분석해 자본소득 증가율이 경제성장률을 앞설 수밖에 없다는 사실을 실증적으로 밝히면서 센세이션을 일으켰던 토마 피케티가 내놓은 대안도 역시 조세를 통한 부의 분배였습니다. 즉 세습자본주의가 야기한 끔찍한 소득불평등을 해소하기 위해서는 부유세나 누진세 등을 부자에게 더 많이 거둬 사회 경제적 약자를 빈곤으로부터 벗어나게 해야 한다는 것입니다.

물론 가난과 경제적 불평등을 해소하는 데 이런 제도적인 노력이 필요하다고 해서 개인 차원의 자선과 기부 같은 미시적 실천 노력이 의미 없다는 것은 아닙니다. 국가나 사회 공동체의 거시적인 노력과 보다 여유 있는 개인 차원의 노력이 함께 어우러질 때 가난의 문제는 한층 효율적으로 해결되지 않을까 합니다. 그리고 가진 계층의 자선과 양보는 단순히 곤궁한 타자를 구제하는 일방적 자선으로 끝나지 않고 결국에는 자신의 삶도 보다 가치 있고 풍요롭게 합니다. 물질과 향락에만 매몰되려는 나약한 영혼을 보다 궁극적이고 영원한 것에 눈뜨도록 길을 이끌기도 하니까요.

가난, 황제도 얻고 싶어하는 재산

평생을 가난하게 살아온 천재 시인 백석은 어쩌면 가난한 사람은 하늘의 사랑이 지극한 부류의 사람일 것이라는 생각에 도달합니다. 성서에서 가난한 자들이야말로 하늘이 사랑하는 이들이고 또 천국에 들어갈 수 있는 사람들이라고 위로하는 구절과 맥락을 같이합니다.

오늘 저녁 이 좁다란 방의 흰 바람벽에
어쩐지 쓸쓸한 것만이 오고 간다
이 흰 바람벽에
희미한 십오촉(十伍燭) 전등이 지치운 불빛을 내어던지고
때글은 다 낡은 무명샷쯔가 어두운 그림자를 쉬이고

그리고 또 달디단 따끈한 감주나 한잔 먹고 싶다고 생각하는 내 가지가지 외로운 생각이 헤매인다

그런데 이것은 또 어인 일인가

이 흰 바람벽에

내 가난한 늙은 어머니가 있다

내 가난한 늙은 어머니가

이렇게 시퍼러둥둥하니 추운 날인데 차디찬 물에 손은 담그고 무이며 배추를 씻고 있다

(……)

— 하늘이 이 세상을 내일 적에 그가 가장 귀해하고 사랑하는 것들은 모두

가난하고 외롭고 높고 쓸쓸하니 그리고 언제나 넘치는 사랑과 슬픔 속에 살도록 만드신 것이다

초생달과 바구지꽃과 짝새와 당나귀가 그러하듯이

그리고 또 「프랑시쓰 쨈」과 도연명(陶淵明)과 「라이넬 마리아 릴케」가 그러하듯이

— 백석, 「흰 바람벽이 있어」(부분)

가난하다고 너무 주눅들지 말아야겠습니다. 당장의 고통에만 매몰되지 말고 가난을 벗어나려는 구체적인 노력을 기울이면서 동시에 가난이 주는 소중한 가치, 부자였더라면 느끼지 못하고 누리지 못했을 정신적

풍요에 대해 긍정적으로 생각해봐야 하지 않나 합니다. 예외 없이 재산과 경영권을 둘러싸고 추악한 싸움을 벌이는 재벌가를 목도하면서, 이런 생각이 그저 가지지 못한 자의 자기 합리화나 패배주의만은 아니라는 생각이 듭니다. 미국의 여류시인 로웰의 얘기에 한 번쯤 귀를 기울여 보시기 바랍니다.

"가난하다고 스스로를 비웃지 말라. 가난은 그대가 상속받은 재산이다. 곤경에 굴하지 않는 굳센 의지, 무슨 일이든 가리지 않고 할 수 있는 용기. 가난하기 때문에 그대에게는 참을성이 있고 적은 것도 고맙게 생각하는 마음이 있다. 가난하기 때문에 슬픔을 가슴에 품고 견디는 인내력, 가난하기 때문에 어려운 사람들을 도울 수 있는 따뜻한 마음씨, 이것들이 그대의 재산이다. 이러한 재산은 황제도 얻고 싶어하는 것임을 알라! 그대가 가난하기 때문에 얻는 고귀한 재산임을 알라!"

마술 주전자가 딸깍딸깍 연기를 뿜어 올리자

안개 속의 여객선 한 척! 내게로 온다

블랙박스를 구호품인 양 챙기는 사이

맨하탄 시가지가 떠오르면서 티파니의 아침은

몇 모금의 환유처럼 달콤했다 역마살 낀 그 시절도

알고 보면 고뇌를 우려 낸 커피색이다

어느새, 검게 물들기 시작한 지중해

내 고달픈 여정도 정박을 꿈꾸는가

3장

커피가 아니면
죽음을 달라!

11

라면,
B급 먹거리를 향한 A급 사랑

현대는 엑기스의 시대다
정보의 집합체에 접근하기
혹은 접근 금지의 아고라에 모여들기
농축이 아닌 것들은 천대 받는 시대

젊음은 치기라는 농축 엑기스의 집합체로
술을 마셔도
연애를 해도
미친 듯이,
미칠 듯이
객체와 영혼의 융화를 이루어내는

라면은 현대 식문화의 집대성으로
영양학자와 명문대 출신의 엘리트들이 만들어내는
정치적인 이슈는 스프 속에 감춰진 비밀 레시피
소고기맛 베이스
지미강화육수분말
육개장양념분말
햄맛분말
향미증진제
돈골엑기스……
엄청난 살육의 엑기스를 분말로 만들어내는

물리학의 기적

팔팔 달아오른 냄비는 뜨거운 욕망을 탄생시키고
한 번의 사용을 위해 가지런히 포장된 비닐봉지는
원 나잇 스탠딩
구깃구깃 쓰레기통에 버려지고
부패되지 않은 것들을 양산하는 현대의 문명은
한 끼 식사에 30분을 소비하지 않는다

냄비가 끓었다면
이제 곧 먹을 차례다

정치적인 핵심과 이슈들이 퉁퉁 붇기 전에
초스피드 배후설을
완성할 차례

역사나 문명이
만나는 지점에서
그것은
활자처럼 찍혀
좌우로 팔려나간다

　　　　　　　－신혜정,「라면의 정치학」

라면, 온 국민의 A급 사랑을 받는 B급 먹거리

혹시 라면의 쫄깃쫄깃한 면발과 구수한 국물 냄새 같은 즐거운 상상을 하셨다면 좀 떨떠름하지 않나요? 맛있는 라면을 가지고 뭐 이렇게 현대 정보사회에 대한 거창한 사유를 하고 정치적 음모까지 떠올리는 걸까요. 어떻게 보면 시인은 참 골치 아픈 사람들일지도 모르겠습니다.

라면! 국어사전을 찾아보면 "국수를 증기로 익히고 기름에 튀겨서 말린 즉석식품. 가루스프를 따로 넣는다."고 돼 있습니다. 이 단순한 식품 하나가 온 국민의 사랑을 받고 있습니다. 배고픈 시절 얇은 호주머니로 허기를 달래기 위해 먹었던 라면이 이제는 배가 고프지 않아도 즐겨 먹는 국민 간식이 되었습니다. 고기와 생선, 신선한 야채와 과일, 양질의 먹거리가 넘쳐나도 일주일에 한 번 정도는 꼭 먹고 싶은 단골 메뉴가 되었습니다.

실제로 우리나라 사람들은 세계에서 가장 많이 라면을 즐겨 먹습니다. 라면왕국 하면 일본이 아닐까요? 하지만 일본의 경우 인스턴트 라면뿐 아니라 가게에서 직접 만드는 생라면도 많기 때문에 인스턴트 라면만을 놓고 본다면 우리나라가 세계 최곱니다. 2015년 기준으로 무려 37억 개가 팔렸습니다. 국민 한 사람당 76개를 먹은 꼴입니다. 그러니까 온 국민이 적어도 일주일에 한두 번은 먹는다는 얘깁니다.

무엇보다 조리하기 간편하고 값도 싸면서 맛도 좋고 영양가도 제법 있어 한 끼 식사로 거뜬합니다. 중국에서 탄생해 일본의 변형을 거쳐 라면이 한반도에 상륙한 것은 지난 1963년. 한 라면회사는 일본의 기술을 전수받아 10원짜리 꼬불꼬불한 국수를 세상에 내놓았습니다.

당시 우리나라의 1인당 국민소득은 100달러, 세계 최빈국 수준이었으니 얼마나 많은 사람들이 굶주렸을까요? 출시 이후 지난 반세기 동안 이 별 볼 일 없는 B급 먹거리는 지갑도 허전해서 덩달아 배 속도 허전한 서민들의 A급 사랑을 받아왔습니다. 1972년에는 용기에 담긴 더욱 편리한 라면이 나왔고 80년대부터는 중국과 러시아, 동남아 등지 사람들의 입맛도 파고들면서 효자 수출품으로 사랑을 받았습니다.

가까운 중국, 동남아뿐 아니라, 미국과 호주 등에서도 우리 라면을 찾는 사람들이 많아지면서 해마다 큰 폭으로 수출이 늘고 있습니다. 2015년 라면의 수출액수는 무려 2억2천만 달러, 지난 5년 동안 연평균 50%씩 놀라운 성장세를 보이고 있습니다. 특히 거대한 중국시장을 겨냥한

스위스 마테호른

수출이 크게 늘고 있습니다. 전체 수출액 가운데 약 18%인 4천만 달러가 중국으로 1위였습니다. 그러나 한 해 450억 개가량의 라면을 먹어치우는 중국에서 우리 라면의 시장점유율은 1%도 되지 않으니 그야말로 성장 가능성이 매우 높은 블루오션입니다.

인스턴스 라면에 투영된 인스턴트 사회

이런 기특한 라면에 대해 신혜정 시인은 좀 냉소적입니다. 속도와 효율을 신봉하는 현대 자본주의, 정치현상의 병폐와 음험함을 꼬집는 상징물로 라면을 풀어나갑니다. 모든 것을 빨리빨리 처리할 것을 요구하는 세태, 효율만을 강조하는 풍조, 특히 하룻밤 만에도 만나고 사랑하고 헤어지는 너무 가벼운 연애 풍속도를 인스턴트 라면에 빗대어 개탄합니다.

존재하는 것들의 본질은 온데간데없고, 무차별로 농축되는 것들에 분노합니다. 우정, 배려, 명상…… 시간의 발효를 필요로 하는 것들은 점점 사라지고 마치 라면 스프 속에 온갖 야채와 고기가 분말의 형태로, 혹은 엑기스의 형태로 뭉뚱그려져 있듯이 모든 가치가 압축, 생략, 혼합되는 세태를 비판하기도 합니다. '농축이 안 되면 천대받는 시대'라고.

급기야 시인은 우리의 삶 전체를 흔들어놓은 정치적 현상이나 이슈마저도 그 본질이나 인과관계, 혹은 구조를 차분히 살펴볼 틈 없이, 마치 라면이 퉁퉁 붓기 전에 후루룩 입속에 쓸어 넣는 것처럼, 대중 매체와 인터넷 등을 통해 활자화돼서 팔려나가는 현상을 비판합니다.

시인의 통찰력에 공감이 갑니다. 사실 요즘 시대는 너무 많은 일들이 한꺼번에 쏟아져 나오고 순식간에 압축, 약분, 생략되기 일쑤입니다. 그러다가 라면을 끓이는 양은냄비처럼 부글부글거리고, 또 얼마 되지 않아 언제 그랬냐는 듯 뇌리에서 잊힙니다. 절대 잊어서는 안 될 것, 영원히 간직해야 할 것들은 깡그리 잊히고, 그저 라면을 쌌던 비닐봉지처럼 별 중요하지도 않은 것들만 좀비처럼 살아 눈과 귀를 어지럽히는 가치전도의 현상도 일어납니다.

라면을 맘껏 먹을 수 있는 세상은 즐겁지만, 세상이 라면같이 되는 것은 우울합니다. 다시 먹고살 만해지면서 친환경 먹거리라거나 슬로우 푸드 등이 각광을 받으니, 그 대척점에 있는 라면이 가장 좋지 않은 식품의 상징으로 비난을 받기도 합니다.

추억이 녹아 있는 국물, 아련한 그리움이 얽혀 있는 면발

배고팠던 어린 시절, 어머니가 사다놓으신 라면 박스에서 슬그머니 하나를 꺼내 끓이지도 않고 스프를 섞어 아삭아삭 생라면을 먹던 겨울밤은 즐거웠습니다. 가파른 산행 길에 몸은 지치고 다리도 아플 때, 버너와 코펠에 라면을 끓이노라면 풍겨오는 그 구수한 냄새에 피곤은 날아가고, 그 쫄깃한 맛에 허기는 사라집니다.

군내 나는 정부미와 기름기 없는 반찬으로 질린 군대생활에서 가끔 면발은 식판에 찌고, 국물은 따로 끓여져 나오는 이 어설픈 라면조차도

쓴 입맛을 돋우는 별식이었습니다. 아직도 천 원짜리 한 장으로 한 끼를 배불리 먹을 수 있는 음식은 라면밖에 없으니, 서민들의 A급 사랑을 받고 있는 라면이 무슨 죄가 있는지요?

라면은 특히 곤궁한 식탁에 오르는 음식이어서 그런지 단순한 음식 이상의 의미를 지닙니다. 그 꼬불꼬불하고 노릇노릇하고 길고긴 가락이 자칫하면 산산이 흩어질 위기에 놓인 남루한 지붕 밑 가족들을 하나의 공동체로 단단히 묶어주는 노릇을 하기도 합니다.

일본 도쿄의 이케부쿠로에 있는 라면집 다이쇼켄大勝軒을 창업한 야마기시 가쓰오山岸一雄, 75세가 말하길 "라면은 면을 통해 사람을 연결하는 마음의 맛이다."라고 하였습니다. 마음의 맛이라는 표현에 눈길이 머뭅니다. 50년 인기 비결에 대한 물음에 그는 다시 이렇게 답했습니다.

"닭 뼈, 돼지 뼈, 야채, 해산물, 간장, 물 그리고 배합농도와 시간이지요. 모두 공개하고 있으니 비결이랄 것도 없지만, 굳이 한 가지 특별한 것이 있다면 우리 레시피에는 '마음'이라는 재료가 들어가지요."

'마음이라는 재료!' 이보다 더한 재료가 있을까요? 그런가 하면 꼬불꼬불한 라면의 면발을 보면서 굴곡이 숱한 우리네 인생을 떠올리는 시인도 있습니다.

꼬이지 않으면 라면이 아니다?

그럼, 꼬인 날이 더 많았던

내 살아온 날들도

라면 같은 것이냐

삶도 라면처럼 꼬일수록

맛이 나는 거라면,

내 생은 얼마나 더 꼬여야

제대로 살맛이 날 것이냐

고속도로 휴게소에서

이름조차 희한한 '생라면'을 먹으며,

영락없이,

맞다,

생은 라면이다

– 오인태, 「라면 같은 시」

　　고속도로 휴게소에서 파는 '생라면'을 보고 '생은 라면'이라는 기발한
연상을 했군요. 하긴 너무 꼬여도 고통스러운 생이지만, 전혀 꼬이지 않
은 가래떡 같은 인생도 별로 재미있을 것 같지는 않습니다. 하여 러시아
의 문호 도스토예프스키는 "만일 생이 주어진 기차표를 타고 예정된 역
으로 가는 것이라면 나는 도중에 뛰어내리겠다."고 했나 봅니다.

어떤 시인은 라면이야말로 시인을 존재하게 하는 고마운 벗이라며 이 B급 먹거리에 찬사를 아끼지 않습니다. 늘 호주머니가 텅 비기 일쑤인 가난한 시인들로서는 라면이 한 끼 식사도 되고, 소주 두 병은 거뜬한 안주도 되니 얼마나 든든한 벗일는지요?

시인은 라면을 사랑한다 고로 존재한다

인생이라는 면빨이 내리 퍼지고
삶이 쫄깃하진 못해도
허기진 세월이라는 스프를 넣어 끓여서
고뇌와 희망이라는 고명을 같이 얹어 먹는다
삼.백.육.십.오.일. 라면 하나만 있으면
부자들이나 정치가, 연예인이 부럽지 않은
행복한 시인이 될 수 있기 때문이다
가난한 시인이기 때문에 라면을 먹는 것은 아니다
사실은 그럴지도 모른다 그러나,
정치가나 재벌은 시인의 끼니가 될 수 없다
시인에겐 시를 위하여 라면이 존재할 뿐이다

고독해서 더 행복할지도 모르는 그대, 시인들이여
때로는 주머니를 털어서

라면 하나로 삶을 나누고

공감하는 시를 쓰고자 고민하는

보헤미안 같은 시인들이여

불후의 시는 그래도 위장이 우선이었다

시가 전부인 골방의 무기력을 위하여

줄담배 대신 라면을 피워 물자

시가 라면을 구하는 것이 아니라

라면이 시를 구한다는 것

라면이 위대하다는 것,

고로 시와 시인은 위대하다는 것

하지만 배고프다는 것은 시인의 전유물이 아니다

죽지 않고 살아, 그리하여 시가 우선일 때

자연과 음악과 인생을 노래할 수가 있다

시인들이여!

그대들도 나와 같이

라면 많이 잡수시고

힘을 내길 바란다!

- 김옥균, 「라면에 대한 고찰」

골방에 들어앉아 좀처럼 메워지지 않는 원고지를 보다가 연신 줄담배로 건강을 해칠 수 있는 시인들에게 라면은 구세주 같은 것이라니, 이쯤 되면 '라면에 대한 고찰'이 아니라 '라면에 바치는 헌사'가 제목이 되어야 할 듯합니다. 허기진 세월도 스프로 넣고 고뇌와 희망도 고명으로 얹는다니 그 라면 맛 참 달콤쌉쌀하겠습니다.

이 글을 쓰는 시간, 나도 배 속이 출출해지고 라면 생각이 절로 납니다. 이왕이면 달걀도 한 개 탁 풀어 넣고 대파도 숭숭 썰어 넣어야겠습니다. 오늘은 내 앞에 끓여져 나오는 라면을 그냥 후루룩 먹지 말고 '위대하다'는 찬사를 한마디 던진 다음 젓가락을 들어야겠습니다.

브라보! 라면~

12

커피공화국,
커피가 아니면 죽음을 달라!

몇 주, 가뭄 든 정서에 가랑비가 내리더니

감색 숄 걸친 나무 한 그루의 분위길 깔고 있다

저리 곱게 물들려면 얼마큼 내공을 쌓아야 할까

삶의 한 페이지 넘길 때마다 가지 끝 바람이 차다

마술 주전자가 딸깍딸깍 연기를 뿜어 올리자

안개 속의 여객선 한 척! 내게로 온다

블랙박스를 구호품인 양 챙기는 사이

맨하탄 시가지가 떠오르면서 티파니의 아침은

몇 모금의 환유처럼 달콤했다 역마살 낀 그 시절도

알고 보면 고뇌를 우려 낸 커피색이다

어느새, 검게 물들기 시작한 지중해

내 고달픈 여정도 정박을 꿈꾸는가

너무 멀리 왔다는 생각이 든다

갈증은 여전히 풀리지 않는 피라밋!

그 슬픈 신화를 넘기는 순간

뜨겁게 달군 일상이 금세 식어버렸다

– 서희자, 「커피는 희랍어로 말을 걸어온다」

커피, 악마처럼 검고 천사처럼 아름다운

어제 길을 걸어가다 한 커피숍 유리창에 쓰인 문구에 웃음이 터졌습니다. "커피가 아니면 죽음을 달라!"

어디서 많이 들어본 듯한 표현이지요? 1775년 3월 23일, 영국으로부터 독립을 위해 전쟁도 불사하겠다는 강경 정치가와 영국에 무릎을 꿇어 평화를 보장받자는 온건 정치가들이 팽팽하게 맞설 무렵 페트릭 헨리가 했던 연설의 마지막은 이렇습니다. "쇠사슬과 노예화란 대가를 치르고 사야 할 만큼 우리의 목숨이 그렇게도 소중하고 평화가 그렇게도 달콤한 것입니까? 나에게 자유가 아니면 죽음을 달라!"

이 마지막 문장을 패러디한 카페의 문구가 결코 과장이 아닐 만큼 어느새 우리나라는 커피공화국이 되었습니다. 겉은 빨갛고 씨앗은 검은 커피나무 열매 하나가 온 국민의 마음을 빼앗았으니까요. 사람들이 마시는 여러 가지 기호음료 가운데 이렇게 빨리 이렇게 많이 퍼진 음료는 없지 않을까 싶습니다. 요즘 거리를 걷다 보면 두 집 건너 카페라 해도 과언이 아닙니다. 얼핏 마셔보면 쓰기만 한 이 시커먼 음료가 왜 이토록 사람들의 마음을 사로잡은 것일까요?

시인은 커피가 '그리스어로 말을 걸어온다'고 생각합니다. 시 구절 어디에도 그리스를 연상할 만한 단서가 없어 고개를 갸우뚱하게 됩니다. 이제부터는 그 의도를 추측해볼밖에요.

우선 시인은 어느 가을날 창밖의 나뭇잎들이 빨갛게 혹은 갈색이나 노란색으로 물든 풍경을 보면서 주전자에 물을 끓입니다. 흔히 가을이 되면 또 속절없이 지나가는 한 해 앞에 허무와 우수가 몰려옵니다. 어느새 찻물이 끓으면서 주전자에서는 안개 같은 뽀얀 수증기가 뿜어져 나오고 보글보글 물 끓는 소리가 바다를 항해하는 여객선의 엔진 소리같이 들립니다. 어느덧 시인은 그 여객선을 타고 뉴욕 맨해튼의 보석상점 '티파니'에 다다르는 달콤한 환상에 빠집니다.

오드리 헵번이 주연을 맡았던 〈티파니에서 아침을〉로 유명한 뉴욕의 보석상점 티파니는 여성이라면 누구나 꿈꾸는 화려한 스타의 삶을 상징합니다. 그러니까 시인에게 커피는 단순히 마시는 음료가 아니라, 잊을 수 없는 추억 혹은 이룰 수 없는 환타지로 안내하는 마법의 양탄자인 셈입니다.

희랍어로 말을 걸어온다는 말은 아마도 말로는 설명할 수 없는 커피의 매력, 오묘한 이끌림을 뜻하는 것이 아닐까요? 인류 문명이 싹튼 그리스, 르네상스의 모태가 되었던 그리스, 온갖 흥미진진한 신들의 이야기로 상상력을 자극하는 신화의 나라 그리스! 우리가 희랍어를 알아들을 수는 없지만, 이러한 그리스는 분명 매력덩어리 나라이고, 바로 그런 신비와 매력을 지닌 것이 커피란 뜻이 아닐까요? 커피가 수많은 차와 음료를 제치고 세계에서 가장 사랑받는 음료가 된 것도 시인의 이 상상력과 무관하지 않을 듯싶습니다.

무엇보다 커피는 다른 음료는 따라올 수 없는 진하고 감미로운 향기를 지녔습니다. 갓 볶아낸 원두나 곱게 간 분말이 풍기는 참기름 같은 고소한 향기에 기분이 들뜹니다. 보글보글 커피가 끓을 때 허공에 퍼지는 향기 역시 세상의 모든 시름을 지워버립니다. 쌉싸름하면서도 고소한 커피를 한 모금 넘기노라면 행복이 목구멍 속으로 들어가는 착각이 듭니다.

궁극적으로 인간이 추구하는 행복이 무엇이고 또 그것을 어떻게 얻을 수 있는지 좀 복잡하나, 짧지만 강렬한 느낌으로서의 행복, 오감으로 느끼는 감각적인 기쁨의 순간을 꼽으라면 맛있는 커피 한 잔을 마실 때가 아닐까요? 17세기 유럽인은 이렇게 노래하기도 했습니다.

커피가 도래하도다,

그 근엄하고 유익한 물약이,

위를 낫게 하고, 천재를 한결 명민케 하며

기억을 되살리고, 슬픔을 위로하며

원기를 불러일으키면서도

미치게 만들지는 않음이여

17세기 커피를 맛본 유럽인들은 커피의 매력에 흠뻑 빠졌나 봅니다. 위장병도 낫게 하고, 머리도 좋게 만들고, 슬픔은 위로하고, 쇠잔한 기운은 북돋우는 만병통치약이었으니 말입니다.

요즘도 커피가 해로운지 이로운지를 놓고 학계와 의료계가 전혀 상반된 주장을 하고 있어 어리둥절합니다. 발암물질이라거나 당뇨병, 신경계통, 소화기계통 질환의 주범이라는 논문이 발표되는가 하면, 한두 잔의 커피는 오히려 면역력도 증강시키고 항암, 항산화 작용을 해서 노화를 방지한다는 주장도 나옵니다. 그러니 커피는 그 본질을 잘 드러내지 않는 신비한 물질임에는 틀림없습니다.

나도 요즘 잘 가는 동네 카페에서 바리스타인 주인이 정성껏 내려주는 드립 커피 한 잔을 마실 때 정말 행복합니다. 커피를 마시면서 시인처럼 르네상스의 발원지 이탈리아 피렌체의 시가지를 거니는 꿈을 꾸기도 하고, 세계 최초로 문을 연 베네치아의 카페 '플로리안'의 테이블에 앉아 산마르코 광장을 바라보기도 하고, 낙엽이 하나둘 떨어지는 뉴욕의 센트럴 파크를 거닐기도 하고, 오스트리아 비엔나의 카페 '란트만'에서 요한 슈트라우스의 왈츠를 듣는 상상을 해보기도 합니다. 나폴레옹 시절 프랑스의 정치가였던 탈레랑도 이렇게 커피를 예찬했습니다.

악마처럼 검고
지옥처럼 뜨거우며
천사처럼 아름답고
사랑처럼 달콤하다

폭발적으로 늘어나는 커피 소비

우리나라 사람들은 도대체 커피를 얼마나 마시고 있을까요? 우리나라의 커피 시장은 매출액으로 따져 2015년에는 5조4천억 원이었습니다. 2005년부터 10년간 한 해 평균 15%씩 초고속 성장을 해왔습니다.

커피가 생산되지 않으니 전량 수입입니다. 2004년 3만 톤을 조금 넘던 커피 수입량은 2015년 14만 톤, 금액으로는 6억 달러어치가량을 수입했습니다. 불과 10여 년 만에 다섯 배 정도 늘었습니다.

자연 커피 전문점도 그야말로 우후죽순처럼 늘고 있습니다. 통계청에 따르면, 전국의 커피 전문점은 무려 5만 개에 이릅니다. 그러나 이것도 공식 커피 전문점만 헤아린 것이니, 커피를 함께 파는 제과점이나 편의점, 간이매점 등을 합한다면 훨씬 많은 수치가 나올 것입니다.

지난 2010년 우리나라에서는 1인당 연간 311잔의 커피를 마셨는데, 2015년에는 무려 484잔을 마셨습니다. 일주일에 9잔 정도를 마신 셈입니다. 어린이나 청소년을 제외한다면 어른들은 적어도 하루에 두 잔 정도 마셨다는 얘깁니다. 농수산부 추계로도 한 사람이 일주일에 쌀밥은 7번 정도 먹는데, 커피는 12잔을 마신 것으로 조사됐습니다. 커피공화국이 맞지 않나요?

우리나라에 커피가 처음 들어온 것은 개화기인 1895년이었다고 합니다. 당시 고종을 돕던 독일인 손탁 여사가 지금의 이화여고 자리에 '정동구락부'라는 커피숍을 냈다지요. 고종 역시 커피 애호가였다고 하는데요, 지금도 고종의 이름을 간판으로 내건 카페가 있을 정도입니다. 이후 일제 강점기에는 천재 시인 이상과 극작가 동랑 유치진, 영화배우 복혜숙 선생님도 다방을 열었습니다.

1945년 서울에 60개 정도에 불과했던 다방은 1950년대 1,200개로 늘어났습니다. 1970년대에는 뜨거운 물에 간단히 풀어 먹는 인스턴트커

피가 개발돼 커피 소비를 폭발적으로 늘렸고, 1988년 올림픽이 열리던 해 압구정동에 첫 원두커피 전문점이 들어섰습니다. 그리고 1999년 이화여대 앞에 스타벅스 1호점이 들어서면서 현재 커피 판매점의 주류를 이루는 이른바 프랜차이즈 커피 시대가 열렸습니다.

우리나라의 커피 값은 결코 만만치 않습니다. 소비자시민모임이 2017년 발표한 주요 도시별 '스타벅스' 커피 값을 보면, 우리나라는 아메리카노의 경우 4,100원으로 13개 도시 가운데 두 번째로 비쌌다고 합니다. 점심으로 라면이나 된장찌개 같은 메뉴를 먹고 원두커피를 마신다면 배보다 배꼽이 더 큰 경우가 되는데, 그래도 커피의 인기는 식을 줄 모릅니다.

요즘 들어서는 한 잔에 2만 원이 넘는 고가의 스페셜커피가 나오는가 하면, 천 원짜리 한 장으로도 제법 괜찮은 커피를 마실 수 있는 제품이 나오고 있어, 커피 시장에서도 양극화 바람이 거셉니다. 우후죽순으로 카페가 생겨나면서 경쟁은 갈수록 치열해지고, 문을 여는 숫자만큼이나 문을 닫는 카페도 늘고 있습니다.

커피 열풍은 어디까지 갈까요? 이미 포화상태에 이른 것 같지만 세계적으로 보면 우리나라의 커피 소비량은 중간 정도여서 더 많이 마시게 된다는 주장도 나오고 있습니다.

카페는 단순히 차를 마시는 곳이 아니었다

약 천 년 전 에티오피아 일대에서 양치는 목동에 의해 처음 발견된 후 이슬람의 수사들을 거쳐 커피는 유럽으로 흘러들어간 것으로 알려지고 있습니다. 초기에는 커피의 각성효과와 그 검은 색깔 때문에 이교도가 마시는 악마의 물이라고 금지되기도 했습니다. 논란이 거세지자 직접 커피 맛을 본 당시의 교황 클레멘트 8세1535~1605는 황홀한 커피 맛에 반해 전격 허용을 명합니다. 그는 이렇게 말했습니다.

"어째서 사탄의 음료가 이렇게 맛있을 수 있단 말이냐? 이교도들만이 맛을 즐긴다는 것은 아깝다. 당장 커피에 세례를 내려 사탄을 쫓아내고 이를 진정한 기독교의 음료로 명할지어다."

이후 커피는 유럽의 부르주아 상인은 물론 종교인, 예술인, 학자들의 사랑을 한 몸에 받는 기호음료가 되었습니다. 좋은 커피를 마시기 위해 가산을 탕진하는 사람들도 생겨났습니다.

아! 커피의 기막힌 맛이여~ 천 번의 키스보다 달콤하고, 무스카토 와인보다 더 부드럽지. 누가 내게 즐거움을 주려거든 커피 한 잔이면 족해요. 결혼식은 못할망정, 외출은 못할망정, 커피만은 끊을 수가 없구나!

평생 신을 경배하며 성스러운 음악을 작곡한 바흐였지만 그 역시 커피를 향한 사랑은 어쩔 수 없었을까요? 그가 만든 「커피 칸타타」의 아리아입니다. 커피라면 죽고 못 사는 딸과 이를 말리려다 손들고 마는 아버지의 코믹한 이야기를 다룬 이 칸타타의 아리아는 조수미 씨가 불러 더욱 유명하기도 합니다. '천 번의 키스보다 달콤한' 커피라니! 결혼은 안 할 수 있어도 커피는 안 마실 수 없다니! 커피가 근대 유럽에서 얼마나 인기였는지 알 수 있습니다.

내가 가장 존경하는 베토벤도 커피 광이었다고 합니다. 그는 매일 아침 자신이 직접 커피를 내려 마셨는데, 흥미로운 것은 원두 개수까지 세어 정확히 60알로 한 잔을 만들었다고 합니다. 커피가 없었다면 인류사에 가장 위대한 음악으로 기록되는 그의 9개 교향곡이나 32개의 피아노 소나타, 그 밖의 무수한 기악곡과 협주곡 등이 탄생했을지 궁금합니다.

그런데 사실 커피는 단순히 사랑스럽고 아름답고 맛있는 기호품만은 아니었습니다. 유럽에서는 정치적이고 사회적인 의미를 지닌 음료였습니다. 전쟁과 교역을 통해 이슬람에서 유럽으로 전해진 커피를 파는 곳이 카페였습니다. 당시 귀족들은 자기네들끼리 저택에서 이른바 살롱문화를 형성해 사교와 정보 교환, 연주를 즐기는 예술 공간으로 활용했지만, 막 부상하기 시작한 상인 계급이나 지식인, 문인이나 예술가들은 그럴 여유가 없었습니다. 그래서 이들이 몰려든 곳이 바로 유럽의 주요 도시에 생겨난 카페였습니다.

그들은 이곳에서 신문과 잡지 등을 통해 최신 정보와 해외 동향을 주고받으며 진리와 예술에 대한 논쟁을 벌이기도 하고, 때로는 세상을 변혁시키기 위한 혁명의 음모를 꾸미기도 했습니다. 그러니까 카페는 유럽 계몽주의 운동의 산실이었다고 해도 과언이 아닙니다.

우리나라도 개화기나 전쟁 직후, 이른바 번화가의 다방을 중심으로 문인과 예술인들이 모여들어 토론하고 논쟁하고 또 협업도 했으니, 카페나 다방은 변혁을 잉태한 새로운 사상의 해방구였다고나 할까요? 흔히 보는 광경이지만 요즘도 일부 사람들은 카페에 책과 노트북을 가지고 가서 홀로 혹은 무리를 지어 공부도 하고 독서나 토론을 하는 공간으로 활용하기도 합니다.

불면의 밤을 지새우는 고달픈 시인들의 벗, 커피

걸핏하면 밤을 새우기 일쑤인 문인과 예술인들에게도 커피는 빼놓을 수 없는 벗입니다. 담배를 왼손가락에 걸고 커피 한 잔을 앞에 놓고 원고지를 메워가는 문인들의 사진을 보는 일도 흔합니다.

청록파 시인의 한 사람으로 알려진 박목월 선생도 커피 한 잔으로 술한 불면의 밤을 지새웠나 봅니다. 원고지 한 장을 시로 메우기는 얼마나 어려울까요? 시는 써지지 않고 밤은 깊어가고 눈은 감기고 어깨는 저려올 때 마시는 한 잔의 커피! 그 암갈색 커피에서 시인은 어쩌면 가장으로서 자신이 홀로 짊어져야 하는 부양의 무게와 고독을 보았는지도 모르겠습니다. 그렇지 않나요? 커피는 여럿이 마실수록 좋다는 녹차와는 달리 홀로, 그것도 사방이 캄캄한 어둠에 포위돼 있는 밤에 마셔야 제맛이니 말입니다.

I
이슥토록
글을 썼다
새벽 세 時
시장기가 든다
연필을 깎아 낸 마른 향나무
고독한 향기.
불을 끄니
아아
높이 청靑과일 같은 달

II
겨우 끝맺음

넘버를 매긴다

마흔 다섯 장의

散文(산문-흩날리는 글발)

이천원에 이백원이 부족한

초췌한 나의 分身(분신)들.

아내는 앓고……

지쳐 쓰러진 萬年筆(만년필)의

너무나 엄숙한

臥身(와신)

Ⅲ

사륵사륵

설탕이 녹는다

그 정결한 投身(투신)

그 고독한 溶解(용해)

아아

深夜(심야)의 커피

暗褐色 深淵(암갈색 심연)을

혼자

마신다

　　　－박목월,「심야의 커피」

온 국민의 사랑을 받는 커피가 단순한 기호음료를 넘어, 초기 유럽의 계몽주의 시대 보다 나은 세상을 열망하던 부르주아와 지식인, 예술인의 꿈과 희망을 담은 음료였듯이 오늘 우리의 커피도 새로 자리매김하기를 바랍니다. 커피를 마시면서, 우리는 어디에 서 있고 어디로 가야 하는지, 무엇을 꿈꾸고 무엇을 실천해야 하는지, 달콤한 사유보다는 커피 맛처럼 쌉싸름하지만 향기로운 사유를 하는 세상이 되기를 바랍니다.

그냥 커피에 열광하는 공화국이 되어서야 커피에 쏟아붓는 돈이 너무 아깝지 않습니까?

13

서민의 술 소주,
너마저 오른다면

막 금주를 결심하고 나섰는데

눈앞에 보이는 것이

감자탕 드시면 소주 한 병 공짜란다

이래도 되는 것인가

삶이 이렇게 난감해도 되는 것인가

날은 또 왜 이리 꾸물거리는가

막 피어나려는 싹수를

이렇게 싹둑 베어내도 되는 것인가

짧은 순간 만상이 교차한다

술을 끊으면 술과 함께 덩달아

끊어야 할 것들이 한둘이 아니다

그 한둘이 어디 그냥 한둘인가

세상에 술을 공짜로 준다는데

모질게 끊어야 할 이유가 도대체 있는가

불혹의 뚝심이 이리도 무거워서야

나는 얇고 얇아서 금방 무너질 것이란 걸

저 감자탕집이 이 세상이

훤히 날 꿰뚫어 보여줘야 한다

가자, 호락호락하게

　　　　　　　─ 임희구, 「소주 한 병이 공짜」

거부할 수 없는 단돈 천 원의 유혹, 서민의 술 소주

이 시를 읽고 크게 공감이 되시는 분은 주당입니다. 이 시를 읽고 술이 정말 그렇게 좋을까? 하고 고개를 저으신다면 아직 당신은 주당은 아니시로군요. 이 시가 씌어진 정황을 머릿속에 그려보면 나는 절로 웃음이 나옵니다.

삼겹살집이나 감자탕집, 순댓국집같이 음식을 먹으면서 으레 손님들이 소주 한 병을 곁들이는 식당들은 사실 소주를 많이 팔아야 하지요. 소주 한 병 값은 천 원 안팎인데 식당에서는 자꾸 오르고 있습니다. 통계청이 발표한 2016년 물가동향을 보면 식당의 소주 값이 무려 12%나 올랐습니다. 그러고 보니 정말 한 병 3천 원에서 4천 원으로 오른 데가 많습니다.

전날 무슨 일 때문이었는지 인사불성이 되도록 술을 마신 시인은 이제 술을 좀 적게 먹겠다고 단단히 결심합니다. 그런데 작심삼일! 단골로 가는 감자탕집에 써 붙인 매혹적인 글귀를 그만 보고 말았습니다. 감자탕을 시키면 소주가 공짜라니! 쓰리던 속은 어디로 가고 술 생각이 마음을 뒤흔듭니다.

남자들은 흔히 누군가와 만날 약속을 하거나 식사 한번 하자는 약속을 '소주 한잔하자'고 합니다. 소주는 단순히 술을 넘어 한국사회에서 사람과 사람이 만나는 수단이고 친근함의 상징 기호인 셈이지요. 그러니까 술을 끊는다는 것은 사람들을 만나지 못하게 된다는 것을 의미할 수도 있으니 시인은 소주를 끊는다면 끊어야 할 것이 한둘이 아니라고 걱정합니다.

독한 소주만큼이나 독하게 먹었던 마음은 속절없이 무너지고, 호락호락 무장해제된 자신을 오히려 호탕하게 격려합니다. 소주하고 무슨 원수가 졌다고 모질게 끊느냐고 자기 합리화를 합니다. 그다음 장면은 안 봐도 훤합니다. "아주머니~ 여기 소주 한 병!" 호락호락 넘어가는 불혹의 뚝심이 도리어 유쾌합니다.

즐거워 마실 때는 세상을 다 얻은 듯하니, 소주는 그처럼 사람들에게 극한의 행복을 안겨줍니다. 슬프고 우울할 때도 소주 한잔 마시고 나면 툭툭 털고 다시 살아갈 용기를 얻습니다. 서민들의 가벼운 호주머니를 알아주는 기특한 술, 집에서 마신다면 단돈 천 원으로도 하루 종일 무지개를 하늘에 걸어주는 마법의 음식이 소주 말고 어디 있을까요?

그러나 소주는 그 싼 값과 달착지근한 목 넘김 때문에 어떤 술보다 과음하기도 쉽습니다. 하여 속이 쓰리고 뒷골이 묵직한 숙취로 애를 먹을 때면 누구나 이제 술을 줄이거나 끊겠다고 다짐합니다. 그렇지만 다짐은 깨지고 되다짐하기를 시지푸스의 바위처럼 반복합니다. 술을 좋아하는 김영승 시인의 고백에 나는 웃음이 빵! 터집니다.

술을 마셔 혼곤한 상태에서도 술을 많이 먹는 자신이 미웠는지 다시는 술 마시지 말자고 수첩에다가 써놓았군요. 그런데 정작 술이 깨고 제정신으로 돌아오니 지렁이 기어가듯 쓴 글자가 안 보였겠군요. 다시 술이 취하니 그 글씨를 읽을 수 있었다는 얘기지요.

술에 취하여

나는 수첩에다가 뭐라고 써 놓았다.

술이 깨니까

나는 그 글씨를 알아볼 수가 없었다.

세 병쯤 소주를 마시니까

다시는 술마시지 말자

고 써 있는 그 글씨가 보였다.

– 김영승, 「반성 16」(『반성』, 민음사)

아마도 시인은 맨 정신으로는 절대로 영원히 수첩을 해독할 수 없을 듯합니다. 어쩌면 해독하고 싶지 않은 게 아닐까요? 이 수수께끼 같은 문자를 해독해야 정말로 오장육부 구석구석에 스민 독, 마음에 깊이 침전돼 있는 영혼의 독까지 해독할 수 있을 텐데요.

갈수록 순한 술을 찾는 사람들, 줄어드는 소주 소비

전통적으로 우리 민족이 즐겨 마신 술은 청주와 탁주였습니다. 농경 문화이면서 쌀을 주로 재배했던 우리 민족은 삼한시대부터 귀족 집안에서는 맑은 술인 청주를, 서민들은 탁한 술인 막걸리를 즐겨 마셨습니다. 그러던 것이 고려시대 몽골군의 잦은 침입 이후 끓이는 술, 즉 소주를 만들기 시작했습니다. 고려 때 공민왕이 홍건적의 난을 피해 몽진을 갔던 안동에서 소주가 만들어진 것도 유사한 이유로 추정됩니다.

그런데 2010년 이후 소주 소비량은 약간씩 줄고, 대신 순한 맥주 소비량이 크게 늘고 있습니다. 특히 젊은 층으로 갈수록 맥주나 와인 선호도가 높고, 소주 중에서도 리큐르 같은 순한 과일소주가 인기입니다. 소득이 높아지고 이른바 웰빙 바람이 불면 독주보다는 순한 술을 찾는 것이 일반적인 추세입니다. 2000년대 이후 우리나라에 와인 바람이 거세게 부는 것이나, 맥주 수입량이 급증하는 것도 같은 맥락입니다. 맥주 수입액은 2009년 3천700만 달러 정도였는데 2015에는 무려 1억4천186만 달러, 분량으로 따지면 약 17만 톤이나 됩니다. 그러니까 6년 만에 네 배가까이 늘어난 것입니다.

실제로 1인당 연간 소비량을 보면 맥주는 2010년 140병에서 2015년에는 150병 정도로 늘었지만, 소주는 66병에서 63병 정도로 약간 줄었습니다. 줄었다고는 하지만 여전히 우리나라는 세계에서 가장 술을 많이 마시는 나라에 속합니다.

소주는 한류 열풍을 타고 해외로도 많이 팔려나갑니다. 최근에는 일본에 부는 혐한 바람으로 약간 주춤하고 있지만, 지난 2010년에는 일본과 중국, 동남아 등지로 팔려나간 소주가 무려 1억2천300만 달러어치나됐습니다. 2015년에는 1억 달러 밑으로 떨어졌지만 필리핀이나 태국 등한류 열풍이 거센 동남아 지역을 중심으로 소주 수출이 다시 활기를 띠고 있습니다.

우리나라에서 소주가 대중주로 자리잡은 것은 1924년 일제 강점기입니다. 설탕을 뽑아내고 남은 사탕무 찌꺼기로 주정을 만들어 물에 타는 희석식 소주가 등장했습니다. 그리고 해방 이후 1965년 쌀이 절대적으로 부족해지자 정부는 아예 쌀을 원료로 하는 청주와 막걸리 등의 제조를 금지시켰고, 희석식 소주는 서민들이 마실 수 있는 거의 유일한 술로 자리잡았습니다.

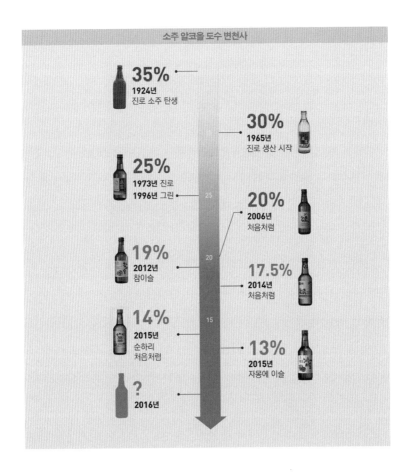

소주 알코올 도수 변천사

35%
1924년
진로 소주 탄생

30%
1965년
진로 생산 시작

25%
1973년 진로
1996년 그린

20%
2006년
처음처럼

19%
2012년
참이슬

17.5%
2014년
처음처럼

14%
2015년
순하리
처음처럼

13%
2015년
자몽에 이슬

?
2016년

한 소주 회사의 트레이드 마크였던 '두꺼비'는 그야말로 '서민의 벗'이 되었습니다. 그렇다면 처음 생산된 소주는 몇 도였을까요? 1924년 시판된 소주는 무려 35도, 41년간 이 독한 술이 유지돼오다 1965년에 30도로 내려갑니다. 1973년에는 25도짜리가 나왔고, 1988년 서울 올림픽을 전후해서는 23도, 2000년에는 드디어 20도짜리가 나왔습니다. 그러다가 2014년 17.5도로 내려가더니, 2015년에는 과일즙을 섞은 이른바 '리큐르'라는 혼합식 소주까지 나왔습니다. 알코올 도수는 13도까지 내려갔습니다.

그렇다면 지난 40년 동안 소주 값은 얼마나 올랐을까요? 1975년 소주의 출고 값은 85원이었습니다. 1980년에는 190원, 1990년에는 300원을 넘었고, 2000년에는 640원, 2015년에는 960원까지 올랐습니다. 그러니

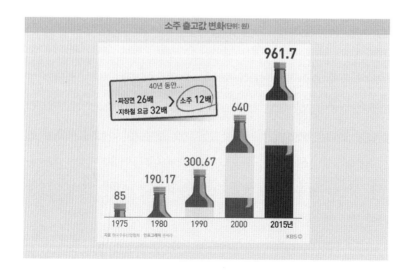

까 40년 만에 약 12배가 오른 셈입니다. 같은 기간 짜장면 값이 26배, 지하철 요금은 32배나 올랐으니 다른 물가에 비하면 안 오른 것이지요.

1975년 4인 가족의 월평균 소득이 6만원 정도였는데 지난 2015년에는 320만 원 정도 되었으니 54배나 오른 셈입니다. 소주가 서민들의 술로 사랑받아왔다는 것이 통계로도 입증되지요? 그런데 이 서민의 술, 소주도 슬금슬금 오르고 있습니다. 2016년 말 소매점 기준으로 한 병에 1,600원으로 6% 정도 올랐는데, 2017년 초 다시 100원씩 더 올라 1,700원이 됐습니다. 빈 병 보증금이 올랐기 때문이라나요. 그러니까 소주도 더 이상 천 원짜리 한 장으로는 맛볼 수 없는 세상이 되고 말았습니다.

병 주고 약 주는 소주, 암과 당뇨 등 치명적 질병의 원인

값이 싼 것도 이유겠지만, 소주는 우리나라 음식과도 궁합이 아주 잘 맞습니다. 기름진 삼겹살이 그렇고 얼큰한 김치찌개, 생선회와 매운탕, 구이와 수육 등 어떤 음식과도 소주는 잘 어울립니다. 그래서 벌이가 시원찮은 일용직 노동자도, 가난한 예술인도, 오직 사랑하는 마음뿐인 연인들도, 휴가 나온 군인도, 취업이 막막한 실업자도 그날의 기쁨과 근심, 앞날의 불안을 모두 소주 한 잔에 녹였습니다. 여유가 없는 날은 소주를, 좀 호기를 부리는 날엔 맥주에 소주를 섞은 이른바 '소맥'으로 술판이 풍성해집니다.

지금은 많이 쇠락했지만 술꾼들의 보금자리인 포장마차에서는 단연 소주었습니다. 서리에 취해 붉어진 낙엽이 뚝뚝 떨어지는 가을날, 어둠을 몰고 온 바람이 때에 쩐 비닐을 사정없이 할퀴는 밤이면, 소주를 못하는 사람들도 불현듯 장막을 밀고 포장마차로 들어가고 싶은 충동을 느낍니다.

> 포장술집에는 두 꾼이,
> 멀리 뒷산에는 단풍 쓴 나무들이 가을비에 흔들린다
> 흔들려, 흔들릴 때마다 한 잔씩,
> 도무지 취하지 않는 막걸리에서 막걸리로,
> 소주에서 소주로 한 얼굴을 더 쓰고 다시 소주로,
> 꾼 옆에는 반쯤 죽은 주모가 살아 있는 참새를 굽고 있다
> 한 놈은 너고 한 놈은 나다
> 접시 위에 차례로 놓이는 날개를 씹으며
> 꾼 옆에도 꾼이 판 없이 떠도는 마음에 또 한잔
> 젖은 담배에 몇 번이나 성냥불을 댕긴다
> 이제부터 시작이야
> 포장 사이로 나간 길은 빗속에 흐늘흐늘 이리저리 풀리고
> 풀린 꾼들은 빈 술병에도 얽히며 술집 밖으로 사라진다
> 가뭇한 연기처럼, 사라져야 별 수 없이, 다만 다 같이 풀리는 기쁨,
> 멀리 뒷산에는 문득 나무들이 손 쳐들고 일어서서 단풍을 털고 있다

– 감태준, 「흔들릴 때마다 한잔」

나무들은 단풍잎으로 붉어지고, 포장마차의 손님들은 소주로 붉어집니다. 단풍은 가을비에 흔들리고, 가을비보다 더 차가운 세파에 흔들리는 서민들은 소주 한잔으로 흔들리는 마음을 다잡아보려 애씁니다. 나무도 풀리고 사람도 풀리고 참새 굽는 주모의 눈도 풀리고, 풀리는 것들끼리 그렇게 힘겨운 가을밤을 넘어갑니다. 서로 다독여가며…….

이 시인도 그렇지만 특히 비가 내리는 날에는 소주 생각이 더 간절해지나 봅니다. 바람이 불고 가랑비가 내려 대지와 공기가 축축해지는 분위기를 소주에 비유하는 시인도 있으니까요.

미친듯이 바람 부는 날의 세상은 매혹적이다
가랑비 내린 날의 축축한 바람은 그야말로 술이다
소주처럼 맑은 바람이 불면 내 마음은 취한 깃발처럼 펄럭인다
잃어버린 꿈과 환상이 타오르고 상상력이 불타오른다
슬픔은 슬픔을 넘어 한순간 빛나는 환희에 이른다
마음의 문이란 문은 모두 열려 흐느적거리며 춤을 춘다

— 신현림, 「희망의 누드」

하긴 평소에는 뻣뻣하던 몸이 소주 한잔 들어가면 자신도 모르게 흐느적대니 바람이 부는 것과 비슷한지도 모르겠습니다. 슬픔도 환희가 되고, 마음의 문이란 문은 모두 열리는 해방의 느낌, 소주를 마신 기분이 그럴지도 모르겠습니다.

그러나 소주는 때로 부조리와 모순과 억압과 착취와 불평등이 난무하는 세상에 대한 분노와 독한 저항의 결기를 상징하기도 합니다. 1980년대 엄혹했던 독재시절, 문단과 노동계에 큰 충격을 안겼던 노동문학의 상징, 박노해 시인의 「노동의 새벽」에서 소주는 더 이상 낭만의 묘약이 아니었습니다.

전쟁 같은 밤일을 마치고 난
새벽 쓰린 가슴 위로
차거운 소주를 붓는다
아
이러다간 오래 못 가지
이러다간 끝내 못 가지

설은 세 그릇 짬밥으로
기름투성이 체력전을
전력을 다 짜내어 바둥치는
이 전쟁 같은 노동일을
오래 못 가도
끝내 못 가도
어쩔 수 없지

탈출할 수만 있다면,

진이 빠져, 허깨비 같은

스물아홉의 내 운명을 날아 빠질 수만 있다면

아 그러나

어쩔 수 없지 어쩔 수 없지

죽음이 아니라면 어쩔 수 없지

이 질긴 목숨을,

가난의 멍에를,

이 운명을 어쩔 수 없지

늘어 처진 육신에

또다시 다가올 내일의 노동을 위하여

새벽 쓰린 가슴 위로

차거운 소주를 붓는다

소주보다 독한 깡다구를 오기를

분노와 슬픔을 붓는다

어쩔 수 없는 이 절망의 벽을

기어코 깨뜨려 솟구칠

거치른 땀방울, 피눈물 속에

새근새근 숨 쉬며 자라는

우리들의 사랑

우리들의 분노

우리들의 희망과 단결을 위해

새벽 쓰린 가슴 위로

차거운 소주잔을

돌리며 돌리며 붓는다

노동자의 햇새벽이

솟아오를 때까지

— 박노해, 「노동의 새벽」(『노동의 새벽』, 느린걸음)

소주는 그 유익함만큼이나 치명적인 해악을 안겨주기도 합니다. 숱한 사람들이 소주로 인한 알코올성 질환으로 폐인이 되거나 숨지기도 합니다. 서울대의대 예방의학교실 박수경, 유근영 교수팀은 1993년부터 2004년까지 일반인 18,863명을 대상으로 위암 위험도를 평균 8.4년간 추적 관찰했습니다. 그 결과 한자리에서 20도짜리 소주 한 병 이상을 마시는 사람의 위암 위험이 정상인의 3.3배나 됐다고 밝혔습니다.

2015년 우리나라에서 알코올 치료를 위해 쓰인 비용이 줄잡아 20조 원이 넘었다고 합니다. 암 환자의 진료비용이 4조5천억 원이었으니까 5배가 넘는 셈입니다. 물론 모두 소주 탓은 아니겠지만, 서민들이 가장 즐겨 마시는 술이 소주이고, 맥주에 비해 도수가 높은 만큼 원인의 비중도 가장 크다고 해야 하지 않을까요?

소주잔 대신 사람의 잔을 마시고 싶다

서민의 벗 소주는 그야말로 약 주고 병 주는 애증의 벗입니다. 벗은 고달픈 인생의 등불이고 위로이기도 하지만, 때로 파멸의 구렁텅이로 나를 몰아넣습니다. 소주를 마시되, 적당히 마시고 적당히 즐기는 절제가 필요한 이유입니다. 늘 적당히 마신다고 다짐하지만, 이성의 고삐가 풀리고 감성의 들불이 번지기 시작하면 적당히는 왕창이 되기 일쑵니다.

그래서 말입니다. 술자리의 격이나, 함께 술 마시는 사람이 중요하지 않나 합니다. 다짜고짜 술과 원수나 진 듯, 누가 빨리 취하는지 내기라도 하듯 광분하는 술자리 말고, 세상 돌아가는 이야기도 두런두런 나누고, 향기로운 예술과 격조 높은 인문의 경험과 추억도 나누면서 천천히 마셨으면 좋겠습니다. 그저 술을 마시는 자체가 목적이 아니라, 사랑과 우정이 넘치는 교류의 가교가 되는 자리를 많이 가져야 하지 않을까요? 이 시인의 소망처럼 말입니다.

> 사람의 잔을 마시고 싶다. 추억이 아름다운 사람을 만나, 소주 잔을 나누며 눈물의 빈대떡을 나눠먹고 싶다. 꽃잎 하나 칼처럼 떨어지는 봄날에 풀잎을 스치는 사람의 옷자락 소리를 들으며, 마음의 나라보다 사람의 나라에 살고 싶다. 새벽마다 사람의 등불이 꺼지지 않도록 서울의 등잔에 홀로 불을 켜고 가난한 사람의 창에 기대어 서울의 그리움을 그리워하고 싶다.
>
> ― 정호승, 「서울의 예수」(부분)

14

국수,
가느다란 가락에 담긴 두터운 정

사는 일은

밥처럼 물리지 않는 것이라지만

때로는 허름한 식당에서

어머니 같은 여자가 끓여주는

국수가 먹고 싶다

삶의 모서리에서 마음을 다치고

길거리에 나서면

고향 장거리 길로 소 팔고 돌아오듯

뒷모습이 허전한 사람들과

국수가 먹고 싶다

세상은 큰 잔칫집 같아도

어느 곳에선가

늘 울고 싶은 사람들이 있어

마을의 문들은 닫치고

어둠이 허기 같은 저녁

눈물자국 때문에

속이 훤히 들여다보이는 사람들과

따뜻한 국수가 먹고 싶다

　　　　　　　　　－ 이상국, 「국수가 먹고 싶다」(『집은 아직 따뜻하다』, 창비)

국수, 위안과 소통의 음식

이 글을 읽고 있는 여러분도 불현듯 국수가 먹고 싶으신가요? 시인은 삶이 매일 먹는 밥처럼 권태롭게 느껴질 때면 국수가 먹고 싶다고 합니다. 이때 국수는 단순히 쌀 아닌 밀가루나 감자, 메밀 같은 재료를 쓴다는 의미의 별식을 넘어섭니다. 세상 살아내는 일이 녹록지 않아서 눈가에 눈물 마를 날 없는 이 땅의 서민들, 그렇다고 독하게 마음먹고 얼굴에는 전혀 힘든 내색을 보이지 않는 포커페이스 같은 사람들이 아니라, 눈물자국 때문에 무엇을 아파하는지 이내 들키고 마는 착한 사람들과 함께 먹고 싶다고 말합니다.

그러니까 국수는 심심풀이나 별미로만 먹는 가벼운 음식이 아니라 맘이 통하는 사람, 마음을 털어놓고 싶고 위로받고 싶은 사람들끼리 주고받는 사랑과 신뢰의 징표인 셈입니다. 특히 고향을 떠나 객지를 떠도는 사람들에게 구수한 멸치국물 냄새나 국수 삶는 냄새는 그리운 고향과 어머니 손맛을 불현듯 떠올리게 합니다. 어쩌면 인간이 지닌 오감 가운데 가장 원초적이고 질긴 본능적 감각이 후각일지도 모르겠습니다.

> "국수는 위안의 음식이자 소통의 음식, 교감의 음식이다. 저마다 지닌 무의식 속 자아와 연결돼 있다. 국수 국물 멸치 냄새는 어린 시절 고향 냄새다. 국수를 먹는 것은 고향에 가는 것, 옛 고향집에서 어머니의 손맛을 누리는 것이다. 하루하루 메마른 일상을 살다 사람들은 불현듯 끈끈한 무언가를 그리워한

다. 마음이 허할 때, 삶이 허기질 때면 문득문득 국수를 생각한
다." - 오태진, 「마음이 虛(허)한 날엔 국수가 먹고 싶다」

특히 살다 보면 피부도 거칠어지고, 입속도 메마르고, 덩달아 마음도
메말라지기 일쑤니, 매끈하고 촉촉한 국수가락이 더 생각나는가 봅니
다. 오태진 기자는 국수가 "무의식 속 자아와 연결돼 있다"고 말했습니
다. 이와 상통하는 시가 있습니다.

　　이것은 아득한 넷날 한가하고 즐겁든 세월로부터
　　실 같은 봄비 속을 타는 듯한 녀름볕 속을 지나서 들쿠레한 구
시월 갈바람 속을 지나서
　　대대로 나며 죽으며 죽으며 나며 하는 이 마을 사람들의 의젓
한 마음을 지나서 텁텁한 꿈을 지나서
　　지붕에 마당에 우물든덩에 함박눈이 푹푹 쌓이는 여늬 하로밤
　　아배 앞에 그 어린 아들 앞에 아배 앞에는 왕사발에 아들 앞에
는 새끼사발에 그득히 사리워 오는 것이다
　　이것은 그 곰의 잔등에 업혀서 길여났다는 먼 넷적 큰마니가
　　또 그 짚등색이에 서서 자채기를 하면 산 넘엣 마을까지 들렸
다는
　　먼 넷적 큰 아버지가 오는 것같이 오는 것이다

아, 이 반가운 것은 무엇인가

이 희수무레하고 부드럽고 수수하고 슴슴한 것은 무엇인가

겨울밤 쩡하니 닉은 동티미국을 좋아하고 얼얼한 댕추가루를
좋아하고 싱싱한 산꿩의 고기를 좋아하고

그리고 담배 내음새 탄수 내음새 또 수육을 삶는 육수국 내음
새 자욱한 더북한 삿방 쩔쩔 끓는 아르궅을 좋아하는 이것은 무
엇인가

— 백석, 「국수」(부분)

남쪽에 정지용이 있다면 북쪽에는 백석이 있다고 말할 정도로, 북한의
향토색 짙은 언어로 빛나는 서정시를 썼던 백석의 시입니다. 시인은 국
수가 봄비와 여름 뙤약볕과 갈바람과 함박눈에도 아랑곳없이 할아버지
에서 아버지, 아들 손자로 면면히 이어지는 핏줄의 상징이라고 말합니다.
그리고 보니 '면면'이라는 이 말이 한자로는 실을 뜻하는 면면綿綿이지만,
실은 곧 면발과도 유사하니 '면면麵麵'이라고 써도 되지 않을까요?

백석 시인은 국수의 긴 면발에서 인간의 가장 강력한 본능인 종족보
존과 개체보존의 꿈을 보는가 봅니다. 그는 한발 더 나아가 우리나라의
건국신화라는 곰 토템으로까지 국수의 문화인류학적 의미를 확장해가
기도 합니다. "이 반갑고 희고 부드러운" 국수 앞에 절로 입이 벌어지고,
자못 감격에 겨워 거창한 신화까지 상상력을 몰고 가는 시인의 천재성
에 그저 감탄할 뿐입니다.

국수, 세상 사람들이 가장 오랫동안 즐겨 먹는 음식

세상에 무수한 음식이 있지만 국수만큼 재료도 다양하고 요리법도 다양한 음식은 없지 않을까 합니다. KBS에서 5부작 다큐멘터리로 〈누들로드〉를 방영한 적이 있습니다. 세계인의 사랑받는 음식이 된 국수의 기원과 확산 경로, 각 나라별 특징 등을 현지 취재를 통해 소개한 흥미로운 프로그램이었습니다.

국수는 기원전 5~6천 년경 메소포타미아 지역을 중심으로 시작돼 전 세계로 퍼져 나간 것으로 추정됩니다. 메소포타미아 지역에서 야생종 밀을 재배하기 시작한 것이 기원전 7천 년이고, 중국에는 한나라 때인 기원전 1~2세기경 그 유명한 실크로드를 통해 전해진 것으로 알려졌습니다. 우리나라에서도 삼국시대부터 면을 먹었을 것으로 추정되는데, 삶은 면을 물로 헹구어 건져 올린다는 의미로 '국수'라고 불렀다고 합니다.

지금은 국수가 흔한 음식이고, 한창 우리나라가 쌀이 부족했던 때는 밥 대신 굶주림을 면하게 하는 대용식이었지만, 고려시대에는 오히려 귀족들의 결혼 또는 회갑 제례와 같은 잔치에나 쓰이는 특별한 음식이었다고 합니다. 그러니까 서민들은 먹을 엄두를 내지 못했습니다.

종류도 매우 다양한데, 평안도와 함경도는 전분이나 메밀로 만드는 냉면이, 경기 중부지방은 밀가루를 주재료로 하는 국수가, 강원도는 메밀과 감자로 만드는 국수가 주류를 이룹니다. 해안지방이나 제주도 같은 섬에서는 풍부한 해산물을 넣은 국수도 단골메뉴입니다.

국수를 즐겨 먹는 일본도 흔히 도쿄를 중심으로 간토오 지방은 메밀

국수인 소바를, 오사카를 중심으로 하는 간사이 지방은 밀가루 국수인 우동을 즐겨 먹습니다.

그렇다면 세계에서 가장 국수를 많이 먹는 나라는 어디일까요? 놀랍게도 한국이 일본과 중국을 제치고 1위를 차지했습니다. 블룸버그 통신이 지난 2014년 조사한 자료를 보면, 한국은 1인당 연간 9.7킬로그램, 라면으로 치면 연간 80개가량을 먹어 1위였습니다. 2위는 일본으로 9.4킬로그램이었습니다. 일본을 국수왕국이라고들 부르지만 한국이야말로 국수왕국인 셈입니다. 조사 결과 국수를 많이 먹는 상위 10개 나라는 모두 아시아 국가였고, 합해서 전 세계 소비량의 85%를 차지했다고 하니 국수는 동양의 대표음식인 것입니다.

국수는 그 긴 면발 때문인지 장수를 기원하는 음식으로 일컬어지기도 합니다. 흔히 돌잔치에서 아이가 돌상에 놓인 국수를 집으면 오래 살겠다며 어른들은 기뻐했습니다. 내가 특파원으로 일했던 일본은 한 해의 마지막 날 국수를 먹습니다. '年越토시코시소바'라고 해서 메밀국수를 먹으며 새날을 맞습니다. 역시 국수가락처럼 오래오래 살고 싶다는 욕망이 집단의 관습으로 굳어진 것이겠지요.

지금이야 결혼잔칫날 반드시 국수를 내지 않습니다만, 얼마 전까지만 해도 결혼잔치에는 국수를 대접했고, 그래서인지 언제 결혼하느냐를 묻는 질문 대신에 "언제 국수 먹여줄 거냐?"는 질문을 하곤 했습니다.

지금은 국수가 대기업에서 그야말로 국수가락 뽑듯 대량생산돼 나오기 때문에 자그마한 국수 공장을 보기 어렵습니다. 그러나 내가 어렸을 적만 해도 동네에는 국수를 만들어 파는 허름한 국수 가게가 여러 군데 있었습니다. 하얗고 긴 면발을 가지런하게 옥상이나 공장 앞에서 널어놓으면 어린 마음에도 기분이 좋아졌습니다. 어쩌면 이런저런 일들로 늘 구겨지기 일쑤인 내 마음도 햇볕에 말라가는 국수를 보면서 좌악 펴지는 느낌이 들어서였을까요?

어쩌다 심부름으로 국수를 사가지고 오는 날에는 한두 가락 뽑아먹기도 했는데, 별 맛은 없었습니다. 그래도 가는 국수를 입에 물고 있는 것만으로 기분은 좋았습니다. 정갈하게 말라가는 국수를 보면서 기분이 좋아지는 것은 나뿐이 아닌 모양입니다. 원로 시인 정진규 선생님도 국수 가게를 지날 때면 그렇게 정겨울 수 없었나 봅니다.

햇볕좋은 가을날 한 골목길에서
옛날 국수 가게를 만났다
남아있는 것은 언제나 정겹다
왜 간판도 없느냐 했더니
빨래 널듯 국수발 하얗게 널어놓은 게
그게 간판이라고 했다 백합꽃 같다고 했다
주인은 편하게 웃었다 꽃 피우고 있었다
꽃밭은 공짜라고 했다

― 정진규, 「옛날 국수 가게」

사라져가는 것들은 모두 안타깝지만, 그 가운데서도 국수 가게는 시인에게 더욱 안타깝습니다. 국수발 하얗게 늘어놓은 것이 곧 간판이라는 주인아저씨의 재치도 정겹고, 주인아저씨의 환한 웃음에서 꽃밭을 연상하는 시인의 마음도 정겹습니다. 하얀 국수는 백합꽃, 주인의 웃음은 꽃밭, 그것도 돈이 필요 없는 공짜 정원이니 얼마나 많은 사람들의 기분을 상쾌하게 했을까요?

국수 한 사발 먹을 수 있는 삶에 감사하기를

귀족들의 귀한 잔칫날 음식에서, 밥을 대신한 구황식품으로 급전직하했다가 이제는 지루한 밥 대신 즐기는 음식으로 다시 복귀한 국수, 어릴적 우리 집에서도 온 가족이 부산을 떨며 국수를 만들어 먹었던 기억이 선합니다. 식구들이 옹기종기 모여 한쪽에서는 밀가루에 물을 부어 있는 힘껏 치대 반죽을 만들고, 또 한쪽에서는 다듬이 방망이 같은 것으로 넓게 반죽을 밀어 칼로 가지런히 썰고, 또 다른 한쪽에서는 호박과 멸치와 감자 등을 넣고 팔팔 국물을 끓여 칼국수를 만들었지요. 유난히 국수를 좋아하셨던 아버지는 언제나 맛깔스러운 양념간장을 만드셨고요.

내가 가끔 연주를 들으러 가는 서울 강남구 포이동의 음악홀 앞에는 아주 허름한 국수집이 하나 있습니다. 집은 허름하지만 비빔국수나 열무국수의 맛은 어느 음식점에도 뒤지지 않습니다. 벽에는 이런 문구가 붙어 있습니다. "먹는 음식 가지고 장난치지 않습니다. 재료는 양심껏 좋은 것을 쓰고 있습니다." 문구만큼이나 할머니의 손맛도 야무져 입 맛이 없을 때는 일부러 찾아가기도 합니다.

인터넷을 뒤져보면 국수 잘하는 집을 소개하는 블로그나, 국수를 맛 있게 요리하는 비법을 알려주는 정보가 넘쳐납니다. 누군가에게 국수는 별미로 기억되고, 또 누군가에게는 지긋지긋한 가난의 상징으로 기억되 고, 또 다른 누군가에게는 잊지 못할 기념일과 겹쳐지겠지요. 분명한 것 은 이제 누구라도 국수를 부담 없이 먹을 수 있을 만큼 잘살게 되었다는 사실입니다.

그래도 우리는 춥고 배고팠던 시절 어머니가 손수 끓여주신 잔치국 수 다발을 노년이 돼서도 잊지 못하는 김종해 시인의 마음을 새겨봐야 겠습니다. 대나무 소쿠리에서 김이 모락모락 피어오르는 국수 다발은 정말이지 깊은 우물 속에서 두레박에 떠올려지는 생명의 물처럼 고귀했

겠지요. 어머님의 사랑까지 더해진 그 소박하지만 웅숭깊은 맛이 얼마나 강렬했으면 꿈속에서도 자꾸 나타날까요.

> 지금도 꿈을 꾸면
>
> 충무동 시장 안에는 우물이 있고
>
> 우물가는 언제나 시끌벅적하다
>
> 두레박을 던져 물을 길어올리면
>
> 두 개의 물통에 물이 넘치고
>
> 나는 아직도 키 작은 중학교 2학년
>
> 땅바닥에 물통이 닿을 듯 말 듯
>
> 물지게를 지고
>
> 어머니의 드럼통에 쏟아붓는다
>
> 양은솥에는 끓어오르는 멸치국물
>
> 대나무 소쿠리엔 국수 면발들이
>
> 허연 입김을 뿜어댄다
>
> 서러운 잔치가 끝났음에도
>
> 어머니는 잔치국수 다발을 다시 말아올린다
>
> 지금도 꿈을 꾸면
>
> 충무동 시장은 아직도 잔치판 속에 있다
>
> — 김종해, 「잔치국수」(『눈송이는 나의 각을 지운다』, 문학세계사)

15

쌀,
찬밥 신세가 된 생명의 양식

서울은 나에게 쌀을 발음해 보세요 하고 까르르 웃는다

또 살을 발음해 보세요 하고 까르르 까르르 웃는다

나에겐 쌀이 살이고 살이 쌀인데 서울은 웃는다

쌀이 열리는 쌀나무가 있는 줄만 알고 자란 그 서울이

농사짓는 일을 하늘의 일로 알고 살아온 우리의 농사가

쌀 한 톨 제 살점같이 귀중히 여겨 온 줄 알지 못하고

제 몸의 살이 그 쌀로 만들어지는 줄도 모르고

그래서 쌀과 살이 동음동의어라는 비밀 까마득히 모른 채

서울은 웃는다

— 정일근, 「쌀」

쌀, 피가 되고 살이 되는 생명의 원천

  서울에 사는 사람들, 혹은 표준어라는 서울 말씨를 쓰는 사람들의 얼굴을 화끈하게 만드는 시입니다. 이 시를 읽다 보면 학창시절의 짓궂던 추억이 떠오릅니다. 경상도에서 온 친구들에게 발음하기 어려운 단어를 말해보도록 시켜놓고는 쩔쩔매는 모습에 깔깔 웃던 추억 말이지요. 이 어려운 발음 가운데 하나가 '쌍시옷' 발음이었습니다. 시구처럼 경상도 아이들은 '쌀'을 '살'로 발음했지요.

  그런데 정일근 시인은 이 발음이 결코 틀린 것이 아니라고 말합니다. 오히려 작고 작아서 한 톨만으로는 하찮게 보이는 이 '쌀'이라는 물질이

야말로 인간의 형체를 이루는 '살', 우리의 입과 식도를 통해 위장으로 들어가서는 대장을 통해 온 핏줄로 공급되어 그야말로 피가 되고 살이 되는 소중한 존재라고 말합니다. 시인은 단순히 '쌀'이 언어유희를 통해 지방 사람을 골려먹는 데 쓰는 하찮은 대상이 아니라고 정색을 하고 꾸짖고 있습니다. 쌀과 살은 분명 이음동의어라고.

흥겨운 농악놀이를 구경할 때면 으레 맨 선두에서 큰 깃발로 나부끼는 '농자천하지대본' 글귀처럼 농사짓는 일, 그러니까 쌀을 만들어내는 일은 하늘의 일이고 천하의 근본이었습니다. 조선왕조의 정궁이었던 서울 경복궁 왼편에는 역대 왕들의 위패와 혼령을 모신 종묘가 있고, 오른편에는 사직단이 있습니다. 사社는 토지의 신이고 직稷은 곡식의 신입니다. 농사를 시작하는 봄을 비롯해 해마다 네 차례, 가뭄이 심하면 기우제를 수시로 지내는 등 임금이 친히 하늘에 제사 지내던 곳입니다. 둘을 합해 '종묘사직'이라고 해서 나라를 상징하는 엄숙한 단어였습니다. 그러니까 한 해 곡식 농사의 풍작이야말로 나라를 다스리는 임금의 가장 큰 책무였던 것이지요.

가정이나 사회 전반에 걸쳐 먹는 문제의 해결, 특히 주식인 쌀의 자급자족은 불과 한 세대 전만 해도 국가의 가장 중요한 경제 정책 가운데 하나였습니다. 내가 기자로서 오랫동안 취재해왔던 북한 관련 뉴스를 보면 김일성, 김정일 부자가 집권하는 동안, 새해가 되면 신년사에 빠지지 않는 문구가 있었습니다. 바로 인민들에게 "이밥쌀밥에 고깃국을 실컷 먹는다"는 것이었습니다.

불행하게도 북한 정권의 시대착오적인 정책 노선은 인민들을 더욱 굶주리게 하고 쌀밥의 꿈 또한 멀어져가도록 만들었습니다. 2016년 5월 말, 중국을 방문한 북한의 이수용 노동당 부위원장이 시진핑 주석에게 모자라는 식량 100만 톤을 원조해달라고 요청했지만 퇴짜를 맞았습니다. 동족으로서 가슴 아픈 일입니다.

　우리에게도 그런 시절은 있었습니다. 쌀밥 한번 실컷 먹어보는 게 소원이던 가난하고 배고팠던 시절, 밥에 얽힌 눈물 어린 추억을 40대 이상의 중장년층이라면 누구나 한둘쯤 간직하고 있을 것입니다. 나도 어렸을 적 하루 세끼 중 한 끼는 국수나 수제비를 먹었고, 학교에서 나눠주는 옥수수 빵으로 끼니를 때웠던 기억이 생생합니다. 그래서 나는 지금도 여간해서는 수제비나 옥수수를 먹지 않습니다.

　4월 보릿고개라는 말도 있었습니다. 지난해 추수하여 갈무리했던 쌀은 다 떨어지고, 겨우내 자란 보리는 아직 거둬들이지 못하던 시기, 이른바 춘궁기의 고통을 상징하던 단어였습니다. 해마다 5월이면 온 산에 들에, 요즘은 가로수로도 하얗게 피는 '이팝나무' 역시 그런 배고픈 설움을 담고 있는 꽃입니다. 몸져누운 노모가 흰 쌀밥이 먹고 싶다고 하자, 효자 선비는 쌀독을 뒤졌습니다. 남아 있는 쌀은 딱 한 사람 몫, 선비는 어머님께 쌀밥을 지어 올리고 자신은 마당에 피어 있는 이팝나무 꽃으로 밥을 지어 먹으면서 "어머니 참 맛있네요"라며 활짝 웃었답니다.

　그런가 하면 더욱 가슴 아픈 설화도 전해옵니다. 한 며느리가 제사에 올릴 쌀밥을 지어놓고 뜸이 잘 들었는지 몇 알 먹어보다가 그만 못된 시

어머니에게 들켜 호되게 꾸지람을 들었습니다. 서러운 며느리는 목을 맸고, 그녀가 잠든 무덤가에 해마다 하얀 쌀밥을 수북이 매단 이팝나무가 피어났다고 하지요. 동아일보 김화동 기자의 글에는 이런 대목이 있습니다.

> "전북 진안 마령초등학교 담장 옆에는 수백 년 된 이팝나무
> (천연기념물 제214호)가 서 있다. 먹을 게 없어 굶어죽은 아
> 이가 수두룩했던 시절, 아버지들은 아이들 무덤 위에 하나같
> 이 쌀밥나무(이팝나무)를 심었다. 저승에서나마 맘껏 쌀밥을
> 먹으라는 아비들의 피눈물로 아기무덤을 만들었다. 한때 마을
> 숲을 이룰 정도로 많았지만 이젠 일곱 그루만 남아 해마다 이
> 맘때쯤 하얀 꽃을 다발로 피운다."

가까운 시일 안에 꼭 진안 마령초등학교 담장에 가봐야겠습니다. 아이들이 좋아하는 과자라도 사들고 말이지요. 이시향 시인도 이팝나무만 보면 굶주리던 어린 시절이 떠오르나 봅니다. 담담하게 동시처럼 그 쓰라린 시절을 써내려갑니다.

봄비 그치고
여름이 시작되려는지
이팝나무 꽃이 하얗고
소복하게 피었네
제사를 지내지 않아
동네 잔칫집에나
다녀오시면 한두 숟갈
얻어먹었던 흰 쌀밥
꽁보리밥만 먹던 시절
도시락 밥 위에만 솔솔
뿌려주셨던 향긋한 맛
풍성한 꽃을 보며
올해는 풍년 들어
실컷 먹게 해주시겠다던
어머니
　　　　－ 이시향, 「이팝나무꽃」

줄어드는 쌀 소비량, '찬밥 신세'가 된 쌀

우리나라는 1970년대에 들어서며 배고픔의 설움에서 벗어나기 시작했습니다. 비약적인 재배기술의 발전으로 쌀 생산량이 크게 늘어났기 때문입니다. 오히려 지금은 식생활 패턴이 달라지면서 밥을 먹는 양이 급격히 줄어 쌀이 남아돕니다. 농민들의 든든한 버팀목이었던 쌀이 이제는 농민들의 애물단지가 된 것입니다. 정부는 정부대로 경작면적을 강제로 줄이고 쌀 소비 묘책을 짜내고 있지만 여간 어려운 것이 아닙니다. 해마다 남아도는 쌀을 보관하는 데만 엄청난 돈이 들어갑니다.

쌀이 남아도는 가장 큰 이유는 역시 식생활의 변화입니다. 밥을 덜 먹는 대신 밀가루 음식과 기능성 잡곡, 육류, 생선 등을 많이 먹는 것이지요. 1985년 1인당 쌀 소비량은 350그램이었습니다. 30년이 지난 2005년에는 220그램으로 줄더니 지난 2015년에는 172그램으로 줄었습니

다. 보통 밥 한 공기에 들어가는 쌀이 100~120그램이니까 하루에 두 공기도 채 먹지 않는 셈입니다. 사정이 이렇다 보니 한 사람이 한 해 동안 소비하는 쌀의 양도 1985년에는 128킬로그램이었지만 2015년에는 63킬로그램으로 반 토막이 나고 말았습니다.

가뜩이나 쌀의 소비가 줄어드는 형편인데, 최근 거세게 불고 있는 이른바 웰빙과 다이어트 열풍이 식탁에서 쌀밥을 몰아내는 데 가세하고 있습니다. 탄수화물의 섭취가 비만을 유발한다는, 근거가 부정확한 이야기 때문입니다. 물론 지나치게 많이 먹으면 비만해질 수 있겠지만, 적당한 양의 탄수화물을 먹지 않으면 오히려 건강을 해친다는 전문의들의 경고가 있습니다.

사정이 이렇다 보니 정부의 곳간에는 재고 쌀이 넘쳐납니다. 예전에는 곳간에 쌀이 가득한 것이 태평성대와 함포고복含哺鼓腹의 상징이었는데, 지금은 보관비가 눈덩이처럼 불어나니 그야말로 쌀이 '찬밥 신세'인 셈입니다.

2017년 기준 우리나라의 쌀 재고량은 180만 톤으로 유엔식량농업기구FAO가 권장하는 적정 재고량 80만 톤의 2.3배나 됩니다. 2015년 전국의 쌀 생산량이 432만 톤이었고, 2016년에는 419만 톤이었습니다. 쌓아도 쌓아도 재고량은 자꾸 늘어나고 보관비용만 연간 800억 원가량이 들어갑니다.

특히 농민들은 2016년 유례없는 폭염으로 땀 꽤나 흘리긴 했어도 풍작을 거두었습니다. 그러나 노랫소리가 울려 퍼지고 흥겨운 춤사위가 넘실거려야 할 농가가 오히려 풍작으로 시름이 깊어갑니다. 정부가 수매해줄 수 있는 쌀의 양에 한계가 있고, 수매값 역시 제자리걸음이니 어떻게 농민들이 신이 나겠습니까?

통계청의 자료를 보면 지난 1991년 80킬로그램을 기준으로 통일벼의 수매값은 95,700원, 일반벼는 113,700원이었습니다. 2016년 수매값을 80킬로그램으로 환산하면 115,500원입니다. 그러니까 수매값이 25년 전으로 되돌아갔으니 그동안 물가와 소득의 증가를 감안할 때 농민들의 박탈감은 얼마나 클까요?

다시 풍년가가 울려 퍼지는 들녘을 기대하면서

흔히 쌀을 뜻하는 한자 '米'를 풀어보면 '八十八'이라고 합니다. 어떤 이들은 농부가 모를 내서 나락을 거둬들이기까지 무려 여든여덟 번의 손이 가야 한다는 뜻이라고 풀이합니다. 그만큼 한 톨의 쌀이 나오기까지는 이루 헤아릴 수 없는 농부의 손길과 땀과 눈물이 들어가야 한다는 뜻이겠지요. 그래서 돌아가신 성철 큰스님께서는 쌀 씻는 스님들이 방심하다 몇 톨이라도 수챗구멍에 쌀알을 흘리면 주워 먹으라고 불호령을 내리셨는지도 모르겠습니다.

경남 합천의 작은 산골마을에서 농사도 짓고 채소도 가꾸며 살아가는 농부시인 서정홍은 그 노고에 대한 감사의 마음으로 우리가 밥을 먹는 일은 '땅에 무릎 꿇고 허리 숙이는 일'「먹고 사는 일」이라고 하였습니다.

그러고 보니 예전에는 앉은뱅이 소반에서 밥을 먹는 일이 흔하여 자연스럽게 밥상 앞에 무릎을 꿇는 일도 많았지만, 요즘은 대체로 식탁에서 밥을 먹다 보니 그런 일도 거의 없습니다. 식탁에 오르는 밥그릇 앞에서 무릎을 꿇지는 않으니까요. 한 톨의 쌀을 위해 수백 번 땅에 무릎을 꿇은 농부들에 비하면 소비자들은 너무 쌀을 가볍게 대하는 것 같습니다.

직접 농사를 짓지는 않지만 정호승 시인도 농사를 지어 쌀을 거두는 농부들에 대한 외경심을 노래했습니다. 쌀 한 톨에서 시작한 시인의 감사한 마음은 무한히 외연을 넓히더니 농부뿐 아니라 자신의 노동을 통해 무엇인가를 일구고 가꿔서 수확을 거두는 모든 노동자들로 향합니다.

쌀 한 톨 앞에 무릎을 꿇다
고마움을 통해 인생이 부유해진다는
아버님의 말씀을 잊지 않으려고
쌀 한 톨 안으로 난 길을 따라 걷다가
해질녘
어깨에 삽을 걸치고 돌아가는 사람들을 향해
무릎을 꿇고 기도하다

— 정호승,「쌀 한 톨」

먹는 사람도 농사짓는 사람도 모두 살리는 쌀, 그 쌀 한 톨에는 한 개인의 목숨이 담겨 있고, 공동체의 혼이 담겨 있고, 나라가 들어 있고, 우주가 담겨 있기도 합니다. 비가 오면 오는 대로, 가물면 가문 대로 행여 볏단이 쓰러질까 말라버릴까, 병들지 않을까 자식처럼 키우느라 밤잠 설쳐온 이 땅의 농민들, 밭고랑 같은 얼굴의 주름이 한가위 보름달처럼 환히 펴지길 기원합니다. 퇴비를 짊어지고 농약 통을 메느라 뻐근해진 어깨에서 덩실덩실 춤사위가 달맞이꽃처럼 피어나길 바랍니다.

누렇게 익은 벼가 살랑대는 가을바람을 자장가 삼아 단잠을 자고 있는 들판에서 절로 콧노래가 나오는 농부의 모습을 보고 싶습니다. 올가을에는 조상들이 불렀던「풍년가」를 한낱 국악 공연무대에서가 아니라 정말 황금물결 일렁이는 들판에서 듣게 되기를 간절히 바랍니다.

천하지대본(天下之大本)은 농사밖에 또 있는가

놀지 말고서 농사에 힘씁시다

지화자 좋다 얼씨구나 좋구 좋다

명년 오뉴월에 탁족(濯足)놀이를 가자

저 건너 김 풍헌 거동을 보아라

노적가리 쳐다보며 춤만 덩실 춘다

지화자 좋다 얼씨구나 좋구 좋다

명년 구시월에 단풍놀이를 가자

화려한 영상매체의 시대에 나 참 무미건조하게 살고 있다네

파격을 모르고 파국을 모르고 파탄을 모르고

어제는 무사분주 오늘은 무사안일 내일은 무사태평

(……)

'보니 앤 클라이드'를 '우리에게 내일은 없다'로

'푸치 캐시디 앤 더 선댄스 키드'를

'내일을 향해 쏴라'로 바꿔 붙이는 실력

나 이제부터라도 역설과 상징을,

아이러니와 알레고리를, 다의성과 모호성을!

말을 잘 부릴 줄 모른다면 시는 이제 그만 쓸 것!!

4장
—

시네마 천국으로
달려가는 사람들

16

연탄,
검은 눈물로 빚은 붉은 희망

또 다른 말도 많고 많지만

삶이란

나 아닌 그 누구에게

기꺼이 연탄 한 장 되는 것

방구들 선득선득해지는 날부터 이듬해 봄까지

조선팔도 거리에서 제일 아름다운 것은

연탄차가 부릉부릉

힘쓰며 언덕길 오르는 거라네

해야 할 일이 무엇인가를 알고 있다는 듯이

연탄은, 일단 제 몸에 불이 옮겨 붙었다 하면

하염없이 뜨거워지는 것

매일 따스한 밥과 국물 퍼먹으면서도 몰랐네

온몸으로 사랑하고 나면

한 덩이 재로 쓸쓸하게 남는 게 두려워

여태껏 나는 그 누구에게 연탄 한 장도 되지 못하였네

생각하면

삶이란

나를 산산이 으깨는 일

눈 내려 세상이 미끄러운 어느 이른 아침에

나 아닌 그 누가 마음 놓고 걸어갈

그 길을 만들 줄도 몰랐었네, 나는

— 안도현, 「연탄 한 장」

가장 싸늘해지고 있는 가장 뜨거웠던 곳, 탄광

2016년부터 강원도 탄광지역이 술렁이고 있습니다. 정부가 얼마 남지 않은 탄광마저 폐광을 검토하고 있다는 소식이 전해졌기 때문입니다. 기획재정부는 해마다 천억 원씩 적자가 쌓여가는 대한석탄공사 산하의 탄광을 순차적으로 문 닫는 방안을 검토하고 있습니다. 이 계획대로라면 화순탄광은 2017년 문을 닫았어야 했고, 장성탄광은 2019년, 도계탄광은 2021년 이후 문을 닫습니다. 그야말로 가난했던 시절, 허술하기 짝이 없던 방들을 따뜻하게 지켜주고 산업 근대화에 한몫 단단히 했던 석탄이 역사의 뒤안길로 사라지는 것이지요.

6.25가 나던 해인 1950년 설립된 석탄공사는 70년 역사를 쓴 채 다시 역사 속에 석탄처럼 묻히는 것입니다. 이미 지난 1989년 많은 탄광들이 석탄산업 합리화 정책으로 문을 닫으면서 광산촌은 광부들이 대거 일자리를 잃고 지역사회가 붕괴되는 비극을 겪은 데 이어, 30년 만에 다시 벼랑 끝으로 몰리고 있습니다. 석탄공사가 문을 닫는 것은 말할 것도 없이 석탄소비가 줄고 있기 때문입니다.

우선 석탄을 원료로 하는 연탄의 수요가 거의 없어졌습니다. 1986년

2천425만 톤까지 올라갔던 석탄소비량이 1993년에 774만 톤, 2005년에 201만 톤으로 줄더니 2015년에는 148만 톤까지 줄었습니다. 그러니까 30년 만에 1/5 수준으로 떨어진 것입니다.

그러나 수요가 줄었다고는 하지만 연탄은 여전히 살기 버거운 서민들의 든든한 겨울 반려자입니다. 아직 연탄을 사용하는 가구는 전국에 15만 가구나 되고, 화원이나 음식점 등에서도 기름 값이나 전기 값에 비해 저렴한 연탄을 사용하고 있습니다. 그래서 요즘도 연말이 되면 달동네에 연탄을 배달했다는 소식들이 추운 세밑을 연탄 땐 구들장처럼 훈훈하게 달굽니다. 빛바랬다고는 하지만 연탄은 여전히 메마른 사회에 아직 남아 있는 온기와 온정의 상징인 것이지요.

연탄, 단순한 땔감 아닌 훈훈한 추억덩어리

실제로 배고픈 어린 시절을 견뎌야 했던 중장년층 서민들에게 연탄은 단순히 땔감이 아닙니다. 연료 이상의 애환과 추억, 눈물과 웃음이 서려 있는 묵직한 존재, 애틋한 대상입니다. 그래서 안도현 시인은 이 세상에서 제일 아름다운 광경이 연탄을 가득 실은 트럭이 부릉부릉 굉음을 내며 언덕길을 오르는 모습이라고 했습니다.

어릴 적 학교 다녀와서 비어 있던 광이나 창고에 하나 가득 연탄이 쌓여 있는 광경을 보면 괜히 가슴이 뿌듯했던 기억이 있습니다. 달동네에 살았던 나도 심심치 않게 연탄을 서너 장씩 날랐습니다. 특히 겨울철 눈이 내려 연탄장수 아저씨가 지게로 연탄배달을 할 수 없을 때는 형님들과 새끼줄에 매단 연탄을 나르곤 했습니다. 어찌나 무겁던지 어깨가 빠지는 것 같았습니다.

시인은 연탄이 활활 제 몸을 불살라 차가운 방을 덥히고 얼어붙었던 몸과 마음까지 덥히는 걸 고마워하면서 자신의 삶을 돌아봅니다. 매일 몸을 던지는 연탄의 희생으로 따뜻한 밥과 국을 먹으면서 정작 자신은 누구에게 연탄 한 장 돼본 적이 없다는 값진 성찰을 합니다. 눈 쌓인 길을 쓸어 다른 이들이 걸어가게 할 줄도 몰랐던 이기적인 인간이라고 자성합니다. 사실 대부분의 사람들은 연탄의 일생에서 이타적인 삶의 모델을 끄집어내는 시인의 사유는커녕 연탄에 대한 고마움도 제대로 갖기 어렵지 않을까요?

더구나 연탄에 대한 추억이 시인처럼 감사와 반성으로만 엮여 있지는 않습니다. 숱한 사람들이 아무런 기색도 없이 스며드는 무서운 연탄가스에 희생돼 삶을 마감했습니다. 내가 기자생활을 시작한 1980년대 중반만 해도 겨울철만 되면 연탄가스 중독사고 기사가 부지기수였습니다.

연탄은 또 일정한 시간 간격을 두고 갈지 않으면 꺼져버리기 일쑤입니다. 때문에 졸린 눈을 비벼 뜨고 연탄을 갈러 나왔다가 뼛속까지 스미는 겨울바람에 진저리 치던 기억은 아직도 생생합니다. 그뿐인가요? 아차하면 제때를 놓쳐 꺼진 불을 살리기 위해 매캐한 연기를 온몸으로 뒤집어쓰면서 숯이나 착화탄, 신문지를 태울 때 눈물은 왜 그렇게 쏟아지던지요?

세상에 안쓰러운 직업이 많습니다만 얼굴과 팔다리에 연탄 검댕이 묻은 채로 연탄을 져 나르는 연탄장수야말로 가장 힘든 직업 중 하나였습니다. 김영승 시인은 이런 아버지를 돕는 갸륵한 딸과, 자신을 돕는 딸들이 안쓰러워 부담을 주지 않으려는 아버지가 정답게 연탄 나르는 장면을 시로 썼습니다. 나는 이 시를 읽을 때마다 눈시울이 뜨거워집니다.

연탄장수 아저씨와 그의 두 딸이 리어카를 끌고 왔다.

아빠, 이 집은 백 장이지? 금방이겠다, 머.

아직 소녀티를 못 벗은 그 아이들이 연탄을 날라다 쌓고 있다.

아빠처럼 얼굴에 껌정칠도 한 채 명랑하게 일을 하고 있다.

내가 딸을 낳으면 이 얘기를 해주리라.

니들은 두 장씩 날러

연탄장수 아저씨가 네 장씩 나르며 얘기했다.

— 김영승, 「반성 100」(『반성』, 민음사)

이런 딸이 있다면 정말 아무리 고된 연탄일이라도 거뜬히 해치울 수 있지 않을까요? 자신은 넉 장씩 나르면서 행여 딸들이 힘들까봐 두 장씩만 나르라고 말해주는 아버지의 속은 또 얼마나 깊은지요? 세상의 다른 모든 아버지들도 이 연탄장수 아저씨처럼 자식들의 입에 하나라도 더 먹을 것을 넣어주고 싶고, 좋은 옷 입혀주고 싶고, 번듯한 집에서 살게 해주고 싶을 겁니다.

그래서 아버지는 자신의 몸이 부서지는 줄도 모르고 일하고 또 일하는 일개미와 같은 존재일지 모릅니다. 이정록 시인은 세상의 모든 아버지는 연탄 같은 존재라고 말합니다.

아비란 연탄 같은 거지.
숨구멍이 불구멍이지.
달동네든 지하 단칸방이든
그 집, 가장 낮고 어둔 곳에서
한숨을 불길로 뿜어 올리지.
헉헉대던 불구멍 탓에
아비는 쉬이 부서지지.
갈 때 되면 그제야
낮달처럼 창백해지지.

― 이정록, 「연탄 ― 아버지학교 13」

꺼져서는 안 될 탄광의 불빛

서민들의 든든한 벗이 돼주었던 연탄은 두말할 나위 없이 광부들이 캐는 석탄을 원료로 합니다. 연탄을 나르는 일의 고달픔은 비교도 안 되는 일이 탄을 캐는 일입니다. 흔히들 불륜과 치정, 패륜 등으로 얼룩진 드라마나 영화, 소설 등을 욕할 때 '막장 드라마'니 '막장 소설'이라고 말합니다. 막장은 지하 탄광에서 갱도가 닿는 마지막 채탄장을 이르는 말인데, 어느새 이 말이 인간이 이 세상에서 갈 수 있는 극한, 저지를 수 있는 부정의 극한을 상징하는 단어가 됐습니다. 그만큼 탄을 캐는 일이란 고된 육체노동이면서 죽음과 부상의 공포를 견뎌야 하는 고통스러운 일입니다.

갱도가 무너지거나 갱내에서 불이 나는 등 각종 안전사고로 목숨을 잃거나 불구가 되는 광부가 부지기수입니다. 1950년 대한석탄공사가 생긴 이래 2015년까지 사망한 광부만 1,562명, 부상자는 6만 명이 넘었습니다. 석탄산업이 여전히 전성기였던 1987년 우리나라 산업재해율은 1.5%였는데, 탄광재해율은 14%나 됐습니다. 광부들이 다른 노동자보다 다치거나 목숨을 잃을 수 있는 확률이 무려 10배나 높았다는 얘깁니다.

평균 기온 30도, 습도 83%, 체감온도는 40도를 훌쩍 넘는 탄광의 작업환경은 그야말로 살인적입니다. 그동안 개발한 탄광의 실핏줄 같은 갱도를 다 잇는다면 그 길이는 무려 544킬로미터, 서울-부산 간 거리보다 100킬로미터나 깁니다.

현재 남아 있는 태백 장성과 삼척 도계, 전남 화순 탄광의 평균 갱도 깊이는 833미터, 이 가운데 최고 깊은 곳은 무려 1,125미터나 됩니다. 이 어둠의 터널 속에서 우리의 광부들은 온몸을 도구로 검은 다이아몬드를 캐내, 가난한 나라가 일어서는 데 밑거름이 돼주었습니다. 이들이 캐낸 석탄을 1950년부터 2015년까지 합하면 무려 1억5천184만 톤이나 됩니다.

우리는 아무 생각 없이 '막장'이라는 말을 씁니다. 물론 막장은 탄가루 흩날리고 화약 냄새 코를 찌르는 위험한 곳이지만, 한편으로는 광부들이 한 어깨에는 가족의 생계를, 다른 한 어깨에는 나라의 생존을 짊어지고 수억 년 전 묻힌 생명체들과 치열한 싸움을 벌이는 엄숙한 곳입니다.

석탄공사가 창립 50주년을 기념해 2000년 발간했던 책에는 이렇게 적혀 있습니다. "석탄공사 직원이 흘린 피와 땀, 불굴의 정신은 민족 활로를 열고 조국 번영의 밑거름이 됐다."

시 속에도 묻혀 있는 검은 보석들

광부들의 눈물 어린 삶과 애환은 자연 소설이나 시의 소재가 됐습니다. 수백 편의 시들이 시인들의 하얀 손에서, 혹은 직접 체험한 광부들의 검은 손에서 쏟아져 나왔습니다.

절망의 밑바닥

거기 살아서 번쩍이는 잎잎들

지주로 받쳐진 저 속에서

빠개지는 아픔을 견디면서

쏟아져 나오는 저것들은

어느 세기의 햇살들인가.

붕락된 갱 속에

죽은 광부의 눈빛이

깊이 잠든 지층을 일깨워

비로소 퍼득이는 무리들.

저마다 새로 살아서 열리는 빛

우리가 어둠 속에서 출발하여

다시 어둠으로 떨어지는 동안

지표엔 햇살이 쏟아지고 있을까.

(……)

순간 무너져 내린 지층

또 어느 세기가 열리는가

새로운 빛의 해변이

닫혀진 벽 저편에서

일제히 쏟아져 밀려온다.

실로 누가 태어나는 소리

어둠과 어둠이 부딪쳐서

빛이 굴절하는 소리

개벽이 오는 소리

　　　　　　－ 정일남, 「채탄막장」(부분)

수억 년 전 땅 속에 묻혀 석탄이 된 나무와 나뭇잎들은 제 몸을 던져 탄을 캐는 광부들의 눈빛에 의해 비로소 환한 빛이 되어 세상에 나오는 것이라는 뜻이겠지요. 광부들의 눈물과 땀도 애달팠지만, 숱한 사고와 재해에 노출된 광부 남편이나 아버지를 보는 아이들의 눈동자도 눈물이 괴기 일쑵니다. 탄광촌에서 어린이들을 가르쳤던 임길택 선생님이 탄광촌 아이들의 시를 엮어서 펴낸 『아버지 월급 콩알만 하네』에는 티 없어야 할 어린이들이 느끼는 탄광촌의 우울과 음산함, 탄부 아버지에 대한 아이들의 안타까운 사랑이 담겨 있습니다.

> 우리 이모부가 일하고 오는 걸 보았다
> 얼굴은 검은 얼굴
> 옷도 검은 옷
> 내가 인사를 하니
> 대답도 검은 대답 같았다
>
> — 사북초교 5학년 윤중원, 「광부」

비도 검은 비가 내리고 눈도 검은 눈이 내리고, 하늘도 검고 나무도 검은 탄광촌, 이모부의 대답마저 검은 대답이었습니다. 귀여운 조카의 인사가 반가워야 마땅할 이모부지만, 지금 온몸이 녹초가 됐을 테니 어떻게 노란 대답, 초록빛깔 인사가 나올지요? 대답도 검은 대답이었다니 가슴이 아려옵니다.

아버지가

집에 오실 때는

시커먼 탄가루로

화장을 하고 오신다

그러면 우리는 장난말로

아버지 얼굴 예쁘네요

아버지께서 하시는 말이

그럼 예쁘다마다

우리는 그런 말을 듣고

한바탕 웃는다

— 사북초교 5학년 하대원, 「아버지가 오실 때」

눈물 같은 웃음이 나는 시 아닌지요? 아니면 웃음 같은 눈물이 나오는 시일지도 모르겠습니다. 아이들이라고 왜 아버지가 자신들을 위해 컴컴한 죽음의 땅에서 희미한 램프 하나에 의지해 온몸이 부서져라 곡괭이질을 하는 줄 모를까요? 그러니 장난말이 아니라 어쩌면 그 아이의 맑은 눈에 비친 아버지는 비록 석탄검댕을 칠한 얼굴이지만 세상 어떤 얼굴보다 예뻐 보이지 않았을까요?

이제 우리 곁을 떠나는 석탄과 연탄, 환경오염의 주범이라는 눈총도 받고, 더 이상 찾는 이도 없어 퇴장해야 하는 석탄과 연탄에게 진심으로 아쉬움을 담아 손을 흔들어주고 싶습니다. 너희들이 있어, 가난하고 추웠던 어린 시절 그런대로 견딜 만했고, 시인들의 노래처럼 활활 타오르고 싶은 야무진 꿈도 꿀 수 있었다고.

경제논리가 세상을 모두 지배하는 시대, 해마다 천억 원의 적자를 내는 천덕꾸러기를 방치할 수야 없겠지만 당장 땔감을 걱정해야 하는 영세 가구 15만에 대한 대책과, 대량 실업이 불가피한 광부들에 대한 일자리 대책, 무너지는 지역경제에 대한 세심한 대안을 마련해야겠습니다.

한때 배럴당 30달러 밑으로 곤두박질쳤던 유가가 다시 50달러를 넘어서고 있습니다. 언제 또다시 지난 1970년대와 같은 석유파동이 올지 아무도 장담할 수 없습니다. 폐광하더라도 에너지 수급 최후의 보루로서 언제라도 재가동할 수 있는 조치를 강구해야 합니다.

그렇게 많이 캐냈는데도

우리나라 땅속에 아직 무진장 묻혀 있는 석탄처럼

우리가 아무리 어려워도

희망을 다 써버린 때는 없었다

그 불이

오랫동안 세상의 밤을 밝히고

나라의 등을 따뜻하게 해 주었는데

이제 사는 게 좀 번지르르해졌다고

아무도 불캐던 사람들의 어둠을 생각하지 않는다

그게 섭섭해서

우리는 폐석더미에 모여 앉아

머리를 깎았다

한 번 깎인 머리털이 그렇듯

더 숱 많고 억세게 자라라고

실은 서로의 희망을 깎아 주었다

우리가 아무리 퍼 써도

희망이 모자란 세상은 없었다

— 이상국, 「희망에 대하여—사북에 가서」

(『집은 아직 따뜻하다』, 창비)

사방의 추위가 온몸을 옥죄어오던 겨울 후끈한 연탄 한 장은 우리 삶의 희망이었습니다. 지하 어둠 속에 묻혀 있던 검은 다이아몬드는 이 나라의 가난을 몰아내준 등불이었습니다. 지금은 유랑곡마단처럼 쓸쓸히 세상에서 사라지지만, 언제 다시 연탄과 석탄이 퍼주고 퍼주어도 마르지 않는 화수분 같은 삶의 희망이 될지 아무도 알 수 없으니까요. 이 시인의 노래처럼.

17

전기,
축복과 재앙의 병렬 에너지

마당가 분꽃들은 노랑 다홍 빨강 색색의 전기가 들어온다고
좋아하였다
　울타리 오이 넝쿨은 5촉짜리 노란 오이꽃이나 많이 피웠으면
좋겠다고 했다
　닭장 밑 두꺼비는 찌르르르 푸른 전류가 흐르는 여치나
　넙죽넙죽 받아먹었으면 좋겠다고 했다
　그리고 가난한 우리 식구들, 늦은 저녁 날벌레 달려드는 전구
아래 둘러앉아
　양푼 가득 삶은 감자라도 배불리 먹었으면 좋겠다고 생각했다

　그해 여름 드디어 장독대 옆 백일홍에도 전기가 들어왔다
　이제 꽃이 바람에 꺾이거나 시들거나 하는 걱정은 겨우 덜게
되었다
　궂은 날에도 꽃대궁에 스위치를 달아 백일홍을 껐다 켰다 할
수 있게 되었다
　　　　－송찬호, 「옛날 옛적 우리 고향 마을에 처음 전기가 들어올 무렵」

어둠이 밀어낸 경이로운 도깨비불, 전기

　전기가 들어오지 않는 밤의 풍경을 떠올린다면 이 시는 아주 쉽게 이
해됩니다. 울긋불긋 형형색색의 꽃들도 두꺼비도 여치도 그리고 도란도

란 모여 앉은 가족들의 정겨운 얼굴도 모두 빛이 없다면 도무지 식별 불가능합니다. 밤이 되면 온갖 생명체들의 잔치가 돌연 끝나고 마는 아쉬움이, 마침내 전깃불이 들어오면서 24시간 지속됩니다. 시인의 사유는 여기서 그치지 않습니다. 봄에 싹을 틔워 한여름 비바람과 천둥의 으름장을 이겨내고 연약한 백일홍은 울긋불긋 꽃을 피워 올립니다. 이 백일홍의 개화를 사람 사는 세상에 견준다면 정말 암흑천지에서 빛을 밝히는 기적과 같지 않을까요?

죽음에 대한 깊은 통찰력에서부터 어린이를 위한 동시까지 폭넓은 사유와 상상력으로 1980년대 이후 탁월한 시를 왕성하게 발표하시는 송찬호 시인의 시입니다. 지금 50대 이상의 중장년층이나 노년층이라면 어릴 적 전깃불이 없어 해가 지면 캄캄한 암흑세계로 변하는 그 답답함과 무서움의 기억이 생생할 것입니다.

지금은 환한 밤이 너무 당연해졌지만, 어릴 적 기억을 더듬어보면 전깃불은 정말 신기했습니다. 1960년대 전기 사정이 형편없었던 우리나라 대부분의 가정에서는 전등의 숫자도 적었고, 밝기도 보잘것없었습니다. 초등학교 다닐 때 우리 집도 다를 바 없었지요. 20와트 형광등이 방마다 하나씩 달려 있었고, 멀리 떨어져 있던 화장실에는 10와트 정도의 붉은 꼬마 등이 매달려 있어 밤에 화장실을 가기란 정말 겁나는 일이었습니다. 깊은 잠에 빠진 형을 흔들어 깨워 볼일을 다 볼 때까지 지켜달라고 부탁하기도 했습니다.

그럴 수밖에 없는 것이 해방 이전 일제 강점기, 전력 생산설비의 대부분은 북한에 있고, 이렇다 할 발전시설이 없었던 남한은 6.25 전쟁 이후 더욱 전기 사정이 어려웠습니다. 1945년 해방되던 해 남한의 발전설비 용량은 불과 200메가와트, 지금으로 치면 울산화력발전소 한 기 생산량의 6% 정도에 불과했습니다. 전기 보급률은 8%에 그쳤으니 국토 대부분이 밤이 되면 암흑천지였고 이런 사정은 60년대까지 별반 나아지지 않았습니다.

사정이 이렇다 보니 달동네에서는 제한송전을 하거나, 걸핏하면 전기가 나가기 일쑤였습니다. 집집마다 전기가 나갈 때를 대비해 양초를 두둑이 준비해야 했고, 양초를 켜놓은 채 깜박 잠이 들었다 촛불이 넘어져 불이 일어나는 사고가 잇따랐습니다.

물론 아이들은 전기가 나가고 촛불을 켰다고 주눅 들지는 않았습니다. 이 예기치 못한 어둠에도 기발한 놀이를 찾아냈습니다. 사방이 캄캄해지면서 달빛은 한층 환했고 그 달빛 아래서 술래잡기나 다방구 같은 놀이를 하기도 하고, 촛불을 이용해 담벼락에 손가락으로 갖가지 동물 형상을 그리는 제법 창의적인 놀이도 했습니다.

어둠이 눈에 익어 오히려 편안해질 무렵, 꺼질 때도 그랬듯이 예고 없이 들어오는 전깃불의 눈부심이란! 그 경이로움에 허름한 담벼락을 뚫고 여기저기서 탄성이 새어나오곤 했습니다. 쥐죽은 듯 고요했던 마을엔 전봇대며 집집마다 환하게 불이 켜지고, 숨죽이고 있던 사람들의 말소리도 차츰 두런두런 들리기 시작했습니다. 하나둘씩 사람들은 다시 골목 전봇대 아래 평상에 모여들었고 덩달아 모기와 나방도 날아들었습니다.

감수성이 예민한 시인들에게 어둠을 몰아내는 불빛인 이 전등불은 온갖 상상력의 발화제였고 어릴 적 추억으로 안내하는 사유의 촉매제였습니다. 세계사를 살펴보면 근대화를 상징하는 이 전기와 전차 같은 신문명의 이기들은 체코의 음악가 드보르작, 프랑스 후기 인상주의 화가 마네 등 숱한 작가와 예술가들에게 커다란 영향을 미쳤습니다.

우리나라의 시인과 소설가, 예술인들도 예외는 아니었습니다. 근대화의 필연적 산물이라 할 도시화와 산업화를 담담한 이성의 언어로 설계하고, 마치 그림을 그리듯 묘사하는 모더니즘 계열의 선구자로 평가받고 있는 분이 김광균 시인입니다. 그에게 있어서도 현대문명과 연관된 최초의 충격이 바로 유년기 때 겪었던 전기였다고 합니다. 등잔불이나 램프를 사용하여 생활하던 고향에 전기가 들어오면서 현대문명을 향한 동경의 마음이 싹텄다는 것이지요.

1
향료를 뿌린 듯 곱―단한, 노을 위에
전신주 하나하나 기울어지고

먼― 고가선高架線 우에 밤이 켜진다

2
구름은

보랏빛 색지 우에

마구 칠한 한 다발 장미

목장의 깃발도 능금나무도

부을면 꺼질 듯이 외로운 들길

— 김광균, 「뎃상」

아마도 붉은 노을이 지는 저녁이었겠지요. 노을 위로는 구름도 이제 막 넘어가는 석양빛을 받아 보랏빛으로 신비로움을 더하는데 기울어진 전신주에는 가는 전선들이 멀리멀리 달려가고 있고, 그 소실점 끝에서는 하나둘 불이 켜지는 마을 풍경이 펼쳐집니다. 자연이 선사한 대낮의 밝음과, 문명이 선사하는 밤의 밝음이 교차하는 저물녘의 풍광을 시인은 마치 풍경화를 그리듯이, 혹은 데생을 하듯이 그리고 싶었던 걸까요?

토속적인 언어와 서정으로 농촌의 애환을 그려내는 신경림 시인에게도 아련한 어릴 적 추억을 호명하는 주술은 역시 전깃불입니다. 먹을 것도 변변치 않고, 갈 곳도 마땅치 않고, 놀 것도 신통치 않았던 어린 시절, 시인에게는 느티나무 가로수 길을 지나 신작로로 달려 나가 정미소, 국수집, 국밥집, 약국, 철물점, 잡화상…… 이런 가게를 기웃거리는 것이 얼마나 즐거운 일이었을지, 그의 시 「불빛」을 통해 알 수 있습니다.

할머니가 구워주는 국수 꼬랑지를 먹고 신나게 배를 불리다 보면 어느새 주위는 캄캄해졌을 테지만 어린 시인은 결코 무섭지 않습니다. 가게마다 대롱대롱 매달린 전깃불이 동무였을 테니까요.

그 등불을 보면서 어린 소년은 장차 시인이 되기를 꿈꾸지 않았을까요? 하나의 작은 전구가 고단한 가게 전체를 밝혀주듯 한 줄 시로 외롭고 힘들게 살아가는 농민과 노동자, 혹은 타자라고 불리는 힘없고 약한 사람들의 시린 어깨를 매만져주는 그런 시를 쓰는 시인 말입니다.

비약적으로 늘어난 전력 생산, 풍요로운 생활의 원동력 전기

걸핏하면 끊기기 일쑤여서 '건달등' 혹은 '도깨비불'이라고 불렸던 전깃불은 1960년대 이후 본격적으로 시작된 경제개발계획에 힘입어 급속도로 많아지고 밝아지기 시작했습니다. 화력발전소와 수력발전소가 잇달아 준공되고 원자력발전소까지 대거 건설되면서 우리나라의 발전용량은 비약적으로 증가했습니다. 2016년 말 기준으로 우리나라의 발전용량은 108,500메가와트, 70년 만에 무려 500배가 넘는 경이로운 성장을 했습니다.

저녁밥을 먹거나 텔레비전을 보다가 갑자기 전기가 나가 낭패를 당하는 일은 전국 어디에서도 더 이상 찾아보기 힘들어졌습니다. 한여름 냉장고와 에어컨을 동시에 사용하다 보면 과부하가 걸려 전력이 차단되곤 하던 현상도 좀처럼 볼 수 없습니다.

밤을 대낮처럼 밝히는 온갖 조명이 도심에서 밤을 밀어내고, 다양한 가전제품과 산업기기가 쏟아져 나오면서 비롯된 생산력의 증가와 생활의 안온함을 생각해볼 때 전기의 발명은 인류 문명사 최대의 혁명 가운데 하나가 아닐 수 없습니다. 1879년 12월 31일, 에디슨이 전깃불을 발명한 이후 인류는 그야말로 눈부신 성장과 발전을 거듭해왔습니다.

'빛'은 전기가 발명되기 이전에도 '신의 영적 게시' 혹은 '이성', '진리'를 상징하는 메타포였습니다. 인류의 발전은 어떻게 보면 자연에 순응할 수밖에 없는 인간이 받아들여야 했던 무력한 하루의 절반, 즉 밤의 어둠을 끊임없이 밀어낸 과정이기도 했습니다.

구석기 시대 '불'을 발명하고 이어 동식물의 기름과 양초, 성냥 등을 발명해 끊임없이 어둠과 싸워오던 인간은 마침내 19세기 후반에 이르러 '전기'라는 획기적인 발명품을 통해 어둠을 완전히 밀어냈습니다. 전기는 단순히 어둠을 몰아낸 것뿐 아니라 이어지는 정보통신혁명, 의료혁명, 농업혁명 등 모든 획기적인 변화를 가져왔고 이제 인류에게 전기가 없는 세상은 상상조차 불가능한 시대가 되었습니다.

실제로 우리나라의 전기 사용량은 전기 생산량만큼이나 큰 폭으로 빠르게 늘어나고 있습니다. 국제에너지기구가 OECD 회원국의 전력 생산량을 조사했더니 1990년 7,629테라와트에서 2013년 10,796테라와트로 약 41.5% 늘었습니다. 그런데 같은 기간 우리나라는 105테라와트에서 538테라와트로 무려 410.5%나 급증했습니다. 10배나 빠른 셈입니다.

생산의 증가는 곧 소비의 증가를 뜻합니다. 이 기간 동안 우리나라는 철강과 석유화학, 자동차와 반도체 등 에너지를 많이 쓰는 산업 중심으로 경제가 발전해왔기 때문에 전기 소비가 늘기도 했지만, 산업과 유통 못지않게 집집마다 쓰는 전기량도 폭발적으로 늘었습니다. 1973년 우리나라의 1인당 전력 소비량은 연간 375킬로와트 정도였지만, 2013년에는 9,752킬로와트로 늘었습니다. 30년 만에 무려 26배나 늘어난 것입니다.

하긴 70년대까지만 해도 가정에서 쓰는 전기라야 전구나 형광등 몇 개에 흑백 TV, 그리고 좀 잘사는 집에 냉장고가 있는 정도였습니다. 그러나 소득이 늘어나고 가정형편이 나아지면서 이제는 집집마다 초대형 TV에 대형 냉장고, 여기에다 세탁기, 에어컨, 전기를 사용하는 주방시설까지 가전제품은 산더미처럼 늘었습니다. 한 집에서 켜는 형광등이나 백열등의 숫자도 과거와는 비교가 되지 않습니다. 어쩌면 예전에 시골의 한 마을에서 쓰는 전기량보다 서울의 고급주택 한 채에서 사용하는 전기량이 더 많을지도 모르겠습니다.

사정이 이렇다 보니 정부는 가정용 전력사용을 억제하기 위해 지난 1974년 1차 오일쇼크를 계기로 전기요금 누진제도를 도입했는데, 특히 현재 적용되는 큰 폭의 누진제는 지난 2007년부터 도입했습니다. 이 제도에 따라 가정에서 100킬로와트 미만의 전기를 쓸 경우 1킬로와트에 60.7원을 내면 되지만, 100킬로와트를 넘으면 125.9원, 200킬로와트를 넘으면 187.9원, 300킬로와트를 넘으면 280.6원, 400킬로와트를 넘으면 417.7원, 그리고 500킬로와트를 넘으면 무려 709.5원을 내야 합니다. 최대 11.7배까지 전기요금이 뛰는 것입니다.

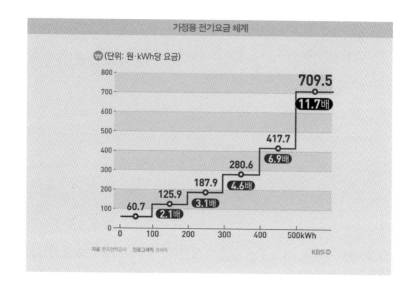

가정용 전기요금 체계

(단위: 원·kWh당 요금)

709.5
11.7배
417.7
6.9배
280.6
4.6배
187.9
3.1배
125.9
60.7
2.1배

자료 한국전력공사 인포그래픽 권세라

KBS◎

2016년 여름 온 나라를 불판에 달구는 듯한 사상 최고의 더위가 한 달 이상 이어졌습니다. 그동안 잘 느끼지 못하고 있던 전기요금 누진제의 위력을 국민 모두가 실감하기도 했습니다. 에너지 경제연구원의 계산 결과를 보면, 에어컨 없이 월 342킬로와트의 전기를 쓸 경우 전기요금은 53,407원이지만, 평균 3시간 반씩 에어컨을 튼다면 전기료는 136,000원으로 뛰고, 8시간씩 켠다면 무려 316,500원으로 뜁니다. 실제로 고지서를 받아든 많은 가정에서 전기요금 폭탄을 맞았다는 항의가 잇따랐습니다.

가뜩이나 더운 날씨에 짜증이 난 서민들은 전기료 폭탄에 견딜 수 없었는지 2,400명의 시민들이 이미 과도하게 거둬간 전기료를 돌려달라며 한전을 상대로 집단소송을 냈습니다.

전기가 우리들의 생활을 과거와는 비교할 수 없이 풍요롭게 만들었지만, 기름 한 방울 나지 않는 나라에서 전기는 공짜일 리 없습니다. 결국 전기도 편리한 만큼 대가를 치러야 하는 여타의 상품과 따지고 보면 별다를 게 없다는 말입니다. 이래저래 생활비가 언제나 빠듯하기만 한 서민들에게 2016년 여름은 최악으로 기억됐습니다.

축복 속의 재앙 – 잃어버린 휴식, 잃어버린 밤

태양이 잠든 밤은 인간에게 두 얼굴을 지닌 시간입니다. 한편으로는 아무것도 할 수 없는 무료와 칠흑 같은 어둠이 몰고 오는 공포의 시간이지만 다른 한편으로는 한낮의 고단했던 노동으로 지친 육신을 쉬게 하고, 소란하고 분주했던 생각을 침전시켜 영혼의 평온과 고요를 회복하는 시간이기도 합니다. 또 문학과 예술을 사랑하는 이들에게 밤은 난폭한 태양이 빼앗아간 상상력을 밝은 달과 빛나는 별이 다시 되찾아주는 창조의 시간이고, 위대한 작품을 잉태하는 회임의 시간이기도 합니다.

자연이 그야말로 자연스럽게 만들어준 낮과 밤의 길항과 밸런스를 깬 것이 바로 전기입니다. 이제 도시에서 밤은 사라지고 중국『시경詩經』에 나오는 농민들의 노래처럼 "해 뜨면 일하고, 해지면 돌아와 쉬는" 고전적인 생활 패턴 역시 사라졌습니다. 24시간 공장의 기계는 돌아가고, 번화가의 음식점과 주점도 24시간 휘황한 혹은 요염한 불을 밝혀 밤을 추방했습니다.

사람들은 쉼 없이 일해야 하고, 쉼 없이 놀아야 하고, 도시는 잠들지 않습니다. 이렇게 가속을 붙여가는 전기 문명에 제동을 걸고 싶어하는 문인과 예술인들, 그들은 특히 실종된 밤을 애달파합니다.

"우리는 인공조명 시대에 살면서 빛 공해에 시달린다. 현대인은 그래서 진정한 어둠을 모른다. 우리가 잃은 것은 별만이 아니다. 우리는 전깃불로 밤을 몰아내고, 야간근무를 하면서 잠과 건강을 잃었다. 또 어둠과 고요는 단짝이라, 우리는 밤에 깨어나는 고요와 감각을, 멜랑콜리의 시간을 잃었나."

— 황현산, 『밤이 선생이다』

그래서 이들은 다시 잃어버린 밤을 되찾는 노력을 해야 한다고 호소합니다. 휘황한 전깃불을 잠시라도 끄고 다시 호롱불이나 촛불 혹은 달빛과 별빛, 그 은은하고 고요한 밤으로 돌아가자고 말입니다. 원재훈 시인은 이렇게 말했습니다.

"호롱불은 전등과 다르다. 전기는 온통 환하게 밝기 때문에 좁은 방 안은 온통 밝음뿐이다. 하지만 촛불이나 호롱불은 적당히 머물고 있는 어둠의 치마자리를 보여준다. 어미의 품에 드는 새끼처럼 우리는 어둠에서 편안하다. 전등불은 모든 것을 밝히기 때문에 뿔뿔이 흩어진다. 그리고 사람을 교만하게 한다. 호롱불이나 촛불 아래 있으면 하고 싶은 말이 많다. 그것도 일종의 시를 읽는 것이다."

곰곰 생각해보면 퍽 일리 있는 주장입니다. 너무 화려하고 밝은 등불 아래서 우리는 할 말을 잃게 됩니다. 무언지 불안하고 어수선합니다. 어둠이 적당히 빛과 섞여 있고, 그 가물거리는 등불을 사이에 두고 사람과 마주해야 두런두런 이야기를 하고 싶어지니까요. 그것도 딱딱한 토론이 아니라, 오감으로 느끼는 세상의 아름다움에 대해 시를 읊조리듯 할 수 있겠지요. 그래서일까요? 연인에게 사랑을 고백하거나 청혼을 할 때는 휘황한 대낮보다는 백열등이나 촛불이 은은하게 어둠을 밝히는 밤인 경우가 많은 것도 말이지요.

언제부턴가 우리들의 대화가 사무적인 일처리를 하듯 메말라지거나, 대화 자체가 없어진 것도 이 불빛의 밝기와 관계가 있을지 모르겠습니다. 영화나 연극을 본다든지, 음악을 들을 때 조명을 크게 줄이는 것만 봐도 그렇습니다. 어둠이야말로 햇빛에서 숨죽였던 우리들 안의 파토스와 뮈토스가 다시 살아나 온갖 상상력의 나래를 펴는 토양이니까요.

전깃불 대신 촛불, 촛불 대신 마음의 불을 켜자

밝은 등불 아래서는 자아에 대한 성찰도 하기 어렵습니다. 성당이나 교회 혹은 절에서 예배당이나 법당의 조명을 가능한 한 낮추는 것도 너무 밝은 빛 아래서는 내면의 빛을 잘 들여다볼 수 없기 때문이겠습니다.

평생 무소유와 청빈을 실천하다 육신을 벗어버리신 법정 스님은 전기가 들어오지 않는 첩첩산중에서 사셨고, 전깃불 아래 살 수밖에 없는 중생들에게 이런 권유를 하셨습니다.

"자신이 누구이며 어디로 가고 있는지 늘 물으라. 텔레비전을 끄고 촛불을 켜고, 단 10분이라도 허리를 바짝 펴고 벽을 보고 앉아서 나는 누구인가 물어보라. 나는 어디서 왔는가? 나는 어디로 가는가? 나는 누구인가?"
                                        - 법정 스님, 『살아 있는 것은 다 행복하라』

비구니 스님 가운데 큰 추앙을 받으셨던 한마음 선원의 대행 큰스님도 진정 세상을 밝히는 불은 전깃불도 아니고 촛불도 아니고 '자신의 마음'이라는 불이라고 말씀하십니다.

"법당에 촛불 천 개 밝히는 것이 마음의 촛불 한 번 밝히는 것만 못하다. 마음의 불을 켜면 우주 전체를 밝힐 수 있다."
                                        - 대행 큰스님, 『건널 강이 어디 있으랴』

전기가 1분만 나가도 대란이 일어나는 요즘 세상에 전깃불을 끄고 가끔 촛불을 켜자는 제안이 뜬금없을지 모르겠습니다. 그러나 분명한 것은 인류를 미망과 어둠에서 구출해낸 바로 그 축복의 전기가 이 상태로 간다면 인류와 지구를 파멸로 몰아넣는 재앙의 전기로 돌변할 것이라는 사실입니다. 전기를 생산하기 위해 마구 퍼다 불태운 화석연료는 이미 고갈되기 시작했고, 수력과 화력의 대안으로 꿈의 에너지라고 칭송되던 원자력 에너지는 일본 후쿠시마와 러시아 체르노빌 원전 사태에서 보듯 더욱 끔찍한 재앙을 불러오고 있습니다.

그렇다면 우리는 이제 좀 불편한 세상으로 돌아가야겠습니다. 좀 어둡더라도 전등 하나 줄이고, 가전제품 용량도 좀 줄여야겠습니다. 한겨울 같은 여름, 한여름 같은 겨울을 나려 하지 말아야겠습니다. 좀 덥더라도 곧 불어올 선선한 가을바람을 생각하면서 부채에 새겨진 옛 사람들의 운치와 멋 또한 떠올리며 에어컨 대신 부채를 들어야 하지 않나 합니다. 좀 춥더라도 얼음을 밀고 올라오는 봄의 새싹들과 꽃들을 생각하면서 두툼한 스웨터를 꺼내 입어야 하지 않나 합니다.

전깃불 대신 촛불을, 촛불 대신 마음의 불을 켜서 에너지 문제로 신음하는 지구도 살리고, 폭탄 고지서가 날아오면 철렁 내려앉을 가슴도 좀 달래야겠습니다. 전깃불로 잃어버린 밤의 아름다움과 상상력을 다시 복원해야겠습니다. 무엇보다 밝은 밤 때문에 잃어버렸던 자아도 찾고, 마음의 불을 켜서 우주 전체를 밝히는 환희를 얻을 수 있다면 조금 더운 것이나 추운 것쯤은 감수할 수 있지 않을까요?

18

폭염의 추억,
더워도 너무 더웠던 여름

찌든 더위에 무르익은 열매들

소슬바람에 몸을 식히는 한나절

소금에 절인 입추 처서를 지우며

수줍은 계집애처럼 여름의 등을 보인다

여름 내내 폭염이 앉았던 자리

삽삽한 그늘이 출렁이고

햇볕에 살갗 그을린 은행나무

노란 옷소매 너울거리며 서 있다

목쉰 매미는 지천으로 피를 토하고

흐르는 것들 뒤돌아보지 않는다

비정한 삼복이 하염없이

처진 어깨 늘어뜨리는 동안

세상은 묵은 빗장을 풀고

뜨거운 생각을 게워낸다

긴 옷자락 걷어붙인 수은주

고개들어 마을 어귀를 내다본다

푸른 기억들이 굴러다니는 지상은

온갖 돌이킬 수 없는 꿈 뱉아낸다

아직 고백하지 못한 한마디 말

추억 가득 피어나는 들녘 멀리

금빛 이마 번쩍이며 다가선다

땀 흘리던 태양의

거친 숨결 잦아지는 땅 끝으로

여름이 다소곳이 눈을 감고 엎드린다

더운 햇살 스러지는 길목

옥수수 대열이 손을 흔들고 있다

　　　　　　　　　　－ 신선, 「여름이 간다」

신기루처럼 사라진 폭염, 지상 최대의 매직

　2016년 여름은 가장 뜨거웠던 여름이었습니다. 지나가는 모든 것은 흔적을 남기기 마련이고, 그 흔적으로 우리는 지나간 것을 추억하며 아쉬워하기도 합니다. 그렇지만 그해 여름은 별로 추억하고 싶지 않습니다. 인내의 한계를 시험하는 가혹한 더위를 몰고 왔다 떠나가는 여름에 정말이지 한 점 미련도 없습니다.

　그러나 꽃도 피면 져야 하고 달도 차면 이울어야 하듯이 가혹하고 끈질겼던 폭염도 가을 앞에서는 별수 없었습니다. 한 달 내내 30도를 훌쩍 넘는 낮더위에 밤에도 25도를 넘는 열대야가 이어지더니 9월이 되자 정말 감쪽같이, 귀신이 곡할 노릇이라는 표현에 딱 어울리게 느닷없이 선선한 가을이 왔으니까요.

　이름에서부터 마법의 기운을 풍기는 시인도 어느 여름 톡톡히 더위를 경험했었나 봅니다. 시인은 난폭하기만 하던 여름이 물러가면서 남긴 흔적을 풍성해진 열매에서 발견합니다. 노랗게 익은 모과, 빨갛게 달아오른 사과와 감, 선선한 초가을 바람에 흔들리는 탐스러운 열매의 육감적인 몸통에서 시인은 퇴장하는 여름이 보이는 수줍은 뒷모습을 떠올립니다.

입추도 처서도 소금에 절여놓았던 여름이 그렇게 수줍은 모습을 보이다니! 사람들에게는 견딜 수 없는 더위였겠지만 작열하는 태양은 온갖 과일과 곡식의 몸을 파고들어 자신을 닮은 건강하고 둥근 열매와 알맹이를 만들어놓았습니다. 할 일을 다한 태양은 이제 다소곳이 눈을 감은 채 대지 위에 엎드렸고 그 위로는 탱글탱글 영글어가는 옥수수가 바람에 나부낍니다.

개선장군 같은 옥수수수염을 날리면서 가을이 찾아왔습니다. 한층 날카로워진 밤송이 속에서 가을이 여물어갑니다. 주렁주렁 자식을 매단 사과가 진한 가을 향기를 뿜어냅니다.

온갖 진기록을 쏟아낸 2016년 여름 폭염

'열대야'를 아시나요? 세숫대야로 물을 열 번은 끼얹어야 잠들 수 있는 더운 밤을 가리킨다네요. 이 우스개 아닌 우스개가 정말 실감나는 여름이 2016년 여름이었습니다. 밤부터 새벽까지 최저기온이 25도 이하로 떨어지지 않는 밤을 열대야라고 하는데요, 제주도는 40일 연속, 서울도 33일 연속 열대야가 이어졌습니다. 청춘남녀를 잠 못 들게 했던 영화

제목처럼 '한반도의 잠 못 드는 밤'이 계속된 것이지요.

부산에서는 2016년 8월 15일 밤 최저기온이 29도를 넘어 112년 만에 최고였다고 합니다. 경북 경산에서는 같은 달 12일 낮 최고기온이 40.3도까지 치솟았습니다. 역대 관측사상 최고기록이었습니다.

서울의 경우 지금까지 가장 더웠다는 1994년 여름 한 달 평균 최고기온은 32.6도였습니다. 2016년에는 무려 34.3도, 그러니까 1.7도나 높은 수치입니다. 서울에서 처음 기상 관측이 시작된 것이 1907년이라고 하니까 109년 만에 최고인 셈입니다. 전국적으로도 7월 23일부터 8월 21일까지 한 달간 평균 최고기온이 33.3도나 되어 1973년 이후 최고를 기록했다고 합니다.

기상청에서는 낮 최고기온이 33도 이상 이틀 동안 이어질 때 폭염주의보, 35도 이상 이어질 때 폭염경보를 내리는데 이런 폭염특보가 내려진 날수도 2016년에는 24일로 역대 7번째였다고 합니다. 폭염 일수가 가장 많았던 해는 1939년으로 47일이었고 이어 1943년 43일, 1994년 29일, 1919년 25일, 1950년 25일, 1930년 24일 순이었습니다.

폭염이 할퀴고 간 상처도 컸습니다. 무자비한 더위가 계속되면서 자연히 신체 저항력이나 면역력, 체온 조절 기능이 약한 노약자들은 특히 고통을 겪어야 했습니다. 이른바 '온열 질환자'는 전국적으로 2,095명, 이 가운데 17명이 숨져 2011년 집계를 시작한 이후 가장 많았다고 합니다.

농수축산업도 타격이 컸습니다. 2016년 여름 농가가 입은 재산 피해는 줄잡아 137억 원이나 됐습니다. 가장 큰 피해를 입은 곳은 양계농가입니다. 아무래도 비좁은 양계장에서 밀집해 키우다 보니 닭들은 찜통 같은 곳에서 폭염을 견디기 어려웠는지 400만 마리가 폐사했습니다. 돼지와 오리도 큰 피해를 입었습니다.

피해는 육지에서만 입은 것이 아닙니다. 우럭과 광어, 전복 같은 수산 양식장도 폭염을 피해갈 수는 없었습니다. 예년 여름 같으면 20도를 넘지 않던 바닷물이 30도 가까이 더워지면서 양식장의 어패류들이 속수무책으로 죽어나갔습니다. 양식장은 폭염으로 인한 피해보험조차 없어 시름이 더 깊었습니다.

문제는 이런 폭염이 앞으로도 이어질 수 있다는 데 있습니다. 이미 수차례 환경론자와 기상학자들이 경고해온 지구온난화의 영향이라는 것입니다. 그러니까 한반도가 점점 더워지는 아열대 기후로 변하고 있고, 향후 더 가혹한 폭염이 이어질 것은 피할 수 없는 현실입니다.

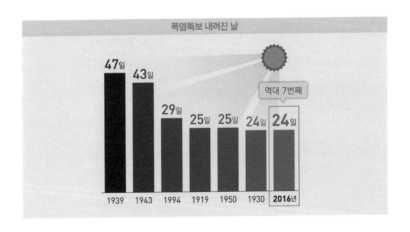

사정이 이런데도 폭염은 국가가 지정하는 자연재난에 포함돼 있지 않습니다. 폭염도 태풍이나 가뭄, 폭설 등과 같은 자연재해의 범주에 넣어 보다 체계적인 대책과 피해 예방, 피해보상책 등이 마련돼야 한다는 목소리가 높아지고 있습니다.

그런데 햇살이 강하면 그늘도 짙은 법일까요? 이런 폭염 덕에 속된 말로 대박이 터진 분들도 있습니다. 에어컨과 냉장고를 파는 가전업체들이 즐거운 비명을 질렀습니다. 가전업체들은 2015년에 비해 20% 정도 냉방제품을 더 팔아치웠습니다. 특히 에어컨은 대리점 등 판매점의 신열 물량도 동이 났습니다.

냉음료 업체도 덩달아 신이 났습니다. 아이스크림 등 빙과류의 판매도 부쩍 늘었고, 피서를 겸해 들어온 사람들로 카페도 재미를 톡톡히 보았다고 합니다. 해수욕장도 대만원이었고, 아예 밖에 나가기가 겁나는 사람들이 도시락을 시켜먹으면서 도시락 배달업체도 주문이 폭주했다고 합니다.

2016년 7월 한 달간 신용카드 결제액이 2015년 같은 기간보다 5조 원이나 늘었다고 하니까, 침체된 내수 경기를 살리는 데 폭염이 한몫했다고 해야 하나요? 그렇지만 사람들이 거리에 나오지 않으면서 파리 날린 음식점도 적지 않을 테니까 전체적으로 소비가 나아졌다기보다는 더위가 소비의 명암을 가른 것이라고 봐야 하지 않을까 합니다.

더위를 이기던 옛 선인들의 지혜

덥다고는 하지만 지금이야 선풍기도 있고, 또 폭탄 요금 때문에 속상하기는 하지만 시원한 에어컨도 틀 수 있습니다. 냉장고를 열면 언제라도 시원한 음료수와 얼음이 타는 목을 축여줍니다. 다양한 단열재를 써서 야무지게 만든 집은 겨울의 추위와 여름의 더위를 한 꺼풀 벗겨주니 예전에 비하면 여름나기가 한결 수월해졌습니다.

아무런 냉방장치도, 시원한 얼음 한 조각도 없었던 조상들은 얼마나 힘든 여름을 나야 했을까요? 더욱이 아무 데서나 훌렁 옷을 벗을 수도 없었던 선비들이나 여인들은 숨 막히는 삼복더위를 어떻게 이겨낼 수 있었을까요? 옛 선비들의 시에는 더위의 괴로움과 그 괴로움을 벗어나기 위한 나름의 비법을 담은 시들이 많이 눈에 띕니다.

비오는 날 구름 걷어낼 묘수가 아예 없듯이
무더운 곳에 바람 부르는 일 당최 불가능하지.
모기장 걷고 모기에게 살을 대주지는 못해도
힘없는 파리 보고 칼을 뽑아서야 될 말인가?
대숲에 이는 산들바람에 적잖이 기뻤건만
창문에 쏟아지는 석양빛 호되게 괴롭구나.
잘 알겠네, 그대가 와주면 더위가 물러나겠지.
가을 강물 같은 정신에 얼음 같은 눈동자라서.

— 추사 김정희, 「폭염에 괴로워하며」

조선시대 최고의 금석학자이자 명필이었던 추사 김정희 선생의 이 시를 읽노라면 우선 본능을 비켜갈 수 없는 인간으로서의 고통이 솔직하게 느껴집니다. 독서삼매에 빠져 더위를 잊는다는 둥, 진리의 숲에서 불어오는 바람이 시원하다고 썼다면 매력이 덜했을 겁니다.

바람도 잘 통하지 않는 의관을 입고 쓰고 삼복더위에 아무리 글을 읽어봤자 바람을 불러올 재주도 비 한바탕 시원하게 흩뿌릴 묘책도 없으니 얼마나 답답할지요. 강렬한 태양빛은 석양이 되어서도 그 기세가 누그러지지 않으니 밤에도 숨 막히기는 마찬가집니다.

그러나 추사는 이 모든 더위를 이길 가장 든든한 묘책을 갖고 있습니다. 바로 마음에 맞는 친구입니다. 대숲을 흔드는 선들바람이 불고 둥근 달이 떠오르면 술병 하나 가슴에 안고 슬그머니 건너오는 벗이 있습니다. 그 벗과 담소하며 권커니 잣거니 하다 보면 가을 강물 같은 정신에 등줄기의 땀은 식고, 얼음 같은 눈동자에 배 속까지 시원해집니다. 나도 그 피서의 술자리에 슬그머니 숟가락 하나 얹고 싶습니다.

실학의 거두 다산 정약용 선생의 더위나기 비법은 역시 실학파답게 조금은 실용적입니다. 그는 더위를 피하는 법 여덟 가지를 알려줍니다.

소나무 숲에서 홀로 활쏘기

홰나무 그늘에서 그네타기

깨끗한 대자리에서 바둑 두기

서쪽 연못의 연꽃 구경하기

동쪽 숲속에서 매미소리 듣기

비오는 날 시 짓기

빈 정자에서 투호 놀이

달밤에 발 씻기

　개인적으로는 달밤에 발 씻기가 제일 시원할 듯합니다. 홰나무 그늘에서 그네타기도 신날 듯하고요. 추사도 그렇고 다산도 그렇고 옛 선조들의 더위를 이기는 방법을 곰곰 생각해보면 글자 그대로 '더위를 피하는 것避暑'이라는 생각이 드는군요. 투우장의 황소처럼 사납게 달려드는 더위를 정면으로 맞서는 것이 아니라 가볍게 비켜서는 것, 그래서 더위를 살살 달래는 것이지요. 더위가 제 풀에 지칠 때까지, 혹은 더위 자체를 생각하지 않음으로써 덥다는 느낌이나 의식이 일어나지 않게 하는, 보다 차원 높은 피서법이 아니었나 합니다.

　하긴 솔향기 짙은 소나무 숲에서 활을 쏘려면 정신을 온통 활과 과녁에 집중해야 하니 어디 덥다는 생각이 일어날 수 있을지요? 대나무 자리 깔고 바둑을 두는 것도, 멀수록 은은하다는 연꽃 향기를 맡는 일도 그렇겠지요. 후드득 내리는 빗방울이 메말랐던 대지에 무언가를 써 내려갈 때 다산도 한지를 펴고 시를 적어 내려갔을 테니 시상을 떠올리는 순간만큼은 더위 따위는 얼씬거리지 못했을 것 같습니다.

　중국 당송 팔대가의 한 사람이었던 백거이도, 더위는 호들갑 떨면서 쫓을 일이 아니라 단정하게 정좌하여 마음을 고요하게 하면 저절로 흩어지는 것이라고 노래했습니다. 유학자이면서 선불교의 철학에도 능통했던 대가다운 여유와 풍모가 아닐 수 없습니다.

무엇으로 짜증스런 더위 삭일까?
집 안에 단정하게 앉아 있으면 될 일
눈앞에 거추장스러운 것들 없고
창 아래서 시원한 바람이 이네.
마음 고요하니 열기 흩어지고
방 안이 텅 비어 서늘함이 감도네.
이러한 것 나 스스로 느끼는 것이라
다른 이와 함께 하기는 어렵다네.

— 백거이, 「소서(消暑)」

　한 걸음 더 나아가 조선 최고의 학식과 덕망을 지녔으면서 평생 안빈낙도의 삶을 살았던 유학자 권필은 더위를 더욱 긍정적으로 받아들입니다. 허름하기 짝이 없는 초가집에서 무더위를 이기는 일이야말로 선비들이 무욕과 청빈을 몸소 익히는 길이라는 것입니다. 무더위가 파고들지 못하는 으리으리한 고대광실에 사는 선비들은 자연의 아름다움도 느끼지 못하는 불쌍한 사람들이라고 되레 꾸짖습니다. 더위를 수동적으로 견디는 단계에서 한 걸음 더 나아가 더위를 적극적으로 받아들이고, 욕심부리려는 몸과 마음을 닦는 경지로까지 나아가는 것이지요.

작은 초가라서 처마가 짧아

무더위에 푹푹 찔까 몹시 걱정돼

서늘한 솔잎으로 햇살을 가려

한낮에도 욕심껏 그늘 얻었네.

새벽에는 이슬 맺혀 목걸이로 뵈고

밤에는 바람 불어 음악으로 들리네.

도리어 불쌍해라, 정승 판서 집에는

옮겨 앉는 곳마다 실내가 깊네.

— 권필, 「송붕(松棚)」

권필 선생이 살았다는 초가집 풍경이 연상되시는지요? 얼기설기 진흙과 볏짚을 엮어 만든 초가집에는 처마가 짧아 기나긴 여름해가 마루와 방으로 사정없이 쏟아집니다. 하는 수 없이 가난한 선비는 솔가지와 솔잎을 꺾어다 처마를 덧대 한 뼘 그늘을 얻었습니다. 새벽에는 솔잎에 이슬이 맺히고 밤에는 바람이 솔가지를 스치면서 아름다운 소리를 냅니다. 궁벽한 초가가 도리어 자연의 아름다움을 만끽할 수 있는 낭만을 제공한 셈이지요. 검은 기와와 긴 처마로 방을 에워싼 대궐 같은 집에서는 이런 즐거움을 느낄 수 없으니 배에 기름 낀 선비들이 도리어 측은하다 할밖에요.

나도 2016년 여름 더워 못살겠다는 말을 입에 달고 살았습니다. 지금과는 비교조차 안 되는 열악한 조건 속에서 여름을 나면서도 이런 여유와 기개를 잃지 않았던 선조들을 생각하면 부끄럽기 짝이 없습니다.

앞으로 2016년 여름보다 더한 폭염이 괴롭힌다고 해도 "더워도 살겠다"라고 주문을 외면서 살아가고 싶습니다. 가능하면 에어컨 대신 선풍기, 선풍기 대신 부채, 부채 대신 명상으로 나도 한번 권필 선생과 백거이의 경지를 흉내 내봐야겠습니다. 정 어려우면 다산의 비법을 전수받든지 추사처럼 맘에 맞는 친구와 두런두런 이야기를 나누면서 얼음 동동 띄운 막걸리라도 한 사발 들이켜가며 더위를 잊어야겠습니다.

가능할까요? 혹시 올여름 다시 폭염이 오면 에어컨 리모컨부터 찾게 되지는 않을까요?

19

기차,
빨라지는 삶 사라지는 낭만

기차 타고 신나게 달려가 보자.

높은 산도 지나고 넓은 들도 지나고

푸른 산을 지날 때엔 산새를 찾고,

넓은 바다 지날 때엔 물새와 놀고

설레임을 가득 안고 달려가 보자.

새로운 세상이 자꾸자꾸 보인다.

기차 타고 신나게 달려가 보자.

높은 산도 지나고 넓은 들도 지나고

따뜻한 마음을 서로 나누면,

처음 만난 옆 사람도 정다운 이웃.

즐거움을 가득 안고 달려가 보자.

아름다운 세상이 자꾸자꾸 보인다.

― 김순옥 작시, 「기차를 타고」(동요)

새로운 세상으로 가는 기차

어릴 적 기차를 처음 탔을 때의 놀라움과 설렘을 기억하시나요? 지금이야 쭉쭉 뻗은 고속도로를 자동차로 달리는 시대여서 그 새로움이 덜하겠지만, 기차는 그 육중한 자태와 씩씩한 소리, 거기다 플랫폼의 독특한 분위기까지 더해져 낭만과 향수의 상징이었습니다. 동시에 근대화와 산업화의 상징이기도 했던 기차는 이 시에서처럼 새로운 세상을 보는 즐거움을 주었습니다.

기차가 덜커덩덜커덩 리드미컬한 소리를 내며 달리기 시작하면 차창 밖으로 나무와 들판과 건물들, 멀리 도열한 산과 하늘의 구름들, 밤이면 별과 달도 보이면서 온갖 새로운 사물들이 망막에 들어오고 나갑니다. 또 버스에서와는 달리, 기차에 함께 탄 옆 사람에게 말을 걸기도 하고, 달걀이며 군밤이며 과자를 나눠먹기도 하면서 순식간에 친근한 이웃이 됩니다. 물론 지금은 기차 안에서 두런두런 얘기를 하는 광경도 음식물을 나눠먹는 광경도 드물지만 말입니다. 다들 휴대전화에 이어폰을 꽂고 손바닥 안의 세상에 몰입하니까요.

시인들에게 기차는 어떤 소재보다도 풍부한 시상을 떠올리게 합니다. 그래서인지 기차나 플랫폼, 간이역의 풍광 등에 얽힌 추억, 그리움, 애잔함을 노래한 시가 아주 많습니다. 슬픔은 기쁨보다 강렬한 체험인 걸까요? 기차역은 사람들과의 만남과 헤어짐이 교차하는 곳이지만, 만남의 기쁨보다는 헤어지는 슬픔과 안타까움을 노래하는 시가 눈에 많이 띕니다.

수많은 영화와 소설이 그렇듯 시에서도 사랑하는 연인을 떠나보내는 기차역은 이별의 강력한 상징이자 은유의 장소입니다. 기차에 몸을 싣고 사랑하는 연인을 떠나가야 하는 것도 애달픈데 때는 저녁 일곱 시, 해가 뉘엿뉘엿 지면서 푸르던 하늘에 붉은 반점이 죽죽 번집니다. 님이 떠나가는 밤에는 쑥국새 소리도 더욱 외롭게 들리고, 그리움은 숭어 떼처럼 몰려옵니다.

기차는 저녁 일곱 시에 떠나네

이렇게는 일렁이는 강물 다 놔두고

강물 위에 부서지는 노을 다 놔두고

기차는 저녁 일곱 시에 떠나네

저렇게는 우뚝한 산봉우리 다 놔두고

산정 위에 막 돋는 별들 다 놔두고

네가 가고 나는 남는 이 저녁 역에서

외로움은 산 속 깊은 쑥국새 소리

그리움은 강심 깊이 숨어드는 숭어떼 빛

기차는 저녁 일곱 시에 떠나네

저렇게는 산모퉁이를 도는 기적 소리에

이렇게는 강물도 떨리는 푸르른 저녁

— 고재종, 「구례구역의 사랑노래」

또 이 시에서는 그리스의 저항시인이자 유명한 작곡가이기도 했던 데오도라키스가 만든 노래 「기차는 8시에 떠나네」가 연상되기도 합니다.

카타리나행 기차는 8시에 떠나가네

11월은 내게 영원히 기억 속에 남으리

내 기억 속에 남으리

카타리나행 기차는 영원히 내게 남으리

함께 나눈 시간들은 밀물처럼 멀어지고

이제는 밤이 되어도 당신은 오지 못하리

당신은 오지 못하리

비밀을 품은 당신은 영원히 오지 못하리

기차는 멀리 떠나고 당신 역에 홀로 남았네

가슴속에 이 아픔을 남긴 채 앉아만 있네

남긴 채 앉아만 있네

가슴속에 이 아픔을 남긴 채 앉아만 있네

— 데오도라키스, 「기차는 8시에 떠나네」

　　소프라노 조수미를 비롯해 수많은 가수들이 불러 우리나라에서도 크게 사랑받은 이 노래 역시 배경은 그리스의 독립투쟁과 관련된 것이지만, 연인들의 이별로 해석해도 무리가 없습니다.

　　행복한 가정주부가 쇼핑하러 가는 길에 우연히 알게 된 의사와의 사랑과 이별을 그린 흑백영화 〈밀회 Brief Encounter〉에서도 이루어질 수 없는 두 기혼 남녀의 극적인 만남과 헤어짐의 장소로 기차역과 기차가 등장합니다. 안개 낀 밤에 기적소리를 울리고 안개보다 짙은 증기를 뿜어내는 기차역의 풍광이 자칫 그렇고 그런 신파에 불과할 영화에 묘한 판타지와 애틋함을 더합니다.

농경사회 이후 한군데 정착해서 살아가는 것이 일반적이 된 현대인들은 끊임없이 어디론가 탈출을 꿈꿉니다. 오랜 여행으로 지친 심신을 이끌고 집으로 돌아와 여행 가방을 푸는 순간, 우리는 다시 새로운 여행을 기획하니까요.

그래서 기차역, 공항, 버스 터미널, 여객선 터미널과 같은 장소는 언제나 가슴을 뛰게 하는 곳이기도 합니다. 그 부산함, 그 낯섦, 그 시끄러움,

그 불안함, 그 해방감……. 안온과 권태를 벗어나 불안과 흥분과 미지로 넘어가는 문지방인 셈입니다. 그 경계선을 넘어갈 때 우리는 삶의 역동성을 느낍니다. 그 문지방들은 생각만으로도 관자놀이가 뛰고 맥박이 빨라집니다.

빠르게 더 빠르게! 두 시간으로 전국을 묶은 기차

기차가 처음 세상에 나왔을 때 편리함과 안전함 못지않게 사람들은 그 빠른 속도에 놀랐습니다. 1814년 영국의 스티븐슨이 증기기관차를 발명하고 16년 뒤인 1830년 영국의 리버풀에서 맨체스터 구간이 처음 개통됐습니다. 기차의 출현은 과학자와 정치가, 상인뿐 아니라 문화 예술인들에게도 엄청난 충격이었습니다. 운송에 혁명적인 변화를 가져온 기차에 대한 반응은 긍정과 부정, 경이로움과 공포라는 극단으로 갈렸습니다.

「신세계 교향곡」의 작곡가로 우리에게도 낯익은 체코의 음악가 드보르작은 기차를 광적으로 좋아했습니다. 매일 프라하에서 빈을 오가는 기차를 보기 위해 프라하 역으로 산책을 다녔다고 합니다. 그는 음악가답게 기차를 이렇게 예찬했습니다.

"기관차는 부품들 모두가 각기 있어야 할 위치에 있지. 가장 작은 나사 하나도 있어야 할 곳에 있어서 다른 뭔가를 꼭 붙들고 있어. 모든 부품에 목적과 역할이 있고 그래서 놀라운 결과를 만들어내지. 이런 기관차를 궤도에 올려 물과 석탄을 공급하고, 한 사람이 작은 레버를 움직이면 큰 지렛대가 움직이기 시작해. 저렇게 크고 육중한데도 토끼처럼 재빠르게 움직이잖아."

드보르작은 기관차를 만들 수 있다면 자신이 만든 음악 모두를 포기할 수 있다고 말할 정도였습니다. 그러나 독일의 시인 하인리히 하이네는 기차의 출현에서 공포를 느낍니다. 속도의 공포! 하이네는 기차가 시간과 공간을 살해했다고 개탄합니다.

"무시무시한 전율, 결과를 예상할 수 없고 예측할 수도 없는 엄청난 일, 이제 우리의 직관방식과 우리의 표상에 틀림없이 어떤 변화가 생길 것이다. 심지어 시간과 공간에 대한 기본적인 개념들도 흔들리게 되었다. 철도를 통해서 공간을 살해당했다." - 하인리히 하이네,『철도』

그러니까 하이네가 보기에 기차의 출현은 단순히 물류나 운송의 변화만이 아니라, 시간과 공간을 느끼는 사람들의 인식에도 부정적 변화를 가져왔습니다. 나아가 수단보다는 목적만을 생각하는 방향으로 사유방식 자체를 바꿨다고 본 것입니다.

실제로 우리도 그런 느낌에 공감할 때가 있습니다. 서울에서 부산을 열 시간가량 걸려 완행열차로 느릿느릿 갈 때는 차창 밖의 풍경도 눈에 들어오고, 중간중간 서는 역과 마을도 두리번거리면서 이런저런 추억에 잠겨보는 낭만 또한 즐겁니다. 가락국수 한 그릇을 후루룩 먹는 즐거움도 빼놓을 수 없고요. 그러나 이제 서울에서 부산을 두 시간 만에 주파하는 KTX를 타게 되면 도중에 어떤 마을을 지나는지, 차창을 뚫고 어떤 풍경이 내 안으로 스며드는지 도무지 생각할 겨를이 없습니다.

기차역의 애틋한 이별도 없고 기쁨의 재회도 거의 사라졌습니다. 여백과 틈은 게으름과 나태의 상징이 돼버렸고, 빠른 속도는 민첩함과 돈으로 환치됩니다. 어디 기차뿐인가요? 하이네의 극단적인 표현처럼 기차를 비롯해 더 빨리!로 치닫는 비행기, 자동차, 쾌속선…… 모든 교통수단은 시간과 공간을 살해한 것이지요.

시인들은 속도가 주는 편리함보다는 속도가 앗아간 이런 낭만과 여유를 아쉬워하면서 속도지상주의에 대한 불편한 시선을 감추지 못합니다. 특히 신경림 시인은 「특급 열차를 타고 가다가」라는 시를 통해 봄 햇살에 피어난 꽃들의 설렘도 보지 못하는 세상, 그저 앞으로 달려만 가는 현대인의 삶에 멀미를 느낍니다. 차라리 기차에서 내려 발이 부르틀 때까지 걸어도 보고 복숭아꽃 피는 숲에서 낮잠도 자는 느린 삶을 그리워합니다. 신경림 시인이 이 시를 쓸 때는 아마도 새마을호 정도가 특급이었을 테니 지금의 KTX 시대에 이 원로 시인은 더욱 현기증을 느끼지 않을까요?

국토의 신경망, 핏줄이 된 철도, 친환경 교통수단으로 재조명

우리나라에서 처음 기차가 운행된 것은 1899년 9월 13일이었습니다. 서울 노량진에서 인천 제물포 사이 33.2킬로미터를 오가는 경인선이 개통된 것입니다. 한반도에서 무자비한 수탈을 자행하던 일본 제국주의는 더 많은 물자를 더 빨리 실어 나르려는 목적으로 철도 건설에 박차를 가했습니다. 그러니 우리의 철도 역사는 수난과 비애를 태생적으로 안고 있는 셈입니다.

1905년에는 서울-부산 간 경부선이 개통됐고, 이듬해인 1906년에는 서울-신의주 간의 경의선이 열렸습니다. 이후 호남선, 경원선, 중앙선 등이 잇달아 개통됐습니다. 그러나 우리나라는 해방 이후 자동차와 고속도로 중심으로 교통수단을 확충하면서 한동안 철도는 답보상태를 면치 못했습니다. 그러다 1974년 서울 지하철 1호선 개통, 2004년 서울-부산 간 고속철도가 개통되면서 새로운 전환점을 맞게 됩니다.

특히 지하철은 이제 전국 주요 도시에서 없어서는 안 될 서민들의 발이 됐습니다. 한 해 동안 서울 시민들은 얼마나 지하철을 탈까요? 지난 1980년 지하철 하루 이용승객은 54만 명에 불과했습니다. 같은 해 시내버스는 이의 14배가량인 700만 명 이상을 실어 날라 압도적이었습니다.

그런데 20년 만인 2000년에는 지하철이 475만5천 명으로 시내버스의 428만 명을 앞지르기 시작했습니다. 2014년에는 729만 명으로 시내버스의 457만 명을 크게 따돌리면서 대중교통의 주역으로 우뚝 섰습니다. 서울의 인구를 줄잡아 천만이라고 할 때, 적어도 10명 가운데 7명은

하루에 한 번 지하철을 탄다는 말입니다.

서울의 경우 2013년 수송분담률은 지하철이 39%로 으뜸이고, 버스 27%, 승용차 23%, 택시 7%의 순이었습니다. 지하철을 포함해서 지난 2014년 하루 평균 철도를 이용하는 승객 수는 무려 1,076만 명이나 됐습니다. 철도에 종사하는 근로자도 5만5천 명이나 됩니다.

그런데 서울의 경우 지하철 덕분에 수송분담률에서 철도가 가장 높지만, 아직도 전국적으로 보면 철도의 운송부담률은 2014년 기준으로 15%에 그치고 있습니다. 승용차가 54%로 가장 높고, 버스의 26%에도 미치지 못합니다. 해방 이후 우리나라의 교통수단이 자동차와 도로 중심으로 성장했다는 것을 알 수 있습니다. 실제로 1960년대 이전까지 우리나라의 철도 총연장은 3천 킬로미터 정도였는데 현재도 3,800킬로미터에 머물고 있으니 거의 확충이 이뤄지지 않았다는 얘깁니다.

OECD 국가 가운데서도 철도 연장은 최하위 수준입니다. 철도왕국인

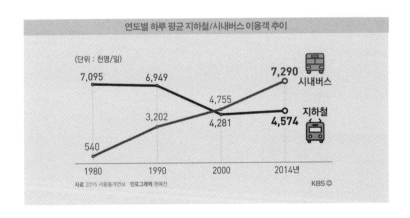

연도별 하루 평균 지하철/시내버스 이용객 추이

(단위 : 천명/일)

7,095   6,949   7,290 시내버스

                    4,755
          3,202   4,281   4,574 지하철

540

1980   1990   2000   2014년

자료 2015 서울통계연보 인포그래픽 현예진   KBS◎

미국은 무려 32만 킬로미터, 독일은 33,700킬로미터, 프랑스 31,900킬로미터이며 일본도 23,500킬로미터, 영국도 16,800킬로미터나 됩니다. 철도는 지구 온난화와 공해 등 환경문제가 대두되면서 결코 확충을 소홀히 할 수 없는 중요한 산업분야입니다. 정부도 이런 점을 인식해 2016년부터 2025년까지 10년에 걸쳐 '제3차 국가철도망 구축계획안'을 세우고 무려 74조 원을 투입하여 철도망 확장과 물류 경쟁력 강화, 대도시 교통난 해소 등을 위해 주력하고 있습니다.

지구촌 곳곳에서도 여전히 철도 건설은 활발하게 이어지고 있어, 철노산업은 기차생산과 철로망 확충, 운영 시스템 개발 등 다양한 부가가치 창출이 가능합니다. 글로벌 철도 시장의 규모는 200조 원 이상으로 추정되는데, 우리나라의 비중은 1.5%에 불과하고, 수출은 최근 10년을 합해도 1,700억 원 정도로 미미합니다. 2020년에는 철도 시장의 규모가 297조 원까지 증가한다고 하니, 역설적으로 시장의 잠재력과 진출 가능

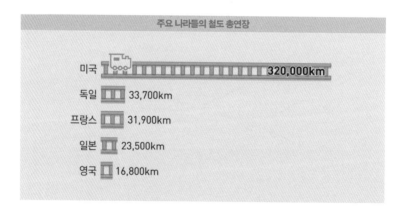

주요 나라들의 철도 총연장

미국 320,000km

독일 33,700km

프랑스 31,900km

일본 23,500km

영국 16,800km

성은 무궁무진합니다.

지구 온난화의 영향으로 친환경 먹거리, 입을 거리, 탈거리에 대한 관심이 높아지는 점도 철도와 기차 확충을 소홀히 할 수 없는 이유입니다. 같은 구간을 달린다고 할 때, 도로는 탄소배출이 철도의 6배, 에너지 소모가 5.5배, 사고율이 157배인 데 비해 시간당 수송률은 1/3에 그치고 있습니다. 저탄소, 고효율, 안전성 등에서 철도는 여전히 월등한 경쟁력을 갖추고 있습니다.

완행열차의 낭만은 남겨두어야

기차를 타는 목적이 먼 거리를 더 빨리 더 편리하게 가는 것만 있다면, 물건을 실어 나르는 물류 기능만 있다면, 느린 기차는 다 사라져도 좋겠습니다. 그렇지만 속도가 세상의 모든 것은 아닙니다. 비즈니스를 하는 사람들이나 물류산업 측면에서 보면 속도가 곧 돈이니 빠른 기차를 원하는 것은 당연합니다. 볼일이 급한 분도 빠른 기차를 타야 합니다. 그러나 기차는 이런 실용적인 기능 말고도 여행이나 관광의 목적도 있습니다.

좀 더 색다른 시간과 공간을 즐기는 것이 여행의 즐거움이라면, 느림과 느긋함도 여행을 풍요롭게 하는 요소입니다. 끝없는 속도 경쟁에 시달려야 하는 마음에 쉼표를 찍어주는 데는 좀 느린 기차가 좋지 않을까요? 어디로 가고 있는지, 왜 가고 있는지, 종착역에 다다르면 우리를 맞을 것은 무엇인지 생각할 겨를도 없이 살아가게 되는 현실, 해안가에 몰려오는 뒷파도가 앞 파도를 끊임없이 밀어내듯이 그저 앞으로만 달려가야 하는 삶에 가끔 쉼표를 찍어야 합니다. 하이네의 표현대로 시간과 공간을 살해하는 빠른 기차가 아니라, 시간과 공간을 부활시키는 느린 열차도 필요합니다.

개인적으로 지방에 내려갈 때 나는 무궁화 열차를 즐겨 탑니다. 값도 싸지만 좌석도 KTX보다 넉넉합니다. 천천히 달리는 기차 안에서 책도 보고, 음악도 듣고, 열차 중간에 있는 카페에 가서 커피도 한잔하며 창밖을 물끄러미 바라보는 즐거움이 있습니다. 느린 열차가 출발하면서 내는 육중한 소리, 덜컹이는 바퀴 소리, 차창에 부딪히는 바람 소리……기차를 소리로 추억하는 정윤수 작가는 이렇게 추억합니다.

"덜컹, 하는 소리를 내고는 스르르 밀려나가는 기차. 그로부터 들려오는 바퀴와 선로의 교성들, 오랜 세월 시간과 공기의 협잡으로 더러 마모되고 더러 녹이 슬기도 하여 우두둑하며 관절들이 뒤틀리는 기계 소리, 철로의 이음매에서 나는 특유의 덜컹거리는 소리, 침목과 자갈이 흔들리는 소리……"

– 정윤수, 「기차역, 식민의 기억과 현대의 속도」

그는 현대의 속도에 압사한 기차의 소리를 더는 들을 수 없는 것을 애달파하면서, 서울역에 들어선 KTX 현대 역사와 식민지 시절에 세워

졌던 구 서울역사를 상징적으로 비교합니다. 낭만이 사라진 서울역사를 슬퍼하면서, 빠른 기차는 빠른 기차대로, 느린 기차는 느린 기차대로 나란히 달려가는 세상을 원합니다.

빠른 기차로는 효용을 높이고, 느린 기차로는 낭만과 삶의 여유를 되찾는 철도를 원합니다. 급행열차를 놓치고 완행열차를 타게 된 것을 오히려 감사하는 이 시에 공감하는 이유이기도 합니다.

급행열차를 놓친 것은 잘된 일이다
조그만 간이역의 늙은 역무원
바람에 흔들리는 노오란 들국화
애틋이 숨어 있는 쓸쓸한 아름다움
하마터면 나 모를 뻔하였지

완행열차를 탄 것은 잘된 일이다
서러운 종착역은 어둠에 젖어
거기 항상 기다리고 있거니
천천히 아주 천천히
누비듯이 혹은 홈질하듯이
서두름 없는 인생의 기쁨
하마터면 나 모를 뻔하였지

— 허영자, 「완행열차」

영화,
시네마 천국으로 달려가는 사람들

길이 넘는 유리창에 기대어
그 여인은 자꾸만 흐느껴 울었다.

유리창 밖에서는 늣낱 같은 비가 좌악쫙 쏟아지고
쏟아지는 비는 자꾸만 유리창에 들이치는데
여인이 흐느껴 우는 소리는
빗소리에 영영 묻혀 버렸다.

그때 나는 벗과 같이 극장을 나오면서
그 여배우를 아무래도 잊을 수가 없다고
이야기한 일이 있다.

생활의 창문에 들이치는 비가 치워
들이치는 비에 가슴이 더욱 치워
나는 다시 그 여인을 생각한다.

글쎄 여보!
우리는 이 어설픈 극장에서 언제까지
서투른 배우 노릇을 하오리까?

— 신석정, 「비의 서정시」

영화의 주인공처럼

영화를 보고 나오는 사람들은 누구나 흔히 느끼는 감정입니다. 영화가 뻔히 허구와 가상의 현실인 줄 알면서 자기도 모르게 영화에 감정이 몰입돼 마치 자신이 영화 속 주인공 혹은 특정 인물이 된 것처럼 생각하는 것이지요. 소설이나 연극, 음악과 춤 등 다른 문학과 예술도 감정이입 작용이 없는 것은 아니지만, 가장 강력한 장르가 영화가 아닐까 합니다. 짙은 어둠 속에서 눈동자 가득 밀고 들어오는 압도적인 스크린의 크기와 강렬한 영상, 웅장한 음향이 주는 흡인력은 단연 으뜸입니다.

한국 서정시 역사에서 빼놓을 수 없는 시인 신석정 선생님께서도 아마 5,60년대 유행했던 신파조 영화를 보셨나 봅니다. 흔히 눈물을 짜내는 순정 영화가 그렇듯 여주인공은 실연의 상처를 입고 생활고까지 겪으면서 유리창에 기대어 흐느낍니다. 때마침 창밖으로는 비가 주룩주룩 내려 비련의 농도를 더욱 짙게 만듭니다. 전형적인 신파 영화에서 설정하는 장면입니다.

어두운 객석에서는 여기저기 훌쩍거리는 소리가 들립니다. 영화가 끝나고 밖으로 나오면서 시인은 여주인공이 너무 가련해 가슴이 아픕니다. 그러다 문득 영화 속 여주인공과 다를 바 없는 고달픈 자신의 현실을 떠올립니다. 살아남기 위해 거짓 표정과 몸짓을 해야 하는 현실에서 자신도 영화 속 배우처럼 연기를 하지만 몸에 맞지 않는 옷을 입은 것처럼 영 서툴고 곤혹스럽습니다.

아리스토텔레스의 시학 이론대로 문학과 예술의 가장 큰 효용은 어쩌면 이런 카타르시스가 아닐까 합니다. 억압된 현실에서 기 한번 펴지 못하고 사는 사람이라면 영화 속 힘세고 잘생긴 주인공이 악당 혹은 악당으로 상징되는, 권력과 부를 거머쥔 사회적 강자를 응징하는 장면에서 속이 후련해집니다. 사랑하는 사람을 앞에 두고도 고백 한번 하지 못하는 소심한 성격이라든가, 번번이 실연의 쓴잔을 마시기 일쑤인 사람이라면, 영화 속 멋진 주인공이 되어 뭇 여성 혹은 남성의 구애를 받는다거나, 멋지게 연애에 성공하는 장면에서 짜릿한 대리만족을 느낍니다.

혹은 자신보다 더 쓰라린 사랑의 시련과 상처를 입는 주인공을 보면서 슬쩍 위로받을 때도 있을 테고요. 더러는 유한한 시간과 공간을 떠나 광대무변한 우주의 신비와 환상 속에 뒹굴어보기도 하고 시간을 거슬러 유토피아의 공간 혹은 흥미진진한 미지의 역사 속에서 간접 체험을 하기도 합니다. 영화평론가이자 소설가인 정여울은 영화의 이런 마력을 '그리워하는 힘' 혹은 '집단적 노스탤지어'를 불러일으키는 힘이라고 말합니다.

> "마치 어딘가에 살아 있지만, 결코 만날 수 없는 첫사랑을 그리워하듯 우리는 영화 속의 인물을, 사건을, 도시를 그리워한다. 그것이 바로 영화의 힘이다. 그리움의 대상을 발명해내는 힘, 사라져간 힘, 지워져간 삶을 향한 집단적 노스탤지어를 불러일으키는 마력 말이다." – 정여울, 『시네필 다이어리』

영화를 보면서 훌쩍이거나 파안대소하거나 분노를 터뜨리거나 잔잔한 감동에 몸을 떨어보지 않은 분들이 있을까요? 학창시절 이루지 못한 사랑의 상처가 있는 사람이라면 누구나 곽지균 감독의 〈겨울 나그네〉나 이용주 감독의 〈건축학개론〉을 남다른 감회로 보지 않았을까요?

내 사랑,
비 내리는 삼류 극장처럼 우울하다

스크린을 가리는 저 머리통
살짝 베어도
누구 하나 놀라지 않을 세상
그러기에,
자연스럽게 껌을 의자 밑에 붙인다
쥐가 배고플까봐 과자도 쏟아 버린다

도중에 필름이 끊겨도,

조용히 기다린다
곧
필름이 피그덕거리며 돌아간다
세상도 돌아간다

— 김현태, 「삼류 극장에 가다」(『마음도둑 사랑도둑』, 책만드는집)

지금이야 디지털 시대이니 필름이 끊기는 일이 있을 수 없고, 상영시간을 줄이기 위해 내용의 일부를 삭제하는 일도 없지만, 아날로그 필름을 감은 영사기가 돌아가던 90년대까지는 흔히 있었던 일입니다. 우리나라에 UIP 직배 시스템이 들어오기 전에는 극장에도 등급이 있어 개봉관과 재개봉관 그리고 가난했을 시인이 자주 이용하던 삼류 극장이 있었습니다.

퀴퀴한 지린내가 나던 삼류 극장에서는 껌이 붙어 있는 의자에 앉았다가 낭패를 보는 일도 흔했습니다. 잘 풀리지 않는 고달픈 삶을 살아가는 시인은 조잡한 설계 탓에 앞사람의 머리통이 스크린을 가리고 툭하면 필름이 끊기는 삼류 극장에 앉아 애인도 떠나간 자신의 삼류 인생을 자조적으로 넋두리합니다. 슬그머니 세상에 부아가 치민 시인은 의자 밑에 씹던 껌을 붙입니다. 단물은 다 빠져 뱉어버리고 싶지만 껌이라도 씹어야 허전한 가슴을 달랠 수 있으니 어쩌면 껌은 오늘날 흙수저라고 비하되는 삼류 인생의 상징인지도 모르겠습니다.

세계에서 제일 영화를 많이 보는 한국인

1885년 12월 28일 프랑스의 뤼미에르 형제가 만든 〈열차의 도착〉이라는 짧은 영화가 세계 최초로 상영된 이후 130년, 영화는 전 세계에서 가장 많은 사랑을 받는 압도적인 대중문화의 황제가 됐습니다. 지금 이 시간에도 무수한 영화들이 곳곳에서 상영되면서 인간이 상상할 수 있는, 혹은 상상을 뛰어넘는 판타지의 세계를 만들고 있습니다.

우리나라에서 영화가 처음 상영된 때는 일제가 을사늑약을 통해 침략의 야욕을 드러내기 직전인 1903년이었습니다. 서울 동대문의 한 전기회사가 기계 창고를 개조해 단편영화를 상영한 것이었다고 합니다. 이후 1908년 영화를 상영하는 본격적인 극장인 단성사가 설립됐고, 협률사와 우미관, 조선극장이 잇달아 생겨났습니다. 〈쿼바디스〉, 〈잔다르크〉, 〈부활〉 등과 같은 외화가 단골 메뉴였습니다.

국내영화로는 1919년 김도산이 만든 〈의리적 구토〉가 최초로 상영됐고, 〈월하의 맹서〉와 〈심청전〉에 이어 1926년 공전의 히트를 기록한 춘사 나운규의 〈아리랑〉이 만들어졌습니다. 그리고 1935년에 음성을 녹음한 이영우의 〈춘향전〉이 만들어지면서 무성영화 시대는 막을 내렸습니다.

해방 이후에도 6.25 전쟁으로 우리나라 서민들의 생활은 황폐하기 짝이 없었습니다. 이때 변변한 오락 수단이 없었던 나라에 영화는 한줄기 빛과 같은 위안이었습니다. 그 작품성과 개성으로 지금까지도 높이 평가받는 등 영화계에 큰 족적을 남긴 김기영 감독과 신상옥, 이만희 감독이 〈마부〉, 〈춘향전〉, 〈만추〉 같은 걸작을 탄생시켰습니다.

1960년대 초까지만 해도 연간 극장 관객 수는 천만 명 정도에 그쳤지만 69년에는 무려 1억7천만 명까지 늘었으니, 영화의 성장세는 가히 폭발적이었다 할 수 있습니다. 특히 1970년대는 암울했던 정치적 탄압시대를 맞아 성개방과 물질만능, 급격한 도시화와 산업화 등의 사회 경제적 여건 등이 맞물려 〈별들의 고향〉과 〈겨울 여자〉로 대표되는 멜로 영화들이 전성기를 이루기도 했습니다.

이후 1980년대 전격적인 컬러 TV의 시대가 열리면서 안방극장에 관객을 빼앗겼던 영화는 한때 연간 관객 수가 4천만 명 선까지 곤두박질치기도 했습니다. 그러나 1990년 이후 영화산업에 대규모 자본이 투자되고, 영화의 제작과 배급 유통에 이르기까지 수직계열화가 이뤄지는 등 변신에 성공하면서 영화산업은 다시 전성기를 맞고 있습니다.

특히 1998년 시작된 멀티플렉스 상영관은 순식간에 많은 관람객들을 스크린으로 다시 끌어들여 영화왕국을 구축했습니다. 영화 관람객 수의 폭발적인 증가는 단적으로 영화가 얼마나 한국인들의 눈과 귀를 사로잡으며 여가생활을 주도하게 했는지 보여줍니다.

1977년 상영됐던 〈겨울 여자〉는 당시까지 영화사를 통틀어 공전의 히트를 기록했습니다. 조해일의 소설을 영화화한 이 작품은 신성일과 장미희가 주연을 하고, 김호선 감독이 만들었습니다. 이른바 통속 멜로

영화의 전형이었습니다. 당시만 해도 개봉관은 하나였는데 이 영화는 단성사에서 개봉하여 장장 133일간 상영됐고 무려 58만5천775명의 관객을 동원했습니다. 당시 내가 고등학교 시절이었는데 단성사 앞에 표를 사려는 사람들이 길게 늘어선 사진과 기사를 봤던 기억이 생생합니다.

이 흥행 기록은 13년 동안 깨지지 않다가, 1990년 임권택 감독이 만든 액션 영화 〈장군의 아들〉이 67만9천 명의 관객을 동원하면서 끝이 났습니다. 그런데 이런 흥행 기록은 지금 생각하면 초라하기 그지없습니다. 멀티플렉스가 대세가 된 이후 흥행이 예상되는 영화들은 전국 1,000개 이상의 스크린에서 동시 개봉되니 관람객 숫자도 7,80년대 단일 개봉관 시대와는 비교가 되지 않습니다.

지난 2014년 7월 개봉했던 〈명량〉, 충무공의 일대기를 그린 이 영화는 무려 1,765만 명이 관람했습니다. 2016년 한 해만 해도 〈내부자들〉, 〈암살〉, 〈밀정〉 등이 천만 이상을 동원했고, 2000년 이후에도 〈실미도〉, 〈태극기 휘날리며〉, 〈국제시장〉, 〈괴물〉, 〈해운대〉, 〈변호인〉, 〈광해〉 등 수십 편의 영화가 천만 관객을 넘겼습니다.

영화진흥위원회의 자료를 보면 2015년 말 기준으로 우리나라는 세계에서 영화를 가장 많이 보는 나라가 됐습니다. 우리나라는 한 사람당 연간 4.22편으로 미국의 3.88편, 호주의 3.75편, 프랑스의 3.44편을 제치고 1위를 차지했습니다. 극장 수익도 폭발적으로 늘고 있습니다. 입장권 매출액 1조7천154억 원을 포함해 2015년 영화산업 매출은 2조1,131억 원이었습니다. 관객 수는 연간 누계로 2억1,729만 명으로 2013년부터 3년 연속 2억 명을 돌파했습니다.

국내영화의 약진도 두드러집니다. 2015년 국내영화의 관객 점유율은 52%로 외화 관객 점유율 48%를 근소한 차이로 눌렀습니다. 내가 경제부장을 하던 시절, 한-미 FTA 체결을 강력 반대하던 국내 학자와 시민

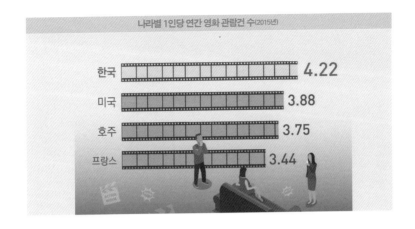

한국	4.22
미국	3.88
호주	3.75
프랑스	3.44

단체, 예술인들의 주된 이유는 바로 스크린 쿼터제였습니다. 다른 상품과 달라서 문화상품은 무분별하게 개방해서는 안 되며 국가의 제도적 보호장치가 필요하다는 것이었습니다. 그렇지 않으면 막강한 할리우드의 자본과 기술로 한국영화는 말 그대로 초토화된다는 것이었습니다.

격세지감이 아닐 수 없습니다. 지금은 영화왕국이 된 우리나라를 겨냥해 할리우드와 유럽은 물론 중국 자본이 몰려오고 한국의 영화배우와 감독도 세계적인 무대로 앞다퉈 진출하고 있습니다. 탁월한 한국영화들은 이미 베를린과 베니스, 칸느 등 국제 영화제에서 감독상과 주연상, 작품상 등을 수시로 받고 있습니다.

그런데 영화에 열광하는 이런 현상들은 정말 좋기만 한 걸까요? 사람들이 시네마 천국으로 달려가는 사이, 다른 장르의 예술은 고전에 고전을 거듭하고 있습니다. 뮤지컬을 제외한 연극과 무용, 오페라, 클래식 연

영화산업 매출액과 관객수(2015년)

영화산업 매출액
총 2조 1,131억원
극장 입장권 매출액
1조 7,154억원

관객 수
2억1,729만명

인포그래픽 한예린

KBS◎

주회 장은 그야말로 파리를 날리고 있습니다. 책방은 줄줄이 문을 닫고 인문학과 예술은 질식 상태에서 비명을 지르고 있습니다.

영화만의 책임은 아니겠지만, 영화와 TV 같은 영상매체의 압도적인 영향에 눌려 이웃하는 예술과 인문학이 엄청난 타격을 입는 것은 틀림 없습니다. 문화와 예술의 다양성이라는 측면에서는 결코 바람직하지 않습니다.

소비자의 입장에서도 다양하고 생산적인 오락과 여가를 즐길 수 있어야 하지만, 고된 노동과 넉넉지 않은 호주머니 사정으로 만만한 것이 영화이기 때문이라고 한다면 세계 1위의 영화왕국이라는 타이틀을 반길 수만은 없습니다.

시네마 천국인가, 시네마 지옥인가

화려한 영상매체의 시대에 나 참 무미건조하게 살고 있다네

파격을 모르고 파국을 모르고 파탄을 모르고

어제는 무사분주 오늘은 무사안일 내일은 무사태평

그 시절에는 영화 수입 업체의 직원도 시인이었다

'수영장(La Piscine)'을

'태양은 알고 있다'로 바꿀 줄 아는 감각을(태양이 알기는 뭘 아는가!)

'여상속인(The Heiress)'을

'사랑아 나는 통곡한다'로 바꿀 줄 아는 상상력을(신파의 극치가

사람을 울려!)

소설가도 소설의 제목을 '바람과 함께 사라지다'로 붙이거늘

나 어느새 산문의 시대에 산문 같은 시를 쓰고 있다네

운율을 잃고서 좌충우돌

압축미를 잊고서 횡설수설

때로는 주저리주저리 설명을 일삼았네

시란 결국 말을 갖고 노는 말놀음인데

나, 말을 학대하고 있었네 매질하고 있었네

먹을 것 제대로 주지도 않고 잘 달리기만 바랐던 것

'보니 앤 클라이드'를 '우리에게 내일은 없다'로

'푸치 캐시디 앤 더 선댄스 키드'를 '내일을 향해 쏴라'로 바꿔

붙이는 실력

나 이제부터라도 역설과 상징을, 아이러니와 알레고리를, 다

의성과 모호성을!

말을 잘 부릴 줄 모른다면 시는 이제 그만 쓸 것!!

— 이승하, 「옛날 영화 제목 같은」

시와 시인의 시대는 어쩌면 로마의 위대한 시인 베르길리우스 시대에 끝났는지도 모르겠습니다. 아니면 보들레르와 말라르메 시대에 끝났을지도 모르겠습니다. 압도적인 영화의 위력 앞에 시를 쓰는 시인은 자괴감과 자조감을 감추지 못합니다. 스펙터클하고 현란한 영상미는 말할 것도 없거니와, 원작의 제목과 전혀 관계가 없는 기발하고 매혹적인 제목이 붙은 영화를 보고, 시인은 개탄합니다.

언어를 자유자재로 부리는 시인이 정작 영화 제목만큼도 말을 부릴 줄 모르니, 시를 그만 쓸 수밖에 없을 것이라는 지독한 역설이 가슴을 찡하게 합니다. 화려한 영상매체가 대중을 온통 사로잡는 시대, 정직한 언어, 진정성을 갖춘 시어들이 발붙일 곳이 점점 줄어드니 시인들이 영화를 보는 시선은 착잡하기만 합니다.

그러나 아무리 시인들이 영화를 싸구려 통속문화라고 폄하하고, 인문학자들이 영화를 감각적 쾌락만을 추구하는 저급오락이라고 비난해도

소용없습니다. 대중을 철저히 탈정치화시키는 위험한 매체라고 경고해도 영화는 이제 대중들의 삶의 일부가 되었고 가장 강력한 영향력을 미치는 오락이 되었습니다.

김성곤 교수는 미국의 할리우드 영화사를 분석하는 책에서 이렇게 말합니다.

> "영화는 그것을 산출한 나라와 민족이 당대에 꾸고 있는 꿈이자 뮈토스라고 할 수 있다. 영화는 또 당대의 우리의 문제점들을 잘 보여주는 한 나라의 에토스라고도 할 수 있다. 영화는 당대의 집합적 꿈과 심리와 문화를 읽을 수 있는 좋은 텍스트이다." - 김성곤, 『헐리웃, 21세기 문화의 거울』

미국의 저명한 영화평론가 그리스 월드 교수도 이렇게 말합니다.

> "만일 여러분이 오늘날 미국을 이해하기 원한다면 어디에서부터 시작할 것인가? 예컨대 극장에 가서 미국인들이 좋아하는 영화를 보는 것은 한 좋은 방법이 된다. 왜냐고? 영화는 우리들이 공유하고 있는 꿈이자, 우리 문화의 꿈이기 때문이다. 저 대형 스크린에서 여러분은 미국인들이 씨름하고 있는 주제와 문제들을 볼 수 있기 때문이다."

지난 미국 대통령 선거는 좀처럼 받아들이기 힘든 결과를 낳았습니다. 왜 미국인들은 트럼프라는 시대의 이단아를 받아들였는지 알아보기 위해 아무래도 미국 영화를 다시 들여다봐야겠습니다. 정말 우리는 미국인들이 씨름하고 있는 주제와 문제들을 영화를 통해 발견해낼 수 있을까요?

우리가 영화라는 장르를 피해갈 수 없다면 어떻게 영화를 즐겨야 할까요? 영화를 단순히 눈으로만 볼 것이 아니라 읽어야겠습니다. 영상에 담긴 당대의 생활, 풍속은 물론 가치관, 세계관을 읽어내야 한다는 것이지요. 그러니까 영화를 하나의 문화 텍스트로 보고 그 텍스트들의 의미와 상징, 혹은 그 영상이라는 텍스트 속에 감추어진 기호들을 해독하면 좋겠습니다.

물론 모든 영화를 다 그렇게 볼 수는 없겠지만, 오락일변도의 영화에만 함몰되지 말고 음미할 가치가 있는 영화를 봄으로써 오락성과 교양, 지식을 얻을 수 있다면 영화관에 투자하는 시간과 비용이 아깝지 않을 것입니다. 할리우드가 엄청난 달러를 투하하고 온갖 테크놀로지를 동원해 만드는 오락용 블록버스터가 난무하는 영화관이지만, 잘 찾아보면 예술성과 감동을 주면서도 재미를 잃지 않는 보석 같은 영화가 있습니다.

예를 들어 우디 앨런이 만든 〈미드나잇 인 파리〉 같은 영화는 명작 장편소설에 결코 뒤지지 않습니다. 과연 역사에 있어서, 혹은 한 개인에 있어서 황금기란 어떤 시기일까?, 도대체 그런 시기는 존재할 수 있는가?라는 묵직한 주제를 다루고 있으면서도 흥미진진하게 현대와 1920

년대, 그리고 19세기 말 '벨 에포크' 시대의 유럽을 종횡무진 넘나들며 유려한 솜씨로 풀어나가는 이야기에 시간 가는 줄 모르고 영화를 본 기억이 있습니다.

그뿐인가요? 무절제한 욕이나 저속한 표현이 난무하는 영화를 보면 혀를 차게 되지만, 좋은 영화들을 보고 있노라면 시의 언어에 뒤지지 않는 수준 높은 은유와 상징을 구사하는 명대사들에 놀라기도 합니다. 지금은 앙숙이 돼버린 시와 영화가 화해할 수 있는 접점이기도 합니다.

"좋은 영화야말로 시적인 영상언어, 즉 시의 여신으로 알려진 '뮤즈'의 언어, 그 내밀한 정념의 불꽃과도 같이 신비롭고 아름다운 방언에 의해 구현되어야 한다는 당위 명제를 함축하고 있기도 하다. 영상문화는 이제 더 이상 시적 상상력을 제한하는 과잉정보의 세계도, 절제를 모르는 싸구려 감상의 장도 아니다. 영화와 시의 행복한 만남, 즉 시적 영화를 통해 현실과 이상은 조화를 이룰 수 있게 되었다. 말 그대로 영화는 시의 여신, 예술의 여신 뮤즈가 쏟아내는 감미로운 노래, 향기로운 언어가 된 것이다." – 송희복, 『영화, 뮤즈의 언어』

결코 거대한 영화산업을 굴러가게 하는 먹잇감으로 인간의 시간과 재화가 소비되지 않고, 인간이 영화를 건강하게 소비하는 세상을 만드는 것도 일정부분 영화 소비자들의 몫입니다. 우리에게도 사랑받았던 이탈리아 감독 주세페 토르나토레가 만든 영화 〈시네마 천국〉에서처럼 영화가 단순히 시간을 죽이는 오락이 아니라, 타자와의 소통과 공감의 장, 그리고 문화와 예술적 향기 가득한 매체가 되었으면 좋겠습니다.

시로 읽는 경제이야기

초판 1쇄 발행 · 2017년 9월 9일
개정판 1쇄 발행 · 2018년 1월 31일

지은이 · 임병걸
펴낸이 · 김요안
편집 · 강희진
디자인 · 김해연

펴낸곳 · 북레시피
주소 · 서울시 마포구 신수로 59-1, 2층
전화 · 02-716-1228
팩스 · 02-6442-9684
이메일 · bookrecipe2015@naver.com | esop98@hanmail.net
홈페이지 · www.bookrecipe.co.kr | http://bookrecipe.modoo.at
등록 · 2015년 4월 24일(제2015-000141호)
창립 · 2015년 9월 9일

종이 · 화인페이퍼 | 인쇄 · 삼신문화사 | 후가공 · 금성LSM | 제본 · 성화제책

ISBN 979-11-88140-12-1 03810

이 도서의 국립중앙도서관 출판예정도서목록(CIP)은 서지정보유통지원시스템
홈페이지(http://seoji.nl.go.kr)와 국가자료공동목록시스템(http://www.nl.go.kr/kolisnet)에서
이용하실 수 있습니다. (CIP제어번호: CIP2017021277)

✽ 이 책에 실린 시의 저작권과 출판권에 대해 대다수 시인과 출판사에서 기꺼이 사용을 허락해주었습니다.
몇 출판사와 한국문예학술저작권협회에서 관리하는 시에 대해서는 정해진 사용료를 지급하였습니다.
연락이 닿지 않은 몇 분의 시인도 있었습니다. 차후라도 연락주시면 정중히 허락 구하고 감사의 마음 전하겠습니다.